SCIENCE FICTION

Herausgegeben
von Wolfgang Jeschke

Ein vollständiges Verzeichnis aller
im HEYNE VERLAG erschienen STAR TREK-Romane
finden Sie am Schluß des Bandes.

PAMELA SARGENT &
GEORGE ZEBROWSKI

STAR TREK
THE NEXT GENERATION

VERHÖHNTER ZORN

Roman

Star Trek®
The Next Generation™
Band 56

Deutsche Erstausgabe

WILHELM HEYNE VERLAG
MÜNCHEN

HEYNE SCIENCE FICTION & FANTASY
Band 06/5756

Titel der amerikanischen Originalausgabe
A FURY SCORNED
Deutsche Übersetzung von Uwe Anton

Umwelthinweis:
Dieses Buch wurde auf chlor- und säurefreiem Papier gedruckt.

Redaktion: Rainer-Michael Rahn

Erstausgabe by Pocket Books/Simon & Schuster Inc., New York

http://www.heyne.de
Printed in Germany 2000
Umschlagbild: Pocket Books/Simon & Schuster, New York
Umschlaggestaltung: Nele Schütz Design, München
Technische Betreuung: M. Spinola
Satz: Schaber Satz- und Datentechnik, Wels
Druck und Bindung: Ebner Ulm

ISBN 3-453-16189-0

Dieser Strandurlaub ist James Gunn gewidmet, der uns mit John Ordover bekannt gemacht hat, dem Herrscher über alle gedruckten Star Trek-Abenteuer; Gregory Benford, der vorschlug, wir sollten eine Scheibe von Epictetus III abschneiden; und Charles Pellegrino, der eine geniale Begabung für die Wunder des Details hat.

1

Während Captain Jean-Luc Picard in seinem Bereitschaftsraum wartete, stellte sich ihm die Frage, was genau Starfleet eigentlich von ihm wollte. Der Föderationsrat hatte Starfleet Command keine Anweisungen gegeben und schien sich über das weitere Vorgehen im unklaren zu sein. Picard vermutete, daß der Rat abwartete, bis seine Berater mit einem Plan aufwarteten. In der Zwischenzeit war der Captain mit einem Dilemma konfrontiert, das vermutlich unlösbar war und sehr wahrscheinlich tragisch enden würde.

Nein, gebot er sich. Es lohnte sich nicht, auch nur einen Gedanken an einen tragischen Ausgang zu verschwenden; er würde alles nur Mögliche tun, um ihn zu verhindern. Aber was konnten bloße Sterbliche, auch wenn es sich dabei um die hervorragend ausgebildete Mannschaft eines Raumschiffs handelte, gegen eine Nova unternehmen, die eine Welt mit zwanzig Millionen Bewohnern bedrohte? Wie konnte die *Enterprise* Hilfe leisten, wenn es nur noch wenige Tage dauerte, bis Epictetus III von seiner Sonne verschlungen wurde?

Während der kurzen Zeit, die den Bewohnern von Epictetus III noch verblieb, wollte der Föderationsrat sich, falls es ihm möglich war, auf jeden Fall hilfreich und barmherzig zeigen. Falls die Föderation tatsächlich nichts tun konnte, würde sie den Planeten jedenfalls nicht seinem Schicksal überlassen, ohne wenigstens ihre Besorgnis zu demonstrieren und eine Hilfsaktion einzuleiten. Jemand mußte vor Ort sein, damit diese Bürger der Föderation wußten, daß sie nicht einfach aufgegeben und vergessen wurden. Er fragte sich, wieviel Trost das dieser stolzen und blühenden Koloniewelt zu geben vermochte, und kam zum Schluß, daß er das Gesamtbild des Problems noch nicht kannte. Es mußte noch weit mehr dahinterstecken, und das gesamte Geschick und aller Einfallsreichtum seiner Mannschaft würden nötig sein, um eine Lösung zu finden – oder um zumindest sicherzustellen, daß es keine Lösung gab.

Picard berührte die Schaltfläche vor ihm. »Logbuch des Captains, Sternzeit 46300.6.« Er beugte sich vor und ließ die Arme auf der Tischplatte ruhen. »Wir haben Epictetus III erreicht und erwarten weitere Anweisungen von Starfleet. Die für den Zeitpunkt unseres Eintreffens anberaumte Besprechung mit Admiral Barbieri beginnt in fünf Minuten.« Er verspürte den Drang, noch einige Worte über sein erhofftes Zusammentreffen mit Samas Rychi hinzuzufügen, dessen Arbeit er seit langem bewunderte, aber ein persönlicher Kommentar dieser Art erschien ihm gegenwärtig nicht angemessen.

Samas Rychi zählte zu den bedeutendsten Archäologen von Epictetus III und hatte als erster eine Stätte freigelegt, die die Existenz einer weit fortgeschritten humanoiden Urzivilisation belegte. Seine weiteren Ausgrabungen, bei denen zahlreiche Stätten mit Hunderten von monumentalen und majestätischen Gebäuden freigelegt worden waren, hatten aufgezeigt, daß diese Frühkultur ganz plötzlich verschwunden war. War sie ebenso rasch zusammengebrochen wie die Zivilisation der Mayas auf der Erde? Oder hatte dieses Volk Verbindung mit einer noch weiter fortgeschritteneren Zivilisation aufgenommen und nach einer geologischen Katastrophe seinen Heimatplaneten aufgegeben, was einige vor kurzem entdeckte, beschriftete Metallplatten nahelegten? Rychi würde das nie erfahren, dachte Picard. Die Sonne, die seine Welt erhellte, würde jeden Beweis dafür vernichten, daß dieses uralte Volk überhaupt existiert hatte.

Ironischerweise war Rychi auch noch eben jener Archäologe, der vor kurzem Hinweise auf die wahre Macht der früheren Bewohner seiner Welt gefunden hatte, bevor ihre Kultur so plötzlich verschwunden war. Die Zivilisation jener Humanoiden hätte vielleicht einen Weg aus diesem Dilemma gefunden. Nun sah Samas Rychi dem Tod seiner Arbeit, dem Tod seiner Welt und sehr wahrscheinlich auch seinem eigenen Tod entgegen.

Picard stand eine Handlungsmöglichkeit offen, die allerdings mit schmerzlichen und vermutlich sogar unethischen Entscheidungen einherging. Die *Enterprise* konnte vielleicht ein paar tausend Menschen und einige der wichtigsten kulturellen Artefakte von Epictetus III retten. Waren Starfleet Command und der Föderationsrat bereits zu dem Schluß gekommen, daß die Lage hoffnungslos war, und hatte man ihn in eine Zwickmühle hineinmanövriert, in der er gezwungen sein würde, nur eine Minimalhilfe zu leisten, weil dies die einzige Möglichkeit war?

Nein, sagte Picard sich. Weder dem Rat noch Starfleet sah es ähnlich, sich so vage, so… unsicher zu verhalten. Sie erwarteten von der *Enterprise* mehr als nur eine obligatorische Geste. Irgendwo in den Informationen, die gerade vom Rat, seinen eigenen Wissenschaftsoffizieren und seiner Mannschaft untersucht wurden, befanden sich bereits die Teile einer Lösung, die nur darauf warteten, daß sie zusammengesetzt würden. Lösungen präsentierten sich häufig auf diese Weise: Neue Entdeckungen waren eigentlich nicht nötig, es genügte vielmehr, bereits vorhandenes Wissen unter der Drohung einer überwältigenden Gefahr auf neuartige Weise zusammenzufügen.

Aber als er sich erhob, um die Brücke aufzusuchen, fest entschlossen, alles zu tun, was in seiner Kraft stand, sagte ihm ein Gefühl tief in seinem Inneren, er müsse sich vielleicht der Schlußfolgerung stellen, daß es keine gute Lösung für das Problem der Rettung der Bewohner von Epictetus III gab, weil sie nicht mehr genug Zeit hatten, ihnen zu helfen. Einen Großteil dieser Zeit hatte die *Enterprise* auf dem Weg hierher verbraucht, und jetzt konnte man die Lebenserwartung des Planeten schon nach Tagen messen. Er hoffte, daß die angesetzte Besprechung mit Admiral Barbieri sich nicht als sinnlos herausstellen würde und die Anwesenheit der *Enterprise* in diesem System keine falschen Hoffnungen schürte, die sich dann doch zerschlugen.

Während die Brückenmannschaft erneut Admiral Barbieris Schilderung der grimmigen Tatsachen über die bevorstehende Nova lauschte, dachte Lieutenant Commander Data über das Problem nach, das der instabile Stern präsentierte. Dies war kein Stern, der zu den klassischen Ausbruchsnovae gehörte. Ganz sicher war er kein Kandidat für eine Supernova. Er hatte einfach nicht genug Masse, um einen dieser beiden Zustände erreichen zu können. Es handelte sich um eine Sonne wie die der Erde – mit der Ausnahme, daß irgend etwas diese plötzliche Instabilität hervorgerufen hatte. Dieser Stern stellte ein ausgesprochen verwirrendes Problem dar, aber sein Verstand suchte bereits nach Erklärungen und einer Lösung.

Der Föderationsrat sah insgeheim die Rettung der Bevölkerung von Epictetus III als unmöglich an. Data mußte sich eingestehen, daß es vielleicht keine Möglichkeit gab, dieses spezielle Problem zu lösen, und zwanzig Millionen Menschen zu einem sengendheißen Tod verdammt waren. Es konnte sich nur noch um Tage, vielleicht um eine Woche handeln, bis dieser gewaltsame Tod eintrat. Und während er über die Fakten nachdachte, die Admiral Barbieri einmal mehr vortrug, wurde ihm immer klarer, daß eine Warnung zu einem früheren Zeitpunkt nicht möglich gewesen war.

Er rief sich den Umstand ins Gedächtnis, daß die *Enterprise* selbst sich in Gefahr befand. Die instabile Sonne konnte sehr wohl fast ohne jede Vorwarnung zu einer Nova erblühen, und jede Funktionsstörung, die den Abflug der *Enterprise* verzögerte, konnte möglicherweise den Untergang des Raumschiffs bedeuten. Ein solches Ereignis war nicht wahrscheinlich, aber das Risiko durfte nicht außer acht gelassen werden.

»... und daher hat es nun den Anschein«, sagte Admiral Barbieri, »daß die Verlockungen dieses Systems zu schön waren, um wahr zu sein. Dank Samas Rychi wissen wir jetzt, daß der Stern Epictetus nur aufgrund eines zuvor nicht entdeckten Aggregates stabil war, das in seinem Subraumkern von der humanoiden Urzivilisation hinterlassen wurde, die einst auf dem Planeten gelebt hatte. Professor Rychi entdeckte vor kurzem eine Stätte, bei der es sich offenbar um eine Station handelt, die mit dem Stabilisierungsaggregat der Sonne in Verbindung steht, ebenso einige visuelle Darstellungen, die wahrscheinlich das Gerät selbst zeigen, und wie es dorthin versetzt wurde. Wir sind mittlerweile zu der Überzeugung gelangt, daß diese hochentwickelte Technik offenbar nun versagt, weil die Emissionen der Sonne sämtliche klassischen Anzeichen von Instabilität aufweisen.«

Der Admiral hielt inne, griff nach einer Schalttafel vor ihm und drehte dann seine erhebliche Masse in der Null-G-Umgebung, die seit nunmehr dreißig Jahren sein Zuhause war und von der aus er regelmäßig mit dem Föderationsrat konferierte. Für einen Menschen war diese gewaltige Masse ungewöhnlich, aber der Admiral hatte Berichten zufolge sowohl eine seltene chaotische metabolische Störung als auch große Freude am Essen. Er war ein bemerkenswerter Mann, dachte Data, als er aufrief, was er über Pietro Barbieri in den Aufzeichnungen gelesen hatte: Der Admiral hatte als Fünfzehnjähriger seinen Abschluß in Astrophysik gemacht, hatte sich danach als einer der brillantesten Studenten der Starfleet-Akademie erwiesen und zwanzig Jahre als Captain eines Sternenschiffes gedient, bis sein unheilbares metabolisches Leiden und seine zunehmende Fettleibigkeit ihm das Leben als Schiffsoffizier im aktiven Dienst unmöglich gemacht hatten. Nach dem, was Data über Admiral Barbieri wußte, verbrachte er fast seine gesamte Zeit mit Nachdenken, aber offensichtlich hatte der Admiral nicht viel Zeit gehabt, um über diese Nova nachzudenken.

»Die *Enterprise*«, fuhr Barbieri fort, »war das einzige Schiff, das sich nahe genug an Epic III befand, um den Planeten innerhalb von einer Woche zu erreichen. Es ist ausgeschlossen, daß andere Starfleet-Schiffe rechtzeitig zu Ihrer Unterstützung eintreffen können.« Ein unbehaglicher Ausdruck huschte über sein rundes Gesicht, als empfinde er tatsächlich so etwas wie Scham. Vielleicht war es ihm tatsächlich peinlich, daß er nur so schwache Hilfe zu bieten vermochte. Starfleet und der Rat verließen sich auf den Admiral, als handelte es sich bei ihm um eine natürliche Ressource. Wenn ein Problem unlösbar erschien, hieß es, man solle sich an Pietro Barbieri wenden. Er war zu gewaltigen intuitiven Sprüngen fähig, von denen viele natürlich unlogisch erschienen. Meistens lieferten sie jedoch interessante hypothetische Vorschläge, die sich später oft als richtig erwiesen. Man sagte, Barbieri sei sehr stolz darauf, allein durch seine Intuition und seinen Intellekt dem Föderationsrat bei der Entscheidungsfindung behilflich sein zu können. Allerdings hegte Data den Verdacht, daß diese weitverbreitete Annahme nicht der Wahrheit entsprach. Schließlich war der Admiral nur ein einzelner Mensch. Viele andere standen dem Rat in beratender Funktion zur Seite, und vielleicht hatte der Admiral lediglich die Verdienste für die gedanklichen Leistungen vieler eingeheimst.

»Aber da wir nun einmal hier sind«, fragte Picard hinter Data, »was genau können wir tun?« Data schaute sich kurz um und sah, daß der Captain sich leicht in seinem Sessel vorbeugte. »Es ist unmöglich, zwanzig Millionen Epicteter in dieser kurzen Zeit umzusiedeln. Innerhalb einer Woche könnten wir nicht einmal unsere Transporter darauf einstellen, diese Menschenmengen hinaufzubeamen und zeitweilig zu speichern. Selbst wenn uns die Zeit zur Verfügung stünde, ist ein solches Verfahren noch niemals in dieser Größenordnung versucht worden. Die Fehlerquote wäre gewaltig.«

Data wußte, daß dies zutraf. Mit einem Blick über die Schulter konnte er Lieutenant Commander Geordi LaForge ausmachen, der an der technischen Station saß und Transporterchef Miles O'Brien hinter der Einsatzkontrolle bestätigend zunickte. Zwar war es interessant, über eine solche Transporterleistung zu spekulieren, aber sie lag doch weit jenseits dessen, was zuverlässig innerhalb einer Woche bewerkstelligt werden konnte. Diese Anzahl von Wesen sicher im Musterpuffer des Transporters zu speichern – immer vorausgesetzt, daß die erforderlichen umfangreichen Modifikationen rasch genug vorgenommen werden konnten –, bedeutete zwangsläufig, daß ein Transporterstrahl monatelang Tag und Nacht in Betrieb sein würde. Fehler auf Quantenebene würden zwangsweise zu einem schrecklichen Verlust der Biodaten führen. Selbst wenn man diese Verluste hinnahm, standen weder die Energie noch ein ausreichend detailliertes Programm zur Verfügung, ganz abgesehen von dem Problem, wo man eine solch gewaltige Menge an Bioinformationen rechtzeitig rematerialisieren konnte, bevor der Verfallsprozeß einsetzte.

»Ganz recht, Captain.« Barbieris Hängebacken erbebten, als er den Kopf schüttelte. »Es gibt keinen Ausweg. Wenn es so weit ist, werden Sie sich darauf beschränken müssen, die wenigen Personen aufzunehmen, die Sie aufnehmen können, und vielleicht noch zwei oder drei Kulturschätze. Sie werden die Lage persönlich einschätzen müssen und dann die Entscheidungen für die entsprechenden Maßnahmen treffen. Das ist alles, was ich Ihnen dazu sagen kann. Wir können diese Welt nicht ihrem Schicksal überlassen, ohne gezeigt zu haben, daß wir uns um sie kümmern und Hilfsanstrengungen unternehmen, so vergeblich diese auch sein mögen.« Der Admiral verzog das Gesicht. »Die Föderation muß hier Präsenz zeigen, damit ihre anderen Welten erfahren, daß wir es versucht haben und die Bewohner von Epictetus III nicht ganz und gar aufgegeben wurden.«

Data kam zu dem Schluß, daß Admiral Barbieri nach allem, was sie bisher wußten, recht hatte; die Lage schien verzwickt, vielleicht sogar wirklich hoffnungslos zu sein. Data kam aber auch zu dem Schluß, daß noch niemand über sämtliche Fakten hinsichtlich der Bedrohung für Epictetus II verfügte. Und wo sowohl an Tatsachen als auch an Hypothesen Mangel herrschte, mochten sich durchaus Alternativen auftun.

Lieutenant Commander Deanna Troi sah kurz nach rechts zu Captain Picard und dann wieder auf den Frontschirm. Die Besorgnis des Captains war offensichtlich. Jean-Luc Picard würde tun, was er konnte, selbst wenn er wußte, daß seine Anstrengungen vergeblich waren, aber sie spürte die Spannung in ihm und den Zorn, den er angesichts seiner Machtlosigkeit empfand. Admiral Barbieris schwerlidrige braune Augen deuteten auf seine eigene unterdrückte Wut hin. Er mußte sie auch weiterhin unterdrücken, denn es gab nichts, worauf er sie richten konnte.

Es war die *Kobayashi Maru*-Situation – das Szenario,

das man nicht gewinnen konnte. Zwei- oder dreitausend Leben von all den Millionen zu retten – das war fast gleichbedeutend damit, gar nichts zu tun, wie wertvoll jedes einzelne Leben auch sein mochte. Wenige retten, viele zurücklassen und das Ganze dann einen Erfolg nennen...

Dieser Einsatz war unmöglich, sein Erfolgskriterium war zu eng gefaßt; ganz sicher würde das zu einer schweren Beanspruchung der Offiziere und sämtlicher Besatzungsmitglieder führen. Zu viele Leben standen auf dem Spiel, zu viele würden ausgelöscht werden, als ob sie und ihre Welt niemals existiert hätten. Troi hatte sich noch nie, nicht einmal in ihren schlimmsten Alpträumen, einer solch überwältigenden Herausforderung gegenübergesehen. Sie konnte fast spüren, wie das Innenleben der dem Tode geweihten Millionen auf sie eindrang, als ob sie eine Zufluchtsstätte wäre, in die sie sich flüchten konnten.

Plötzlich begehrte alles in ihr gegen ihre Ausbildung, ihre Pflicht, diesen Einsatz auf. Niemand, nicht einmal die organisierte Intelligenz einer Raumschiffcrew, sollte die Verantwortung übernehmen müssen, solch erschreckende und unmögliche Entscheidungen zu treffen. Selbst bei den wilden Tieren auf ihrer Welt Betazed und bei einigen Erdenspezies blieben Partner oder Geschwister in der Nähe eines sterbenden Angehörigen, um ihm in seinen letzten Stunden nah zu sein. Vernunftbegabte Wesen konnten nicht weniger tun.

Captain Picard machte nunmehr einen ruhigeren Eindruck, und ihre Überzeugung, daß er seine Fassung nicht verlieren würde, verstärkte sich. Aber ein anderes Mitglied der Brückenbesatzung barg Gefühle in sich, die sich zu qualvollen Knoten verschlungen hatten. Troi richtete die Aufmerksamkeit auf Fähnrich Ganesa Mehta, die am Kontrollpult neben Data saß. Der Rücken der jungen Frau war versteift und verriet ihre Anspannung. Ganesa Mehta war auf ihrem Posten geblieben und hatte darum gebeten, nicht abgelöst zu werden, und Commander Riker hatte diesem Gesuch entsprochen. Allmählich gelangte Troi jedoch zur Auffassung, daß er sie doch besser durch einen anderen Offizier abgelöst hätte.

Ganesa Mehta, dachte Troi traurig, war nach Hause gekommen, nur um ihre Heimatwelt Epictetus III sterben zu sehen.

Fähnrich Mehta schien – bislang – durchzuhalten. Commander William Riker hatte sie zuerst nicht an ihrer Station ausharren lassen wollen, aber sie war eine außerordentlich vielversprechende Offizierin, und er hatte ihr vertraut, als sie ihm versichert hatte, ihre Pflichten erfüllen zu können. »Ich muß tun, was ich kann«, hatte sie gesagt. »Nur herumzusitzen und zu warten, das wäre noch schlimmer.«

Admiral Barbieri sprach jetzt von dem geringen Risiko, das dieser Einsatz für die *Enterprise* darstellte. Riker gefiel die Vorstellung nicht, das Raumschiff so dicht an eine Nova heranzuführen, auch wenn es genug Vorwarnungen geben würde, um das Schiff rechtzeitig aus der Gefahrenzone zu bringen. Reichlich Zeit, so ermahnte er sich, falls nichts schiefging, sich keine unvorhergesehenen Funktionsstörungen ergaben. Er hatte häufig genug Poker gespielt, um zu wissen, daß ein Spieler auch mit einem guten Blatt verlieren konnte, und diesmal würde der Einsatz das Leben der gesamten Besatzung der *Enterprise* beinhalten. Leider konnte er dieses Blatt nicht abwerfen, sondern mußte es ausspielen. Aber sein Pokerinstinkt warnte ihn davor, daß es nicht klug war, mit einer Sonne zu spielen, die bald zur Nova werden würde, wenn irgendein nicht in Betracht gezogener Umstand der *Enterprise* eine todbringende Verzögerung bescheren konnte.

Während Riker Admiral Barbieri zuhörte, versuchte er, seine irrationale Furcht zu verscheuchen. Wenn sie weiter anhielt, würde er mit Deanna Troi darüber reden müssen. Er verlagerte seine Sitzhaltung und schaute dann an Captain Picard vorbei zu Counselor Troi. Sie saß vollkommen reglos da, und fast konnte er den Zweifel in ihr spüren, den sie niemals auf ihrem wunderschönen Gesicht zeigen würde. Und er wußte, daß auch er seine Pflicht tun würde, und wenn es ihn das Leben kostete.

Als Admiral Barbieri das Gespräch beendete, verharrten die Crewmitglieder auf der Brücke in Schweigen. Dann zeigte der Frontschirm die Sonne, aus der bald eine Gewalt hervorbrechen würde, die den üblichen brodelnden Hexenkessel eines Sterns bei weitem übertraf. Von außen betrachtet verriet der Stern nichts von der Anwesenheit der Furie, die sich nach ihrer äonenlangen Gefangenschaft anschickte, alles Leben vom dritten Planeten dieses Systems hinwegzufegen. Riker wußte, daß die Instrumente der *Enterprise* mittlerweile genügend Informationen aufgezeichnet hatten, um das bevorstehende Höllenfeuer mit Gewißheit vorhersagen zu können.

Dann bemerkte er noch etwas und beugte sich vor, um das Anzeigefeld vor seinem Platz zu mustern. Die Sensoren der *Enterprise* hatten zwanzig unterlichtschnelle Raumschiffe aufgespürt, die zum Rand dieses Sonnensystems flogen. Sie hatten offenbar schon eine ganze Weile Schub gegeben, um so weit gekommen zu sein, und konnten nur von Epictetus III gestartet sein.

»Zwanzig Unterlichtschiffe verlassen gerade das System«, sagte Lieutenant Worf von seinem Platz hinter Troi.

»Computer«, sagte Picard, »Sicht in Heckrichtung.« Der Schirm zeigte die winzigen Flecken der Unterlichtschiffe. Er wandte sich Riker zu. »Wohin wollen die denn fliegen?«

Die Frage war rein rhetorisch. Picard war sich der Tatsache bewußt, daß mit der üblichen Sublichtbeschleunigung die Schiffe bestenfalls den interstellaren Raum erreichen konnten. Wenn sie erst einmal draußen waren, hatten sie eine gewisse Chance, den Schock durch die Nova zu überstehen, aber sie hatten kein Ziel, es gab keinen Hafen, den sie in einer einigermaßen vernünftigen Zeitspanne hätten anlaufen können.

»Ganz offensichtlich, Captain«, entgegnete Riker, »erwarten sie, daß jemand sie aufsammelt.«

2

Als der blaugrüne Globus von Epictetus III auf dem Hauptschirm der Brücke erschien, spülte eine Welle ängstlicher Anspannung über Deanna Troi hinweg. Die Empfindung erschütterte sie so stark, daß sie sich auf ihrem Platz zurücklehnte. Es dauerte eine Weile, bis sie ihre Selbstbeherrschung zurückerlangte.

Sie wußte, daß Epictetus III in dem Ruf stand, eine schöne Welt zu sein, und ihre Bewohner waren für ihre künstlerischen Errungenschaften und ihre Aufgeschlossenheit allen Künsten gegenüber bekannt. Bilder von den Städten des Planeten hatten anmutige Gebäude gezeigt, umgeben von blühenden Gärten. Die meisten Epicteter lebten an den Ost-, Süd- und Westküsten von Themis, einem Kontinent, der etwa so groß war wie das irdische Australien und in der Äquatorregion von Epictetus III lag; allerdings lebten etwa zweihunderttausend Menschen in der Stadt Boreas auf dem weitaus kleineren Nordkontinent Metis.

Die beiden Kontinente waren die einzigen Landmassen auf einem Planeten, dessen Oberfläche zu neunzig Prozent von Wasser bedeckt war. Diese Kontinente hatten einer Besiedelung einige Hindernisse in den Weg gestellt. Metis' Küstensaum war öde und mit Felsen bedeckt, während die Mitte des Kontinentes dichte Wälder aufwies. Das Innere von Themis war eine sandbedeckte weite Fläche, die als Korybantes-Wüste bekannt war und im Osten von den hohen Gipfeln der Kuretes-

Berge und im Westen vom den Kabeiroi-Bergen begrenzt wurde.

Kolonisten der Föderation waren zu dieser Wasserwelt mit der geringen Landfläche gekommen und hatten sich in ihre Schönheit verliebt. Die heftigen Kontraste zwischen den blumenbewachsenen Hügeln, die am Meer aufragten, den prachtvollen Bergen, den weiten Grasebenen, dem orangefarbenen Wüstensand und der felsigen Küste im Norden mit ihren Bäumen, die um ein Vielfaches höher als die Mammutbäume der Erde wuchsen, hatten die Freude der Kolonisten an der Schönheit ihrer Welt nur noch verstärkt.

Nun würde diese Welt für immer verloren sein.

Wieder drohte die Qual von zwanzig Millionen Menschen sie zu erfüllen; sie spürte, wie ihr anschwellendes Grauen und ihre Verzweiflung auf sie eindrangen. Und dann hörte sie unter dem inneren Sturm der Angst und der Furcht ein tieferliegendes Lied: die Liebe der Menschen dieser Welt zu ihrem Planeten. Die Wurzeln dieses Liedes reichten in die Zeit zurück, bevor diese Welt besiedelt worden war, und schienen mit der schon lange toten, fremden Zivilisation verbunden zu sein, deren Niedergang niemals zufriedenstellend erklärt worden war. Dieses liedgleiche Band zu den schon lange verschwundenen ehemaligen Bewohnern war durch anderthalb Jahrhunderte wachsender Vertrautheit mit der Landschaft und durch verschiedene archäologische Hinweise geschmiedet worden, gerade so, als hätte der Besitzer eines alten Hauses ein Gefühl für die vorherigen Bewohner entwickelt und würde nun allmählich glauben, daß er sehr viel mehr weiß, als er sagen, geschweige denn beweisen kann.

Die Geschichte dieser lang vergangenen Kultur war ebenfalls eine der Liebe für eine schöne Welt gewesen, die im feindseligen Glanz einer instabilen Sonne überlebte. Vor kurzem entdeckte Hinweise deuteten darauf hin, daß die früheren Bewohner von Epictetus III ihre Welt vor dieser Gefahr beschützen wollten, indem sie ihre Sonne stabilisierten, weil sie es nicht ertragen konnten, Zeugen des Untergangs ihrer Welt zu sein. Und sie war nicht untergegangen, wenngleich die früheren Bewohner verschwunden waren; und nun setzte sich ihr Lied in den Seelen und Herzen der neuen Siedler fort und trotzte der neu erwachten Feindschaft der Sonne.

So vieles von der Bedeutung des Lebens, dachte Troi, entdeckte man nur am Rande der Auslöschung...

Picard richtete sich auf seinem Platz auf. »Hier spricht Captain Jean-Luc Picard von der U.S.S. *Enterprise*...«, sagte er.

Auf dem Schirm erschien das Gesicht einer attraktiven grauhaarigen Frau, was Picard abrupt verstummen ließ. Troi spürte, daß der Captain nicht ganz sicher gewesen war, was er nach den üblichen Grußworten hätte sagen sollen, und nunmehr zufrieden war, daß er unterbrochen wurde.

»Captain Picard«, sagte die Frau, »ich bin Ministerin Mariamna Fabre vom Regierenden Rat unserer Welt, und man hat mich auserwählt, für den Rat zu sprechen.« Sie hielt inne, als der Erfassungsbereich der Übertragung erweitert wurde und acht andere Gestalten erkennen ließ, die mit ihr an einem langen Tisch saßen, der mit einem Spitzentuch bedeckt war und auf dem Blumen in Emaillevasen, filigrane Glasgefäße und elegante Silberbecher standen. Die Mienen der neun Minister waren grimmig, und einer mit einer dicken weißen Mähne raunte einer jüngeren Frau etwas zu. Ein anderer schwarzhaariger Mann mit feinen Zügen und dunklen, durchdringenden Augen starrte Mariamna Fabre böse an. Ihre Gesichter verrieten Troi, daß der Rat sich zwar für den Moment Ministerin Fabre beugte, aber einige Mitglieder den Wunsch hegten, daß ihre Autorität nicht so umfangreich sei, besonders nicht während dieser tödlichen Krise.

Die junge Frau, die neben dem weißhaarigen Mann saß, schlug plötzlich mit der Faust auf den Tisch, worauf ein Becher umstürzte. »Für diplomatische Nettigkeiten ist jetzt keine Zeit!« rief sie aus. Der weißhaarige Mann nickte zustimmend. »Wir haben nichts mehr zu verlieren, wenn wir ehrlich oder sogar in scharfen Tönen sprechen.«

»Captain Picard, das war Ministerin Dorcas Dydion«, sagte Ministerin Fabre. »Verständlicherweise ist sie sehr erregt – verzeihen Sie ihr bitte, daß sie sich Ihnen nicht vorgestellt hat.« Fabre lehnte sich in ihrem Sessel zurück. »Nur weiter, Dorcas«, sagte sie leise. »Sagen Sie, was Sie zu sagen haben.«

Troi spürte den eisernen Willen, der unter Fabres begütigend klingender Stimme lag; die Ministerin war stärker, als sie aussah, aber stets bereit, sich anzupassen.

Die junge Frau sah kurz beiseite. »Ich gebe das Wort an Samas weiter«, murmelte sie, und Troi erkannte, daß Fabre sie nicht unerheblich eingeschüchtert hatte.

»Nun gut.« Ministerin Fabre deutete auf den schwarzhaarigen Mann. »Samas, Sie haben das Wort. Captain Picard soll wissen, wie es bei uns steht.«

Der Mann hob den Kopf; seine dunklen Augen schienen aus dem Schirm heraus zu leuchten. »Ich bin Minister Samas Rychi.«

Troi sah, wie Picard sich bei dem Namen anspannte. »Professor Rychi«, sagte Picard und beugte sich vor, »ich bin ein Bewunderer Ihrer Arbeit. Archäologie gehört zu meinen bevorzugten Interessen – ich habe all Ihre Bücher gelesen, Ihren jüngsten Bericht über Ihre Ausgrabungen auf Epictetus III eingeschlossen. Sie lassen die Vergangenheit in Ihren Worten wieder aufleben. Ich hatte nicht gewußt, daß Sie dem Rat Ihrer Welt angehören.«

»Vor ein paar Monaten wurde eine Wahl abgehalten. Ich gehöre dem Ministerrat noch nicht lange an. Offenbar wurde es mir bestimmt, erst in der Todesstunde unserer Welt an ihrer Regierung mitzuwirken.« Samas Rychi legte die Arme auf die Tischplatte, und Troi erkannte, daß die ehrlich gemeinten Komplimente des Captains den Archäologen nicht im Geringsten berührt hatten. »Captain Picard, was genau werden Sie für uns innerhalb einer Woche tun können?«

»Alles, was möglich ist«, erwiderte Picard mit ausdrucksloser Stimme, doch sein Blick verriet seine Sorge und sein Unbehagen.

Rychis Mund verzog sich. »Und was genau ist möglich?«

»Sie sollten den Schiffen hinterherfliegen«, rief der weißhaarige Mann. »Zumindest das sollte doch möglich sein.«

»Ich nehme an«, sagte Picard, »daß Sie die Sublichtschiffe meinen, die gegenwärtig aus Ihrem System fliehen.«

»Ja.«

»Aber natürlich!« platzte Rychi heraus. »Wir wissen doch alle, warum das Ihre oberste Priorität ist, Czeslaw.«

Ministerin Fabres Gesicht schien vor Erschöpfung zu erschlaffen, und Troi nahm einen Augenblick lang so etwas wie Verzweiflung in ihrem Ausdruck wahr; dann jedoch richtete die Ministerin sich auf und sah den Weißhaarigen direkt an. »Samas hat das Wort«, sagte sie mit leiser, aber harter Stimme.

»Natürlich will Czeslaw, daß die *Enterprise* diesen Schiffen hinterherfliegt«, sagte Samas Rychi. »Auf einem davon hält sich sein Sohn auf.«

»Ich sehe keine Veranlassung…«, setzte der Weißhaarige an.

»Ruhe.« Ministerin Fabre sprach immer noch leise,

aber beide Männer wandten sich ihr augenblicklich zu. »Ich wurde ausgewählt, um für den Rat zu sprechen, also werden Sie mir dies auch erlauben.« Sie hielt kurz inne. »Einige von uns schämen sich für das, was diese Schiffe darstellen, Captain Picard. Drei Minister in diesem Raum haben Familienangehörige und Freunde an Bord dieser Schiffe.« Ihre Miene verriet ihre Beschämung über den Umstand, dieses Geständnis machen zu müssen, und Troi verspürte Mitgefühl für das Unbehagen und den Mut dieser Frau. »Der Sohn von Minister Czeslaw Peladon ist unter den Passagieren.«

»Dafür werde ich mich nicht entschuldigen«, sagte Czeslaw Peladon und zog seine buschigen weißen Augenbrauen zusammen. »Ich ergriff die Gelegenheit, mein einziges Kind und seine Frau zu retten. Die Minister Lise Turano und Lev Robert waren mir dabei behilflich und machten ihren Einfluß geltend, um jene zu retten, die ihnen nahestehen – ich kann sie nur dafür loben, daß sie sich zu raschem Handeln bereit erklärten, als es nötig war, ohne das geringste Zögern zu handeln.«

Er deutete mit weit ausholender Geste auf eine blonde Frau mit fein geschnitten Gesichtszügen und einen grauhaarigen Mann mit Schnurrbart; beide versanken in ihren Sesseln und machten betretene Gesichter. »Aber wir haben nicht versucht, uns selbst zu retten«, fuhr Peladon fort. »Denken Sie daran, bevor Sie vorschnell über uns richten.«

»Sie wollen, daß die *Enterprise* die Menschen an Bord dieser Schiffe rettet«, sagte Ministerin Fabre. »Ich muß widersprechen. Wen würden wir in einem Rettungsboot unterbringen, wenn nur wenige gerettet werden können? Natürlich die Kinder. Ein einziges Raumschiff kann nur eine begrenzte Anzahl von Menschen retten, also sollten so viele Kinder dieser Welt wie nur möglich gerettet werden.«

»Wie viele Menschen halten sich an Bord der Sublichtschiffe auf?« fragte Picard.

Fabre sah zu Czeslaw Peladon. »Dreitausendundsechzig, Captain«, erwiderte der Weißhaarige.

»Diese Anzahl könnten wir unterbringen«, sagte Captain Picard, »aber diese Schiffe einzeln zu verfolgen, würde uns Zeit kosten, die wir vielleicht nutzbringender hier verwenden können.«

»Augenblick mal!« Ministerin Dorcas Dydion, die junge Frau, die schon zuvor das Wort ergriffen hatte, beugte sich über die Tischplatte; eine Locke ihrer langen roten Haare hing ihr über das Gesicht. »Meinen Sie damit, daß Sie das einzige Schiff sind? Hat Starfleet keine anderen geschickt?«

Picard schüttelte den Kopf. »Wir waren Ihnen am nächsten. Alle anderen Schiffe sind zu weit entfernt, um Ihre Welt vor dem Ausbruch der Nova zu erreichen. Einige sind auf dem Weg hierher, aber sie werden nicht rechtzeitig eintreffen, falls der Ausbruch nicht durch einen unvorhergesehenen Umstand verzögert wird. Und selbst dann wären diese Raumschiffe in Gefahr, wenn sie in eine Umlaufbahn um ihre Welt einschwenken und Menschen an Bord beamen, falls etwas schiefgehen sollte.«

Troi beschwor ein grauenhaftes Bild hervor. Raumschiffe in niedrigen Planetenorbits, die Menschen an Bord beamten – eine sehr geringe Anzahl von Menschen – und dann im letzten Augenblick die Transporter ausschalten mußten, um dem Novaausbruch zu entkommen. Das war vielleicht möglich, sofern die Schiffe vor dem Ende einträfen, aber selbst fünfzig oder auch hundert Schiffe konnten für die meisten der zwanzig Millionen Menschen nur wenig tun. Unten würden Menschenhorden gegeneinander kämpfen, um eine Chance auf Rettung zu erhaschen, vielleicht die Transferorte stürmen, was es unmöglich machte, etwas anderes als ineinander verklumpte Körper hinaufzubeamen.

»Ihr Schiff ist also das einzige hier?« sagte Dorcas Dydion mit ungläubig geweiteten Augen.

»Ja«, sagte Picard, und Troi fing den Unterton des Widerwillens in seinen Gefühlen auf.

»Dann bleibt nur ein vernünftiger Ausweg«, sagte Samas Rychi, doch seine Stimme brach, und er stockte. Ministerin Fabre wartete, bis er sich wieder gefaßt hatte. Er nickte ihr zu und fuhr dann fort: »Unsere Welt oder die meisten Angehörigen unseres Volkes können Sie nicht retten, aber es ist vielleicht möglich, unsere Kultur zu retten. Einige hier in diesem Rat sind ihre Wächter, Menschen, die alles nur Mögliche getan haben, die Vergangenheit unserer Welt zu erforschen und zu erhalten. Andere, wie meine Kollegin Ministerin Fabre, haben unsere Kultur mit ihren wissenschaftlichen und künstlerischen Beiträgen bereichert – Sie wissen vielleicht, daß sie zu unseren begabtesten Komponistinnen zählt.«

Fabre verzog das Gesicht, als ob es ihr mißfiel, daß er ihre Leistungen in diesem ernsten Zusammenhang erwähnte.

»Und wir alle hier«, fuhr Rychi beredt fort, »wurden in unsere Positionen gewählt, weil andere uns den Dienst und die Führung unserer Welt anvertrauten. Wir und einige andere wie wir müssen überleben. Nehmen Sie unbedingt einige Kinder auf, aber nehmen Sie auch andere Menschen mit – unsere besten und befähigtsten sowie einige unserer geschätztesten Artefakte. Was werden diese Kinder haben, wenn niemand mehr da ist, der sich daran erinnert, wie es einst war, und keiner sie mehr lehren kann, was wir hier hatten?«

»Ich verstehe, was Sie meinen«, sagte Picard, aber Troi spürte das Unbehagen des Captains. Er hatte Samas Rychis Arbeit bewundert und diesen Mann geschätzt, und nun setzte deutliche Desillusionierung ein. Rychis Argument hatte etwas für sich – soviel mußte sie einräumen –, aber sie spürte auch eine gewisse Furcht und Eigennutz hinter seinen Behauptungen.

»Ich stimme Samas teilweise zu«, sagte Dorcas Dydion, »aber Czeslaw hat ebenfalls recht. Nehmen Sie so viele Menschen und Artefakte von unserem Planeten auf, wie es Ihnen möglich ist, und fliegen Sie dann den Unterlichtschiffen hinterher.« Sie sah sich im Kreise der anderen Ratsmitglieder um, die mit ihr übereinzustimmen schienen.

»Was würden wir denn retten?« fragte Ministerin Fabre. »Das Leben auf unserer Welt wird sterben und nicht in den wenigen Überlebenden weiterbestehen. Es sind nicht die wenigen, die gerettet werden müssen. Es ist unsere Welt, die der Errettung bedarf.« Verzweiflung lag in ihrer Stimme, und in ihrem Blick fand sich keine Hoffnung.

»Das ist nicht möglich, Ministerin«, sagte Picard leise. »Ich wünschte, es wäre nicht so. Wenn wir nur früher gewußt hätten, was diese Sonne stabilisierte – die Föderation wäre nicht das Risiko eingegangen, hier eine Siedlung zu etablieren.«

Fabre senkte den Kopf. »Wir hatten uns so sehr in diese Welt verliebt«, sagte sie, »wir wenigen Generationen, die hier lebten, daß wir vielleicht das große Geschenk, das uns zuteil wurde, nicht allzu genau unter die Lupe nehmen wollten.«

Troi wußte, was nun geschehen würde. Die Anwesenheit der *Enterprise* würde, statt etwas Trost und Sicherheit zu spenden, viele zu verzweifelten und gewalttätigen Handlungen treiben. Das Raumschiff vermochte mit Leichtigkeit, Entertruppen abzuwehren, aber diese Notwendigkeit würde die Mannschaft grausamen emotionellen Beanspruchungen aussetzen. Auf dem Planeten würde die Selbstmordrate bald rapide ansteigen;

viele würden ein friedliches Ende dem Flammentod vorziehen.

Sie fing eine Welle der Verstörtheit und der Pein auf, die diesmal aus ihrer Nähe kam. Fähnrich Ganesa Mehta saß wie erstarrt an ihrem Platz und sah auf den Bildschirm. Wie würde die junge Frau reagieren, wenn sie verzweifelten Freunden und Verwandten die Passage auf der *Enterprise* verweigern mußte? Würde sie es aushalten können, daß Menschen, die ihr wichtig waren, sich lieber selbst das Leben nahmen, bevor die Nova aufflammte? Was würde der Fähnrich tun, wenn die letzten Nachrichten eintrafen, wenn ihre Welt zu sterben begann? Sie sollte keinen Brückendienst tun, dachte Troi; sie steht schon kurz vor dem Zusammenbruch.

»Darf ich Ihnen eine Frage stellen, Ministerin Fabre?« sagte Picard. »Aus unseren Aufzeichnungen geht hervor, daß Sie mindestens über zwei Raumschiffe der Frachtträgerklasse verfügen.«

Fabre nickte. »Ja, das trifft zu – die *Olympia* und die *Carpathia*.«

»Wo sind sie?«

»Auf dem Rückweg, mit Frachtgut von einigen Anlaufhäfen«, erwiderte Fabre. »Sie sollen heute in drei Wochen eintreffen. Ihre Captains werden auf Heimatkurs bleiben, bis alle Hoffnung dahin ist.« Sie faltete die Hände; die Knöchel traten weiß hervor. »Wir haben einen dritten Frachter in Bau, außerdem ein Raumschiff der Kreuzerklasse, aber sie können nicht vor der Novaexplosion fertiggestellt werden. Unsere zwanzig anderen Einheiten, alles Binnensystemschiffe ohne Warpantrieb, wurden, wie ich schon sagte, von drei meiner Ratsmitgliedskollegen requiriert, bevor sonst jemand sie übernehmen konnte.« Die Ministerin wandte den Blick ab.

Troi konnte Picard beinahe sagen hören, was er dachte: »Vielleicht finden wir einen Weg, um Ihr Volk zu retten.«

Aber er sagte es nicht, weil er ganz klar wußte, daß leere Worte, auch die des Captains eines Raumschiffs, nicht ausreichten, um in einer ausweglosen Situation ein tapferes Beispiel zu geben. Ministerin Fabres Volk würde bald seine besten und schlechtesten Charaktereigenschaften offenbaren, und bloße Worte konnten der herannahenden Katastrophe keinerlei Würde verleihen. Nichts vermochte das.

Kurz darauf beendete Ministerin Fabre die Besprechung. Es gab nichts mehr zu sagen, und sie und ihre Kollegen würden alle Hände voll zu tun haben, um vor dem Ende einigermaßen Ordnung unter der Bevölkerung zu halten.

Picard merkte, wie er auf den Bildschirm starrte, der nun wieder den Planeten unter ihnen zeigte. Er spürte die Blicke seiner Offiziere, aber einen Moment lang erwiderte er sie nicht.

Schließlich wandte er sich Riker zu. »Es gibt nur einen Weg, den wir gehen können«, sagte er, »auch wenn er unfair ist. Wir müssen sofort so viele Menschen wie möglich heraufbeamen, außerdem besonders wichtige oder wertvolle Artefakte und Dokumente. Und wir haben nicht die Zeit, um irgendeine gerechte Auswahl vorzunehmen, welche dreitausend Menschen nun an Bord kommen dürfen. Drei Ratsmitglieder haben bereits ihre Liebsten fortgeschickt, also können die sechs restlichen Minister auch genausogut den Rest aussuchen und sich selbst gleich mit. Ein Zufallsprinzip wäre genauso unfair wie das, was gerade geschieht. Regelrechte Fairness wäre nur ein karger Trost.«

Riker runzelte die Stirn. »Wie Sie schon sagten«, setzte er an, »gibt es keinen fairen Weg, diese Sache zu handhaben, ausgenommen vielleicht bevölkerte Gegenden anzuvisieren und per Zufall Menschen heraufzubeamen, was gefährlich werden könnte.«

»Darf ich dazu etwas sagen, Sir?« fragte die junge Offizierin, die an der Kontroll- und Navigationsstation saß, und Picard fiel ein, daß die junge Pilotin Ganesa Mehta von Epictetus III stammte. Das war Pech, aber auch unvermeidlich, da Starfleet darauf achtete, sein Personal von möglichst vielen Föderationskolonien zu rekrutieren.

»Nur zu, Fähnrich Mehta«, sagte Riker.

»Sie können sich darauf verlassen, daß Mariamna Fabre sich fair verhält«, sagte der dunkelhaarige Fähnrich. »Sie gehört dem Rat nun schon seit fast zwanzig Jahren an. Sie ist noch nie auch nur in die Andeutung eines Skandals verwickelt gewesen, und sie ist ausgesprochen ehrlich. Deswegen wird sie auch immer wiedergewählt, und deshalb wird sie fast immer dazu herangezogen, als Sprecherin des Gesamtrates aufzutreten. Wenn jemand schwierige Entscheidungen treffen muß, ist sie diejenige, die sie trifft.« Ganesa Mehta senkte den Blick. »Von einigen anderen Ministern kann man das nicht behaupten.«

»LaForge und O'Brien«, sagte Picard, als er aufstand und sich umdrehte, »wie lange dauert es, alle dreitausend Menschen heraufzubeamen? Und wie eng wird es werden?«

»Wenn wir alle sechs Personentransporter einsetzen«, erwiderte Geordi LaForge, »können wir höchstens siebenhundert Menschen pro Stunde heraufbeamen.«

»Wenn wir den Frachttransporter auf Lebensformen umstellen«, fügte Miles O'Brien hinzu, »könnten wir weitere dreihundert in der Stunde schaffen.«

Data drehte sich mit seinem Sessel herum. »Also liegt der kürzeste Zeitraum für den Transport von dreitausend Menschen bei drei Stunden«, sagte er, »aber es wäre sicherer, einen weiter gesteckten Zeitrahmen einzuplanen. Unsere Lebenserhaltungssysteme können diese zusätzliche Belastung verkraften, und trotz einer gewissen Enge können wir auch alle unterbringen. Die meiste der uns zur Verfügung stehenden Zeit wird jedoch wohl die Entscheidung in Anspruch nehmen, welche Personen wir an Bord holen.«

Und dann, dachte Picard, überlassen wir den Planeten einfach seinem Schicksal.

Riker stand auf und ging zu Ganesa Mehtas Station. »Fähnrich«, sagte er leise, »ich entbinde Sie von Ihren Pflichten.«

»Sir«, gab sie zur Antwort, »ich kann meine Pflichten am Steuerpult wahrnehmen.«

»Vielleicht«, sagte Riker, »aber die nächsten paar Tage werden für uns alle schwer werden. Vorläufig entbinde ich Sie vom aktiven Dienst.«

Fähnrich Mehta nickte, und einen Moment lang traf ihr Blick den von Picard. Er verspürte kurzfristiges Mitgefühl, dann steuerte er auf den vorderen Turbolift zu, um seinen Termin in der Krankenstation wahrzunehmen. Seine reguläre Untersuchung war kurz vor Starfleets Befehl für den Flug nach Epictetus III angesetzt gewesen. Dr. Crusher würde ihn jetzt noch dringender untersuchen wollen, um sicherzustellen, daß er den Anforderungen dieses tragischen Einsatzes gewachsen war.

Data schloß zu ihm auf. »Captain«, sagte er, »dürfte ich kurz privat mit Ihnen sprechen?«

Picard sah in Datas ausdruckslose gelbe Augen, konnte aber nicht erkennen, was der Androide vorhatte. »Selbstverständlich.«

Er ging voran zum Bereitschaftsraum. Die Tür glitt hinter ihnen zu. »Captain«, sagte Data, »ich möchte Sie um Erlaubnis bitten, mich mit Lieutenant Commander LaForge zu Professor Rychis letzter Ausgrabungsstätte hinunterzubeamen. Zu jener Station, die vermutlich mit der Technologie des fremden Sonnenstabilisators in Zusammenhang steht.«

»Denken Sie, daß das uns weiterhilft?« fragte Picard.

»Wahrscheinlich nicht, Captain, aber vielleicht finden wir eine Möglichkeit, die Explosion noch einen Monat oder vielleicht auch länger hinauszuzögern. Wir brauchen mehr Zeit für die Evakuierung. Vielleicht ermöglichen die Reste dieser Technologie mir und Lieutenant Commander LaForge, uns diese Zeit zu verschaffen.«

»Ich bin sicher, Samas Rychi wird unter diesen Umständen nichts dagegen haben, daß Sie die Ausgrabungsstätte besuchen.« Picard setzte sich; plötzlich fühlte er sich entsetzlich müde. »Bleiben Sie nicht zu lange weg – höchstens ein paar Stunden. Wir werden Sie für einen sofortigen Transport in der Peilung behalten.«

»Die Nova wird während dieser Zeit wahrscheinlich keine Gefahr für uns darstellen«, sagte Data.

»Ich denke dabei nicht nur an die Nova. Ich will nicht, daß Sie und LaForge von jemandem als Geiseln benutzt werden, der dann Zuflucht auf der *Enterprise* verlangt.«

»Diese Stätte liegt mitten in der Korybantes-Wüste und ist von bewohnten Gegenden ziemlich weit entfernt«, sagte Data.

»Was hoffen Sie dort zu finden?« fragte Picard in einem plötzlichen Anflug von Neugier, gepaart mit Hoffnung.

»Ich rechne nicht damit, überhaupt etwas zu finden, Captain. Falls die Techniker, die Professor Rychi zu der Station brachte, in all den Monaten, die seit der Entdeckung verstrichen sind, nichts gefunden haben, kann ich nicht erwarten, in wenigen Stunden viel herauszufinden.«

»Trotzdem«, murmelte Picard, »werden wir dann zumindest jede Möglichkeit ausgeschöpft haben.«

»In der Tat. Mehr können wir nicht tun, Captain.«

Data wandte sich zur Tür. »Ich werde sofort mit Lieutenant Commander LaForge sprechen.«

Endlich war Captain Picard unterwegs zu seinem Untersuchungstermin in der Krankenstation. Beverly Crusher strich sich die Haare glatt, als sie ihr Privatquartier verlassen wollte. Sie hatte ein kurzes Nickerchen eingelegt, denn sie wußte, daß es während der nächsten paar Tage kaum Gelegenheit dazu geben würde. Sie würde ab sofort in Topform sein müssen.

Körperlich war Jean-Luc Picard voll auf der Höhe; daran hegte sie keinen Zweifel. Aber Erschöpfung und die emotionelle Beanspruchung durch diesen Einsatz würden dem Captain und der Mannschaft viel abverlangen. Im Augenblick lagen nur zwei Crewmitglieder in der Krankenstation, die sich rasch von leichten Verletzungen erholten. Sie erwartete nicht, daß es noch lange bei dieser geringen Auslastung bleiben würde.

Beverly ging schon zur Tür, als ihr einfiel, daß sie die letzte Subraumnachricht ihres Sohns noch nicht abgespielt hatte. Wesleys Botschaft war schon vorher eingetroffen, aber sie hatte sie nach dem Aufwachen ansehen wollen. Vielleicht sollte sie das jetzt tun, solange sie noch Zeit dazu hatte. Sie trat zur Konsole an ihrem Schreibtisch und schaltete den kleinen Bildschirm ein.

Wesleys Gesicht erschien, und sie konnte die Sorge in seinem Blick erkennen. »Mutter«, sagte er, »ich hoffe, daß es dir gut geht. Wir haben von eurem Einsatz gehört. Ich...« Sein Kehlkopf bewegte sich, als er schluckte. »Ich möchte dich um einen Gefallen bitten. Krystyna hat versucht, ihren Eltern eine Nachricht zu schicken, damit aber nicht viel Glück gehabt.«

In Wesleys letzten Botschaften war der Name der jungen Frau häufig und mit Wärme erwähnt worden. Krystyna war eine vielversprechende junge Kadettin an der Starfleet-Akademie, die sich bereits einen Ruf als eine der brillantesten Studenten der Schule erworben hatte. Wesley war zunächst nur von ihrer mathematischen Begabung beeindruckt gewesen, aber Beverly vermutete, daß sich die beiden während der letzten paar Monate noch viel näher gekommen waren. Jetzt sah sie im Gesicht ihres Sohnes Anspannung und Sorge und konnte sich den Grund denken. Krystyna war auf Epictetus III aufgewachsen.

»Jedenfalls habe ich ihr gesagt, daß ich mich mit dir in Verbindung setzen und nachfragen werde, ob du etwas über sie herausfinden kannst. Sie will bloß wissen, ob es ihnen gut geht, und dann…« Wesleys Miene wurde noch ernster. »Sie haben ihre Anrufe nicht entgegengenommen, und sie will ihnen noch so vieles sagen, bevor…« Er senkte den Blick. »Sie waren böse auf sie«, fuhr er leise fort, »weil sie zur Akademie gegangen ist. Krystyna hatte mir das nicht gesagt. Sie haben einen heftigen Streit gehabt. Ihr Vater beharrte darauf, die Universitäten auf ihrer Welt wären genausogut wie jede andere in der Föderation, und sie solle gefälligst dort Mathematik studieren. Nicht, daß das jetzt noch eine Rolle spielt.« Wesley schüttelte den Kopf; offenbar machte ihm die Ironie zu schaffen, daß Krystyna überleben würde, weil sie den Wünschen ihrer Eltern zuwidergehandelt hatte, und sie jetzt sogar froh sein würden, daß ihre Tochter diese Entscheidung getroffen hatte. »Wenn du etwas herausfindest, gib mir bitte Bescheid. Ich muß jetzt zu einem Seminar – ich habe mich schon verspätet – und danach treffe ich mich mit Krystyna.«

Wesleys Gesicht verschwand. Beverly ging zur Tür, dachte an ihren Sohn und an die junge Kadettin, die ihren Heimatplaneten niemals wiedersehen würde.

Beverly fand Jean-Luc Picard bereits in der Krankenstation vor, wo er mit einem der beiden Patienten sprach, die sich von ihren Verletzungen erholten. »Nun, Fähnrich Chang«, sagte der Captain gerade, »ich hoffe, daß Sie bald wieder den Dienst aufnehmen können.«

Fähnrich Chang Jun-shing setzte sich in seinem Biobett auf. »Das kann ich bereits, Sir, aber Dr. Crusher weigert sich, mich zu entlassen.«

Beverly sah kurz auf das Schirmdisplay über dem Bett des Fähnrichs und stellte fest, daß Changs gebrochene Elle noch nicht ganz verheilt war. »Morgen, Fähnrich Chang«, sagte sie. »Dann entlasse ich Sie.«

Beverly winkte dem Captain, ihr in ihr Büro zu folgen. »Fähnrich Chang ist extrem begierig darauf, endlich entlassen zu werden«, sagte sie, nachdem die Tür zuglitt, »ganz besonders seit Beginn dieses Einsatzes. Vermutlich kann ich ihm das nicht zum Vorwurf machen.«

»Er ist ein guter junger Offizier«, sagte Picard, der fast wie ein stolzer Vater klang. »Irgendwann wird er ein ausgezeichneter Raumschiffcaptain sein.«

»Sie halten tatsächlich viel von ihm«, sagte sie.

»Ja, das tue ich.« Als Beverly ihren Tricorder hervorholte, fuhr Picard fort: »Ich habe mit dem Rat von Epictetus III gesprochen. Ich weiß nicht, ob Sie diese Diskussion zufällig mitverfolgt haben.«

»Da schlief ich. In den nächsten Tagen wird wohl eine Menge Arbeit auf mich zukommen, und ich wollte mich ausruhen, solange es noch möglich ist. Aber ich spiele das Gespräch später noch ab.«

»Es wird Ihnen nicht gefallen«, sagte Picard, als er sich auf den Untersuchungstisch setzte.

Beverly behielt die Anzeigen des Tricorders im Auge, während sie den Captain scannte. »Ich erhielt eine Nachricht von Wesley«, sagte sie leise. »Er macht sich schreckliche Sorgen wegen einer anderen jungen Kadettin, mit der er sich trifft. Sie stammt von hier und hat vergeblich versucht, eine Nachricht an ihre Eltern zu schicken.«

Sie sah von ihrem Tricorder auf und bemerkte, daß Picard sie mit einem traurigen Blick musterte. »Wesley hat mir neulich gesagt«, fuhr Beverly fort, »daß der Großvater seiner Freundin Ratsmitglied ist. Sie haben vielleicht schon mit ihm gesprochen. Das Mädchen heißt Krystyna Peladon.«

Picards Augen weiteten sich leicht. »Dann muß ihr Großvater Czeslaw Peladon sein.« Er schüttelte den Kopf. »Minister Peladon und zwei weitere Ratsmitglieder haben ihren Einfluß eingesetzt, um ihnen nahestehende Personen an Bord der zwanzig Unterlichtschiffe zu schaffen, die ihrer Welt zur Verfügung stehen. Diese Schiffe versuchen gerade, den Rand des Systems zu erreichen, wo sie die Nova zu überstehen hoffen. Ich kann Ihnen also sagen, wo die Eltern von Wesleys Freundin sich aufhalten – auf einem jener Schiffe.«

3

Als Data den Bereitschaftsraum verließ, war Geordi LaForge nicht mehr auf der Brücke. Der Schiffscomputer informierte den Androiden, daß der Chefingenieur sich im Gesellschaftsraum im zehnten Vorderdeck aufhielt, wo er häufig nach dem Dienst auszuspannen pflegte.

Data entdeckte seinen Freund an der Bar, an der er mit Fähnrich Ganesa Mehta saß. Ein offenbar unberührtes Glas Synthehol stand vor der jungen Frau. Der Fähnrich sah außerordentlich unglücklich aus, was in Anbetracht der Umstände verständlich war. Von Geordis für gewöhnlich heiterem Gesichtsausdruck war ebenfalls nichts mehr zu bemerken; er saß gebeugt und mit mürrischem Gesicht da und stützte die Arme auf dem Tresen ab.

Guinan gab zwei anderen Gästen ihre Getränke und kam dann zu Data. Sie hatte ihr übliches freundliches Lächeln aufgesetzt, aber ihr Blick war ernst. »Was darf's sein?« fragte sie.

»Ich denke nicht, daß ich im Augenblick etwas benötige«, erwiderte Data.

»Danke, daß Sie mich hierherbegleitet haben«, sagte Ganesa Mehta zu Geordi. Sie wandte sich Guinan zu. »Und Ihnen danke ich für's Zuhören. Ich glaube, ich habe mich meinen Ängsten lange genug hingegeben – jetzt sollte ich mich besser etwas ausruhen, damit ich später dienstbereit bin, falls man mich braucht. Und ich werde darüber nachdenken müssen, was ich meinen Eltern und meinem Bruder sagen werde…« Ihre Stimme stockte.

»Wenn Sie sich wieder aussprechen wollen, ich bin hier«, sagte Guinan.

Der Fähnrich löste sich vom Hocker und verließ die Bar.

»Arme Ganesa«, sagte Geordi. »Ich weiß nicht, was für sie schlimmer gewesen wäre – sich am anderen Ende der Galaxis aufzuhalten und keine Gelegenheit zu haben, sich von irgend jemandem zu verabschieden, oder aber hier zu sein, zu wissen, daß ihre gesamte Welt sterben wird, und nichts dagegen tun zu können.«

»Keine attraktive Wahl«, murmelte Guinan.

Geordi nippte an seinem Drink. »Es gibt keine Möglichkeit, um diese Welt zu retten. Und das geht mir gewaltig gegen den Strich.« Er sah Data an. »Und ich bin sicher, daß es Ihrer umfassenden Intelligenz ebenfalls gewaltig gegen den Strich geht.«

»Zu meinem Strich kann ich nichts sagen«, erwiderte Data, »aber meine Neugier ist beträchtlich angeregt. Für das Problem, wie es sich gegenwärtig darstellt, gibt es keine politische und menschenfreundliche Lösung, lediglich ein Beispiel für Rettungsbootlogik der härtesten Art. Allerdings gibt es vielleicht andere Lösungen.«

Geordi lächelte traurig. »Wir werden das System lange, bevor wir eine Antwort finden, verlassen müssen. Wir haben einfach nicht die Zeit, andere Lösungen zu suchen.«

Während Data sein eingespeichertes Wissen über Novae und den Verlauf der stellaren Entwicklung durchforstete, richtete sich seine Aufmerksamkeit auf einen seltsamen Gegenstand. Er sah wie ein Vogel aus und stand neben einem Glas Wasser auf dem Tresen. Der Vogel tauchte den Schnabel in das Wasser, richtete sich wieder auf, tauchte ihn dann wieder in das Wasser.

»Wie ich sehe, haben Sie mein neues Spielzeug bemerkt«, sagte Guinan. »Das war ein Geschenk von Lieutenant Griffin. Ihm zufolge war so etwas auf der Erde Mitte des zwanzigsten Jahrhunderts eine beliebte Tresendekoration.« Sie wandte sich ab und bediente ein anderes Besatzungsmitglied.

Data betrachtete den auf und nieder wippenden Vogel eine Weile, dann wandte er sich Geordi zu. »Dürfte ich Sie ersuchen«, sagte er, »sich so bald wie möglich mit mir auf die Oberfläche zu beamen?«

»Wieso?« fragte Geordi.

»Es gibt dort einen Ort, den ich mit Ihnen untersuchen möchte. Der Captain hat uns die Erlaubnis bereits erteilt und war gerade dabei, Kontakt mit der für diesen Ort zuständigen Person, Professor Samas Rychi, aufzunehmen, als ich den Bereitschaftsraum verließ.«

»Was haben Sie vor?«

»Das möchte ich Ihnen lieber noch nicht sagen«, erwiderte Data. »Ich ziehe es vor, daß Ihr Verstand unbeeinflußt von jedweder Aussage meinerseits arbeitet, während wir diesen Ort untersuchen.«

»Sie haben doch irgend etwas vor!«

»In der Tat«, sagte Data. »Ich bitte Sie darum mitzuspielen, wie man wohl sagt. Sie sind nicht nur ein außerordentlich kompetenter Ingenieur, sondern verfügen auch über ein hochentwickeltes und phantasievolles technisches Verständnis. Ich würde sehr gern Ihre Ansicht erfahren, nachdem wir diesen Ort besichtigt haben.«

»Und ich kann mir schon denken, welcher Ort das ist.« Geordi neigte sich in Datas Richtung. »Sie wollen sich die Station ansehen, die mit dem sogenannten Stabilisator in der Sonne in Verbindung zu stehen scheint.«

»Ja.«

»Und was haben Sie vor? Suchen Sie eine Möglichkeit, den Stabilisator zu reparieren? Wie ich gehört habe, hat Samas Rychi zahlreiche Techniker auf die Station angesetzt, nachdem sein Team sie entdeckte, und sie haben nichts herausfinden können, außer, daß sie irgendwie mit dem Sonnenstabilisator in Verbindung steht.«

»Vielleicht sind sie diesem Problem zu nah«, sagte Data. »Vielleicht hat ihre Angst ihre Urteilskraft getrübt, und sie erkennen deshalb nicht mehr, was ihnen sonst sofort aufgefallen wäre. Falls wir einen Weg fänden, die Novaexplosion nur um einige Monate hinauszuzögern, hätten wir Zeit, weitere Menschen zu retten – vielleicht sogar alle.«

»Das ist einen Versuch wert«, sagte Geordi. »Kommen Sie, wir sehen uns die Sache einmal an.«

Sie würden eine fremde Technologie untersuchen, dachte Geordi LaForge, als er auf die Transporterplattform stieg. Die Chancen, auch nur einen Bruchteil davon zu begreifen, geschweige denn, eine Möglichkeit zu finden, sie zur Verzögerung des Prozesses einzusetzen, durch den die Sonne zur Nova wurde, waren nicht lediglich gering, sie waren nahezu nicht vorhanden. Aber in der kurzen Zeit, die ihnen in diesem System noch verblieb, war er schon neugierig auf das, worauf die Menschen von Epictetus III sich während der letzten hundert Jahre verlassen hatten, ohne es zu wissen.

»Energie«, sagte er, und der Transporterraum und die schlaksige Gestalt von Lieutenant Jake Dane, dem diensthabenden Transporteroffizier, verschwanden.

Unmittelbar darauf standen Data und er vor einem silberfarbenen Kuppelgebäude, hinter dem ein hoher Sandwall aufragte, der von den Ausgrabungen stammte. Eine orangefarbene Sandwüste erstreckte sich in alle Richtungen. Die Hitze war trocken, aber intensiv; durch sein VISOR konnte LaForge die hellen Infrarotwellen sehen, die vom Sand aufstiegen.

Zwei kleine Fahrzeuge standen vor dem silbrigen Gebäude. Neben dem mutmaßlichen Eingang zur Anlage warteten zwei Männer; einer von ihnen war Samas Rychi. Der Archäologe hob eine Hand zum Gruß.

»Professor Rychi«, sagte LaForge. »Oder ist Ihnen Minister Rychi vielleicht lieber?«

Samas Rychi zuckte mit den Achseln. »Ist mir gleich. Ich gehöre dem Rat noch nicht lange genug an, um mich daran gewöhnt zu haben, mit Minister angesprochen zu werden.«

»Ich bin Lieutenant Commander LaForge, der Chefingenieur der *Enterprise*.«

Rychi nickte. »Captain Picard hat mir mitgeteilt, daß Sie kommen, aber ich weiß nicht, was Sie hier zu bewerkstelligen hoffen. Es haben sich schon etliche Ingenieure mit dieser Anlage befaßt, ohne etwas herauszufinden.«

»Das ist mir klar«, sagte LaForge.

Rychi deutete auf den hochgewachsenen, drahtigen, graubärtigen Mann, der zu seiner Linken stand. »Das ist Hakim Ponselle, einer meiner Mitarbeiter. Er gehörte meinem Team an, als wir diesen Ort entdeckten, und seitdem hat er praktisch hier gewohnt.«

Hakim Ponselle kniff die Augen zusammen, als er LaForges VISOR musterte. »Haben Sie ein Augenproblem, junger Mann?« fragte er.

»Ich wurde blind geboren«, erläuterte LaForge, »aber dieses VISOR gestattet mir, selektiv fast das gesamte elektromagnetische Spektrum wahrzunehmen.«

Ponselle grinste. »Dann sehen Sie eine ganze Menge mehr als alle anderen.«

»Noch besser: Ich kann rausgucken, aber niemand hinein.« Ponselle schmunzelte, als LaForge auf seinen Freund zeigte. »Und das ist Lieutenant Commander Data, unser Einsatzoffizier.«

»Ich bin ein voll denk- und wahrnehmungsfähiger Android«, ergänzte Data.

»Was heißt«, sagte Ponselle, »daß Sie vermutlich

schlauer sind als ich, ein viel besseres Gedächtnis haben und sich im Gegensatz zu mir nicht von Gefühlen durcheinanderbringen lassen.«

»Allerdings sollte ich dazu sagen«, erwiderte Data, »daß ich mich intensiv mit menschlichen Gefühlen befasse und zugeben muß, daß sie nicht so irrational sind, wie sie oft dargestellt werden.«

Ponselle lachte wieder. LaForge lächelte. Es beeindruckte ihn, daß der Mann mit dem grauen Bart den Sinn für Humor behalten hatte. Samas Rychi schien damit allerdings nicht viel anfangen zu können; seine Haltung war starr, und er lächelte nicht.

»Was können Sie uns zu dieser Anlage sagen?« fragte LaForge.

»Das teile ich Ihnen während der Führung mit.« Ponselle drehte sich um und streckte einen Arm in Richtung der Mauer. Plötzlich entstand so schnell ein Eingang in der Wand, daß Geordi es fast nicht mitbekam.

Ponselle ging voraus in einen breiten Flur. Die Wände waren mit radierungsähnlichen Darstellungen bedeckt. Eine zeigte offensichtlich detailliert eine Sonne und ihre Korona. Eine weitere zwei humanoide Gestalten, die vor einem zylindrischen Gegenstand saßen, der mit einer Art Stern verziert war, und eine dritte zeigte ein Fahrzeug mit Segeln. Dabei hätte es sich um eine Art Segelboot handeln können, aber für LaForge sah es eher wie ein Sonnensegler aus, ein Raumfahrzeug, das mit seinen gewaltigen Segeln den Sonnenwind einfing.

»Wir haben in fast allen antiken Stätten Stiche und Zeichnungen gefunden«, sagte Rychi. »Selbst in einer Anlage wie dieser versuchten die Alten noch etwas Schönheit zu erschaffen.«

Sie durchquerten den Flur und schritten eine steile Rampe hinab, gingen über einen breiten Steg, dann wieder eine Rampe hinunter. »Viele antike Gebäude weisen Stockwerke auf, die sich kilometertief in die Erde erstrecken«, erklärte Rychi. »Das hier ist nicht ganz so tief. Es gibt keine Anzeichen für Lifts oder andere Transportarten zu den tieferen Stockwerken, also gehen wir unter Berücksichtigung einiger Stiche und anderer Darstellungen davon aus, daß sie kleine, an Gürteln befestigte Antischwerkraftgeräte benutzten, um sich auf und ab zu bewegen. Wir haben uns notgedrungen der Rampen bedient.«

LaForge hörte außer dem leisen Klang der Schritte auf der Rampe keinen Laut. »Schrecklich ruhig hier drin«, sagte er, und die Luft schien seine Worte zu verschlucken.

»Bis vor ein paar Tagen haben hier noch einige unserer Archäologen und Ingenieure gearbeitet«, sagte Ponselle, »aber sie sind mittlerweile alle nach Hause gegangen.« Er sprach ohne besondere Betonung, als hätten sie sich nur ein paar genehmigte Urlaubstage genommen und würden bald zurückkommen. »Unsere Sonne war ungewöhnlich ruhig, bevor sie die ersten Anzeichen für Instabilität aufwies, die man sonst nur in ausbrechenden Wandelsternen findet. Diese Ruhe fiel den ersten Kolonisten auf, die zu dem Schluß kamen, daß sie selbst für einen Stern von annähernd der Masse der terrestrischen Sonne ungewöhnlich sei. Als sie dann Instabilitäten aufwies, die ebenfalls ungewöhnlich für einen sonnenähnlichen Stern waren, waren unsere Astrophysiker völlig verwirrt. Das Rätsel beschäftigte uns etwa zehn Jahre lang. Als dann Samas, ich und unser Team dieses Gebäude entdeckten, erfuhren wir schließlich, daß etwas in unserer Sonne abgelegt worden war, um sie stabil zu halten.«

»In der Sonne abgelegt?« fragte Data.

»Ja, Sie werden es gleich sehen«, sagte Rychi.

Die zweite Rampe endete schließlich vor einem großen offenen Torbogen. LaForge und Data folgten Ponselle und Rychi in eine langgestreckte Kammer. Am anderen Ende spielten Schatten über etwas, das wie eine graue Wand aussah. Ein Bild zeigte eine weiße pulsierende Kugel. In deren Zentrum saß eine tiefschwarze Kugel. Als LaForge das Bild betrachtete, schien es langsam zu rotieren und greifbare Realität anzunehmen.

»Das«, sagte Ponselle, »ist ein Blick direkt in unsere Sonne, in etwas, das man als Subraumtasche innerhalb des Sterns bezeichnen kann. Darin befindet sich das Gerät, das wir den Stabilisator nennen. Alle Sonnenemissionen bestätigen, daß es nicht mehr funktioniert, und wir scheinen nicht das geringste dagegen unternehmen zu können.«

»Gibt es hier irgendwelche Kontrollinstallationen?« fragte Data.

»Falls es welche gibt«, sagte Rychi, »haben wir sie nicht begreifen oder auch nur finden können. Vielleicht versagt auch die Tasche selbst aus irgendeinem Grund, und der Zusammenhalt des Stabilisators wird dadurch gestört. Wir wissen nicht, wie wir das beheben sollen.« Er seufzte. »Ich ließ unsere besten Ingenieure diese Anlage in der Hoffnung erforschen, daß ihnen etwas auffällt, was mein Team und ich übersehen haben. Aber nicht einer kam zu irgendwelchen Erkenntnissen über die Arbeitsweise des Stabilisators.«

Als LaForge durch die langgestreckte Kammer auf das geisterhafte Abbild des Sterns sah, wurde ihm klar, daß es sich um eine vereinfachte Darstellung des Subraums handelte. Eine kleine Tasche des Subraums war innerhalb des Sterns geöffnet worden, um einen Ort zu schaffen, in dem der Stabilisator überdauern und vermutlich den Wasserstoffverbrauch des Sterns regeln konnte, um so zu verhindern, daß er das Stadium einer Nova erreichte.

»Man sollte doch fast denken«, sagte Ponselle, »daß eine Verbindungsstation wie diese nicht nur errichtet wurde, um diese Kontrollfunktion darzustellen. Jedenfalls denke ich mir das. Ich meine, es erscheint mir nicht sehr wahrscheinlich, daß die Alten dieses Ding aufgestellt haben, nur damit die Menschen hierherkommen und es angaffen. Diese Anlage ist vielleicht dazu verwendet worden, die Sonne auf andere Art und Weise zu steuern. Aber seit der Entdeckung der Station haben wir nichts weiter gefunden und lediglich dieses Ding angaffen können. Man könnte wahnsinnig werden!«

»Vielleicht war das der Zweck der Station«, sagte Data, »und sie sollte alle Beobachter vor dem Augenblick warnen, in dem die Instabilität der Sonne nicht mehr hinausgezögert werden kann. Deshalb ist vielleicht auch die Zivilisation, die die Station erbaut hat, nicht mehr anzutreffen. Womöglich zog sie sich beim ersten Anzeichen einer Instabilität zurück. Dieses Bild könnte nichts anderes als eine Alarmeinrichtung sein, die Sie gewissermaßen erst kurz vor zwölf entdeckt haben. Vielleicht kann man weder hier noch im Kern der Sonne etwas reparieren.«

»Zu dieser Schlußfolgerung bin auch ich schließlich gelangt«, sagte Rychi, »aber ich hege immer noch den Verdacht, daß da mehr an der Sache ist und wir irgend etwas übersehen haben.« Er verschränkte die Arme vor der Brust. »Die Zivilisation, die diese Station errichtet hat, hinterließ noch zahlreiche andere Anlagen. Die meisten davon erinnern mich an bestimmte ägyptische Monumente auf der Erde – sie sind alle mit Statuen und Stichen angefüllt, die ich nur als Monumente ihres Ruhms beschreiben könnte, des Ruhms eines Volkes, das seine Macht akzeptierte und sie genoß.« Er sah auf den Metallboden. »Wir verfügen nicht über ihre Macht, wir haben uns bei der Besiedelung dieser Welt auf rücksichtslose Weise unachtsam verhalten, und nun zahlen wir den allerhöchsten Preis für anderthalb Jahrhunderte glücklichen Lebens.«

»Ich würde in der Kritik nicht so weit gehen«, sagte

Data. »Bis Sie die offensichtlichen Fluktuationen im Energieausstoß Ihrer Sonne bemerkten, wäre die Schlußfolgerung, daß innerhalb einer Zeitspanne von ein oder zwei Jahrhunderten oder auch einem Jahrtausend so etwas geschehen könnte, kaum zu ziehen gewesen. Menschen sehen oft nicht weiter als einige Generationen in die Zukunft und werden das wahrscheinlich auch weiterhin nicht können, bis ihre Lebensspanne Jahrtausende umfaßt.«

»Sie sind freundlich und großzügig zu den Verdammten«, brummte Ponselle, »aber es läuft doch darauf hinaus, daß die Menschen, die hier siedelten, einen gewaltigen Fehler gemacht haben und dieser Fehler uns nun teuer zu stehen kommt. Wir waren einfach dumm.«

»Nicht dümmer als jede andere Lebensform, die auf der Oberfläche eines Planeten überleben muß«, erwiderte Data. »Planetare Ökologien sind für die Lebensformen ihrer Welten stets gefährlich gewesen. Technisch fortgeschrittene Zivilisationen können vielleicht die jährliche Sterberate senken, aber sie können den Tod nicht zur Gänze verhindern.«

Rychis Augen verengten sich, als er Data ansah; offenbar ärgerte er sich allmählich. Der Archäologe, dachte LaForge, verlor gerade die Geduld mit Data und begriff nicht, daß die recht umständliche Sprechweise des Androiden oft seine Art des lauten Nachdenkens darstellte und Data andere gern an diesem Vorgang teilhaben ließ.

»Anscheinend sind Sie nur hierhergekommen«, sagte Rychi, »um zur gleichen Annahme wie ich zu gelangen. Wir können nicht verhindern, daß unsere Sonne zur Nova wird. Hakim würde gern glauben, daß dem nicht so ist und diese Stätte das Gerät in der Sonne steuern kann, aber da sprechen wahrscheinlich nur Hoffnung und Verzweiflung aus ihm. Diese Station oder Überwachungsanlage gibt einfach nur Bescheid, wenn es keine

Hoffnung mehr gibt, eine Warnung, daß der Stabilisator das Leben des Sterns nicht mehr verlängern kann. Das tat sie schon vor langer Zeit, und die Bewohner dieser Welt verließen sie – sehr frühzeitig. Aus irgendeinem Grund haben wir dieses Glück nicht gehabt.«

»Wir wissen nicht genau, ob es sich tatsächlich nur um ein Warnsystem handelt«, erwiderte Data. »Im Augenblick spiele ich mit dem Gedanken, einige Sonden und Überwachungsgeräte herzubeamen und dieses System mit dem der *Enterprise* zu verbinden. Ich möchte einige Diagnoseabläufe überprüfen.«

»Und was soll das bewirken?« fragte Ponselle. »Finden wir dadurch eine Möglichkeit, unsere Sonne wieder zu stabilisieren?«

»Selbst eine geringe Verzögerung wäre hilfreich. Dadurch würden wir mehr Zeit zur Evakuierung von Menschen von diesem Planeten und aus diesem System gewinnen.«

Ponselle wandte sich an LaForge. »Können wir darauf hoffen?«

»Das sollten wir herausfinden«, sagte LaForge. »Ich will keine falschen Hoffnungen wecken, aber…«

»Wecken Sie, junger Mann, wecken Sie. Jede Hoffnung ist besser als gar keine.«

»Tun Sie, was Ihnen beliebt«, sagte Rychi leise. »Meine Erlaubnis haben Sie. Scannen Sie die Anlage, analysieren Sie sie, jagen Sie sie in die Luft, wenn Sie möchten. Schaden kann es nicht. Es spielt keine Rolle mehr.«

Als sie den beiden Archäologen aus der Kammer folgten, dachte LaForge über Datas Worte nach. Sie hatten etwas in seiner Phantasie angeregt. Er wußte, daß sein Freund im Geiste bereits die verschiedenen Möglichkeiten durchging und dabei voraussetzte, daß ein Raumschiff in den richtigen Händen ein vielseitig anwendbares Werkzeug darstellte. Aber er wußte auch, daß Data nicht blindlings raten, keine verworrenen Phantasien hegen oder Wunschdenken mit der Wirklichkeit verwechseln würde. Data würde eine Vorgehensweise nur dann vorschlagen, wenn er sicher war, daß sie mit einiger Wahrscheinlichkeit auch funktionierte.

Die beiden Offiziere der *Enterprise* waren fort. Samas Rychi sah müßig auf den Fleck im Sand, wo sie gestanden hatten. LaForge und der Androide namens Data konnten jederzeit fliehen, dachte er. Sie würden zurückkehren, in der Anlage herumstöbern, vortäuschen, daß sie tatsächlich seiner Welt einen Aufschub zu gewähren vermochten, und dann würden sie sich kurz vor dem Ende wieder an Bord ihres Schiffes beamen. Sie würden sich selbst einreden, alles getan zu haben, was in ihrer Macht stand, und ihren Eid als Offiziere von Starfleet eingehalten zu haben.

»Samas«, sagte Hakim Ponselle, »ich werde wohl nach Nicopolis zurückfahren. Ich möchte bei Asela sein, bevor…«

»Natürlich«, sagte Rychi. »Ich werde mich vermutlich auch nach Nicopolis begeben. Mariamna Fabre wird in der Zeit, die uns noch bleibt, bestimmt noch eine weitere sinnlose Ratssitzung einberufen.« Er sah kurz zu dem Älteren. »Willst du deine Frau nicht hierherkommen lassen? Dann könnt ihr den beiden Starfleet-Offizieren bei der Arbeit zusehen. Als Ingenieurin wird Asela vielleicht erfahren wollen, was genau sie eigentlich zu entdecken hoffen.«

»Ich glaube nicht, daß sie etwas finden werden. Und du glaubst es auch nicht.«

Rychi drehte sich zu seinem Kollegen um. »Dann glaubst du nicht an deine eigene Hypothese über diesen Ort?«

»Daß diese Station vielleicht das Gerät in der Sonne

steuern kann? Ich halte das noch immer für möglich, Samas. Ich denke nur nicht, daß wir noch rechtzeitig herausfinden können, wie das Ding funktioniert.«

»Geh«, sagte Rychi. Er wollte schon sagen: »Grüße Asela von mir.« Doch dann wurde ihm klar, wie hohl diese Worte waren. »Danke, daß du all diese Jahre mit mir gearbeitet hast und mein Freund warst.« Ihm wurde bewußt, daß dies vielleicht ihre letzte Begegnung war.

Hakim Ponselle ergriff seine Hand und drückte dann seine Schulter. »Solltest du mich während der nächsten Tage irgendwie brauchen, gib mir Bescheid. Dann komme ich sofort – und Asela auch.«

»Danke.«

Hakim ging zu seinem Flitzer. Rychi würde allein hier warten, bis die beiden Offiziere der *Enterprise* mit ihrer Ausrüstung eintrafen. Wenn sie nichts herausfanden, würden sie zu ihrem Schiff zurückkehren, und er würde wieder allein sein. Es würde ein letztes Ratstreffen geben, an dem er aus Pflichtgefühl teilnehmen würde, und weiteres nutzloses Geschwätz darüber, welcher Anteil der Bevölkerung und des kulturellen Erbes seiner Welt die Rettung am meisten verdient hatten. Dann würde er wieder hierherkommen, um vor der Vernichtung allein zu sein. Es erschien ihm angemessen, sein Ende in der Einsamkeit dieses Ortes zu erleben.

Er war schon immer allein gewesen. Hakim Ponselle und die Menschen, die im Lauf der Jahre mit ihm zusammengearbeitet hatten – seine Schüler, Kollegen und Mentoren –, waren seine einzigen Freunde gewesen, und doch hatte er, abgesehen von der Arbeit, die sie mit ihm teilten, wenig über sie gewußt. Seine Mutter und sein Vater waren erst spät Eltern geworden und schon gestorben, als er sich an der Universität von Nicopolis einschrieb. Dort und an der Sorbonne und in Cambridge, jenen Erduniversitäten, an denen er seinen Abschluß gemacht hatte, hatte er einen großen Bekanntenkreis gehabt, aber nur wenige Freunde. Es hatte Leidenschaften gegeben, aber keine dauerhafte Liebe und keine Ehefrau, Protegés, aber keine Kinder, und so war es ihm auch lieber gewesen.

Seine Arbeit war sein Leben gewesen, und die früheren Bewohner von Epictetus III waren ihm wirklicher erschienen als die Menschen, unter denen er lebte. Er hatte ihre metallenen Wände mit den Stichen und ihre gewaltigen Statuen entdeckt und hatte sich vorgestellt, einer von ihnen zu sein, auf den breiten, offenen Straßen ihrer Städte unter ihnen zu wandeln, sich in einem ihrer großen Räume oder Innenhöfe auszuruhen oder die Wettkämpfe in einer ihrer riesigen Arenen anzusehen. Ihre Kunst und Gebäude hatten ihm verraten, daß sie auch ihr persönliches Leben in großem Maßstab geführt hatten, mit großer Leidenschaft und Hingabe an alle Gefühle und Sinne. Ihre antiken Bauten, die monumentalen Türme mit den unterirdischen Stockwerken hatten alle geologischen und meteorologischen Einwirkungen überstanden, die ihnen im Lauf der Zeit widerfahren waren, und schienen für die Ewigkeit geschaffen zu sein.

Ein Großteil ihrer Kunst zeigte große Schiffe, hochseetüchtige Fahrzeuge, die anscheinend die Bevölkerung einer kleinen Stadt aufnehmen konnten. Die Alten hatten sich offensichtlich nicht davor gefürchtet, ihre Kontinente hinter sich zu lassen und den weiten Ozean ihrer Welt zu befahren.

Rychi hatte ihre Dokumente durchforstet, die aufgezeichneten Bilder und fremden Symbole, die auf metallenen Seiten eingraviert waren, um ihre Sprache entziffern zu können. Er hatte davon geträumt, den Schlüssel zu diesem linguistischen Kode zu finden, die privaten Ansichten und Gedanken dieses dahingegangenen Volkes zu öffnen, endlich wirklich und wahrhaftig ihre Welt betreten zu können.

Doch ihre Sprache war ein quälendes Rätsel geblieben, dessen Lösung gerade außerhalb seiner Reichweite lag, und nun würde er keine Zeit mehr haben, es aufzuklären. Die festen Mauern ihrer Monumente konnten eine Nova nicht überstehen. Weil ihre Hinterlassenschaften vollständig vernichtet werden würden, würde auch das alte Volk von Epictetus III spurlos aus dem Universum verschwinden.

Rychi hatte den Blick in den Augen von Mariamna Fabre gesehen, als er gesagt hatte, ihre Pflicht bestünde nun darin, die Hüter der Kultur ihrer Welt zu retten. Er war sicher, daß er in den Augen von Captain Jean-Luc Picard einen Schimmer der Verachtung hatte aufflakkern sehen.

Warum konnten sie es nicht begreifen? Er wollte nicht sich selbst retten, sondern die Erinnerung an das Volk bewahren, das einst hier gelebt hatte. Er hatte fast dreißig Jahre gebraucht, um auch nur ein oberflächliches Verständnis dafür zu entwickeln, was diese Kultur einst vielleicht gewesen war. Ohne die Monumente und Artefakte, ohne die Splitter alter Werkzeuge und die Überreste der uralten Technik – ohne den *Planeten* –, würden selbst seine fortgeschrittensten Studenten und Kollegen niemals über sein begrenztes Verständnis hinauswachsen. Aber wenn er genug Daten bewahren, genügend Bilder und Aufzeichnungen der Artefakte von Epictetus III mit sich nehmen konnte, gelang es ihm vielleicht endlich, die Sprache zu entziffern, die ihm das Bewußtsein dieses alten Volkes eröffnen würde.

Sie hätten es verstehen sollen. Dieser Mann, Picard, der sich offenbar für eine Art Archäologiestudenten hielt, hätte seine Beweggründe begreifen müssen, als er vorschlug, sein eigenes Leben zu retten. Statt dessen hielt der Captain Samas Rychi nun vermutlich für einen Feigling, der aus rein selbstsüchtigen Gründen um seine Rettung bettelte.

Sie verstanden es nicht. Er hätte den Tod akzeptiert, wenn er sein Ziel erreicht, wenn er auch nur ein einziges antikes Dokument hätte übersetzen können und gewußt hätte, daß seine Interpretation zutraf. Dann hätte er anderen einen Stein von Rosetta hinterlassen können, einen Schlüssel zur Vergangenheit dieser Welt, den sie nutzen könnten. Dann hätte ein anderer Archäologe auf seinem Vermächtnis aufbauen können, selbst wenn von der uralten Zivilisation nur das übriggeblieben wäre, was in Datenbanken aufbewahrt wurde.

Doch nun würde er kein Vermächtnis hinterlassen. Das schmerzte ihn am meisten, viel mehr als sein wohl unausweichliches Ende. Seine Welt würde als Dunst im Himmel verwehen, und alles, dem er sein Leben gewidmet hatte, würde in Vergessenheit geraten. Die Ureinwohner dieser Welt, in deren Macht die Beherrschung der Sterne gestanden hatte, hatten unwissentlich Rychis Großeltern und andere hierhergelockt, um diese Welt zu besiedeln. Er würde in dieser Station warten, an dieser Stätte, die errichtet worden war, um die Humanoiden aus alter Zeit vor dem nahenden Verhängnis zu warnen, in dem Wissen, daß sein Leben vergeudet worden war und spurlos verschwinden würde und ihre Welt und Kultur gemeinsam mit ihm ausgelöscht werden würden.

4

Samas Rychi hielt sich allein bei dem Gebäude der Ureinwohner auf, als Data mit Geordi zurückkehrte. Der Archäologe wartete gemeinsam mit ihnen im Inneren, während die Sonden und Monitorkonsolen von der *Enterprise* heruntergebeamt wurden und in der langen Kammer der fremden Station rematerialisierten. Data vermochte klar zu erkennen, daß Rychi von diesen Vorgängen nichts erwartete, sondern einen Zustand erreicht hatte, den Menschen als Resignation bezeichneten, oder auch als Verzweiflung. Für Data war es oft schwierig, den Unterschied zwischen den beiden Gefühlen festzustellen; Resignation, sofern sie nicht falsch angewendet wurde, war ein vernünftiger Geisteszustand, eine Anerkennung des Unausweichlichen, ging jedoch bei Menschen meist mit Verzweiflung einher.

»Sie hatten keinerlei Probleme, diese Mengen an Ausrüstung anzufordern?« fragte Rychi.

»Nicht im geringsten«, erwiderte Data. »Sie und Ihre Leute befinden sich in einer außerordentlich gefährlichen Lage. Captain Picard ist der Ansicht, daß in Anbetracht der Umstände sozusagen jede Karte ausgespielt werden muß.«

Geordi beugte sich nach vorn und schob einen Sensor näher an die Wand mit den tanzenden Subraumschatten. Er richtete sich auf und nahm seinen Tricorder vom Gürtel. »Ich suche diesen Raum nun nach verborgenen Kontrollanlagen ab.«

»Er ist bereits abgetastet worden«, sagte Rychi, »sogar viele Male. Sie werden nichts Neues entdecken. Das ist nur verschwendete Mühe.«

»Um ein sehr altes Sprichwort zu zitieren«, sagte Data. »Was haben wir zu verlieren?«

Rychi verschränkte die Arme vor der Brust und runzelte die Stirn. »Was genau erhoffen Sie sich davon?«

»Wenn ich das wüßte«, sagte Data, »müßte ich nicht vorher weitere Informationen sammeln.«

»Vielleicht können Sie mehr zu meinem Verständnis beitragen, Lieutenant Commander LaForge.«

»Fragen Sie mich nicht«, sagte Geordi, als er seinen Tricorder wieder einsteckte und dann eine weitere Sondenkonsole näher an die graue Schattenwand schob. »Im Augenblick ist das Datas Show, aber Sie können sich darauf verlassen, daß er sich diese Mühe nicht zum Zeitvertreib macht – besonders unter diesen Umständen.«

»Wenn Ministerin Fabre eine weitere Ratsbesprechung einberuft, werde ich an ihr teilnehmen«, sagte Rychi. »Sie wird uns vermutlich schon sehr bald zusammenrufen, aber bleiben Sie während meiner Abwesenheit gern so lange wie nötig – nicht, daß Sie viel erreichen werden.«

»Haben Sie einen Mitarbeiter, der bereit wäre, während Ihrer Abwesenheit hierherzukommen und uns zu unterstützen?« fragte Data. »Es wäre hilfreich, eine Kontaktperson zu haben, nachdem wir auf das Schiff zurückgekehrt sind.«

»Ja, natürlich. Sie sind ihm schon begegnet – Hakim Ponselle.«

»Vielleicht können Sie sich sofort mit ihm in Verbindung setzen?«

Rychi seufzte. »Das mache ich von meinem Büro aus – die Rampen hinauf zum Erdgeschoß und dann links. Die häßliche Plastinkuppel am Ende des Gangs. Wir haben sie erst vor ein paar Monaten errichtet.«

Als der Archäologe die Rampe hinaufstapfte, schob Geordi eine Konsole an die Wand links von Data und wandte sich dann um. »Data, mein Freund«, sagte er, »ich wünschte, Sie würden mir verraten, was Sie vorhaben. Professor Rychis Kollegen werden die geringe verbleibende Zeit mit ihren Familienangehörigen verbringen wollen, aber nicht hier, wo sie in der winzigen Hoffnung, daß wir vielleicht ihre Hilfe benötigen, unsere Ausrüstung anstarren dürfen. Daran hätten Sie denken müssen.«

»Aber vielleicht verschafft ihnen das etwas mehr Zeit«, erwiderte Data. Er drehte sich um und achtete nicht auf Geordis verdutztes Gesicht.

Nachdem Rychi Data und Geordi informiert hatte, daß Hakim Ponselle und seine Frau Asela Ibanez, eine Ingenieurin, die mit dem Ort vertraut war, sich zu der alten Station begeben würden, beamten sie zur *Enterprise* hinauf. Geordi hatte darauf verzichtet, weitere Fragen zu stellen, doch Data konnte erkennen, daß sein Freund zunehmend ungeduldiger wurde.

»Es wäre sinnlos, unsere Zeit damit zu verschwenden, daß ich Ihnen meine Ideen erläutere«, sagte Data, als sie den Transporterraum verließen und zu einem Turbolift gingen. »Wir können unsere knappe Zeit besser nutzen, indem ich sie Ihnen demonstriere.«

»Wie Sie meinen, Data«, sagte Geordi.

Der Turbolift brachte sie rasch auf Deck 36, wo sie sich direkt zur technischen Station begaben. Data baute sich vor der Schirmkonsole auf und justierte die Einstellungen auf eine direkte Verbindung mit den Sonden und Sensoren auf der Oberfläche, wobei er sicherstellte, daß die Grundfunktionen des Schiffes von dem bevorstehenden Versuch nicht beeinträchtigt wurden. Mittlerweile hatte sich das diensthabende Ingenieurspersonal um die Konsole versammelt.

Data schaltete den kleinen Sichtschirm der Konsole ein. Die Kammer in der fremden Anlage wurde sichtbar; deutlich konnte man die unverändert über die graue Stationswand flackernden Schatten erkennen.

»Von hier aus«, sagte Data, »stehen mir sämtliche Sensorsysteme der *Enterprise* zur Verfügung, um nicht nur den Stabilisator, sondern auch den Sonnenkern zu erforschen.«

»Aber wir wissen nichts über die Arbeitsweise des fremden Systems«, sagte Geordi. »Wir gehen zur Zeit lediglich davon aus, daß das Gerät im Sonnenkern diesen Stern schon seit geraumer Zeit davon abhält, sich in eine Nova zu verwandeln.«

»Aber unsere Feldresonanzdetektoren...« Data hielt inne. »Mal sehen, was beim ersten Scan geschieht.«

Eine Ingenieursoffizierin, Lieutenant Anita Obrion, schüttelte den Kopf und sah dann zu Geordi hinüber. »Haben Sie eine Ahnung, was Lieutenant Commander Data vorhat?« fragte sie.

»Nein«, erwiderte Geordi flüsternd, »aber er scheint entschlossen zu sein, seiner Eingebung zu folgen.«

»Entschlossenheit und Eingebung haben mit meinen Beweggründen nichts zu tun«, sagte Data.

»Ja, Data«, sagte Geordi.

Langsam schob der Androide eine schmale Subraumresonanzsonde vor, synchronisierte sie kurz mit dem fremden Gerät und suchte die Anzeigen der Konsole nach einer Reaktion ab.

»Nichts«, sagte Geordi. »Überhaupt nichts.«

»Das habe ich auch erwartet«, sagte Data. »Wir müssen feststellen, wie stabil das Sonnenkernimplantat ist und ob irgendeine unserer Aktionen es irgendwie beeinträchtigt.«

»Vielleicht ist es vollständig ausgefallen.«

»Das denke ich nicht«, sagte Data. »Dann wäre die

Subraumblase kollabiert, hätte das Gerät zerstört und alle Spuren seiner Existenz ausgelöscht. In diesem Fall hätte die Verbindungsstation auf Epictetus III in der Tat äußerst geheimnisvoll gewirkt. Wir hätten nicht einmal vermuten können, daß eine physikalische Verbindung zwischen ihr und einem Objekt in der Sonne besteht. Aber wie ich es erwartet habe, erhält das Gerät weiterhin sich selbst und die Subraumblase.«

»Und das ist gut?« fragte Geordi.

»Das ist es in der Tat.«

»Dann sagen Sie uns vielleicht jetzt, worauf Sie hinauswollen, Data?« fragte Geordi.

»Noch nicht. Es wäre mir lieber, wenn Sie unabhängig von mir auf den gleichen Einfall kämen.«

»Aber warum, Data?« Geordi schüttelte den Kopf. »Ich weiß, es liegt nicht daran, daß Sie sich unsicher fühlen.«

»Keineswegs. Ich habe eine lange Logikkette erstellt, um zu dem Ergebnis zu gelangen, das ich dem Captain vorschlagen werde. Ich will sehen, ob Sie dieselbe Schlußfolgerung wie ich ziehen und somit meine Überlegung bestätigen.«

»Sie sind sich wohl ziemlich sicher, daß ich auch darauf kommen werde.«

»Sehen Sie sich das an.« Langsam öffnete Data eine schmale Subraumverbindung zu dem Stabilisator und wartete. Sämtliche Instrumente zeigten an, daß das fremde Subraumimplantat noch stabil war. Die Schiffssensoren, die die Sonne überwachten, zeigten eine unveränderte Zerfallsrate des Sterns.

»Jetzt hab ich's!« rief Geordi aus. »Sie wollen über diesen gebündelten Strahl Energie aus dem Stern abzuziehen.«

»Ganz genau.«

»Aber warum?«

»Denken Sie nach.«

»Ist es so offensichtlich?« fragte Geordi.

»Anscheinend ist es für Sie noch nicht offensichtlich, aber stellen Sie sich doch folgende Frage: Was können wir mit der Energie eines Sterns anfangen?«

Geordi rieb sich über dem VISOR die Stirn. »Aber wenn wir die Energie von dem Stern abziehen, wird er doch nur noch schneller zur Nova!«

»Leider trifft das zu. Aber das Risiko wäre es wert, wenn wir dadurch eine ganze Welt retten könnten. Mein Vorschlag wird darin bestehen, vor Epictetus III ein Wurmloch zu öffnen, durch das wir den Planeten in eine Umlaufbahn um einen Stern in der Nähe versetzen können. Es gibt einen in vierzehn Lichtjahren Entfernung, der dafür gut geeignet ist.«

»Data«, sagte Geordi, »es gibt theoretische Formeln zum Öffnen eines Wurmlochs. Und falls Sie recht haben, würde die Sonne ausreichend Energie dafür liefern. Aber die Erfolgschancen sind derart gering...«

»Jede Chance«, erwiderte Data, »ist besser als gar keine.«

Geordi machte ein nachdenkliches Gesicht. Die anderen Besatzungsmitglieder an der Konsole unterhielten sich leise und aufgeregt. »Und indem wir die Energie des Sterns verwenden, lassen wir ihn für das Inferno bezahlen, das er anrichten wird.«

»Eine nette Ironie«, sagte ein Techniker.

Data beugte sich vor. »Wir werden Überprüfungen vornehmen, um sicherzustellen, daß tatsächlich Energie abgezogen wird, und dann versuchen, den Captain von unserem Plan zu überzeugen.«

»Es könnte funktionieren«, murmelte Anita Obrion.

Vielleicht, dachte Data, weil er sehr wohl wußte, daß er nicht nur das Schiff in große Gefahr bringen würde, sondern auch die wenigen Leben aufs Spiel setzte, die die *Enterprise* mit Sicherheit vor dem bevorstehenden Untergang retten konnte.

Sein Gegner lag tot vor seinen Füßen. Noch immer keuchend lehnte Worf sich an einen Baum. Diesmal hatte er ohne Waffen gekämpft, nur mit den bloßen Händen, und dennoch hatte er seinen Feind zu leicht, zu rasch bezwungen.

Das Bild des toten klingonischen Kriegers verschwand, als das Programm beendet war. Worf beschloß, beim nächsten Mal noch mehr Schwierigkeiten zu programmieren, um sich einen Gegner zu verschaffen, der eine größere Herausforderung darstellte. Daß er seine Übung vor diesem friedlichen Hintergrund vollzogen hatte, machte den Kampf auch zu einer irgendwie weniger zufriedenstellenden Erfahrung, aber die anderen Crewmitglieder auf dem Holodeck, die wußten, daß ihnen schwere Tage und Zusatzschichten bevorstanden, hatten auf einer heitereren holographischen Umgebung bestanden.

Worf marschierte durch das Gehölz zum Fluß. Er hatte zwei Stunden geschlafen, sich entspannt und würde bald wieder den Dienst antreten. Dann würde seine gesamte Zeit von diesem Einsatz und dessen Anforderungen beansprucht werden.

Es war ein äußerst beunruhigender Einsatz. Der Stern, der über Epictetus III leuchtete, war ein tödlicher Feind, den man unmöglich bekämpfen konnte. Die Lage der Bewohner des Planeten war tragisch, und er verspürte durchaus Mitleid für sie, aber einige von ihnen hätten angesichts des bevorstehenden Untergangs und Todes mehr Mut zeigen können.

Feiglinge, dachte er. Hätten sie mehr Unterlichtfahrzeuge besessen, wären wahrscheinlich noch mehr dieser Wichte in der Hoffnung auf Überleben zum Rand des Systems geflohen, wenn man ein Dasein ohne Ehre Überleben nennen konnte. Kein Klingone hätte sich jemals so ehrlos verhalten. Wäre Epictetus III eine klingonische Welt gewesen, hätte ihr Rat die *Enterprise* gebeten, die besten und stärksten dreitausend Bewohner zu retten, dann andere für die Passage auf den Sublichtschiffen ausgewählt, und der Rest hätte sich tapfer, ja sogar freudig auf den Tod vorbereitet. Klingonen hätten ihren Vorfahren keine Schande bereitet, indem sie sich der Furcht hingaben; keiner hätte sich so ehrlos verhalten wie viele dieser Epicteter.

Worf erreichte den Waldrand. Ganesa Mehta saß am Flußufer. Er hielt auf sie zu. Ein Lächeln huschte über ihr Gesicht, als sie ihn sah, und erstarb, als er sich setzte.

»Ich grüße Sie, Worf«, murmelte die dunkelhaarige junge Frau.

»Ich grüße Sie.«

Der Fähnrich wirkte zierlich; ihre Knochen schienen fast so zerbrechlich wie die eines Vogels, so unähnlich denen einer starken Klingonenfrau. Ihre weichen braunen Augen spiegelten eine sanfte Seele wider; das hatte Worf jedenfalls gedacht, als Ganesa Mehta vor fast einem Jahr auf die *Enterprise* versetzt worden war. Aber ihre Akte hatte eine Erwähnung für außergewöhnliche Tapferkeit enthalten, die sie nach ihrem ersten Einsatz bekommen hatte, als das Raumschiff, auf dem sie diente, einem eindringenden Schiff der Romulaner begegnet und gezwungen gewesen war, sich mit ihm einen Kampf zu liefern und es zu vertreiben. Der Romulaner hatte einen Außenposten der Föderation in der Nähe der Neutralen Zone bedroht. Mehtas körperliche Stärke war der der klingonischen Krieger seines bevorzugten Holodeckprogramms nicht gewachsen, aber mit List und Taktik hatte sie einige Siege gegen ihre holographischen Gegner errungen. Sie hatte in seiner Gegenwart niemals Furcht oder Nervosität gezeigt, und auch das hatte seinen Respekt hervorgerufen. Während der letzten Monate waren sie zu Freunden geworden, und sein Sohn Alexander hatte sie sofort gemocht. Worf hielt es für bedauerlich, daß andere ihres Volkes nichts von ihrer Tapferkeit hatten.

»Ich sprach mit meinen Eltern«, sagte Ganesa, »und meinem Bruder. Dalal ist zwölf – er wollte mir eines Tages zur Starfleet-Akademie folgen. Ich mußte ihm und meinen Eltern sagen, daß ich nichts für sie tun kann – nicht, daß sie darum gebeten hätten. Sie wissen, daß ich die Befehle von Starfleet und Captain Picard befolgen muß.«

»So ist es«, sagte Worf.

»Aber mein Platz ist bei ihnen, nicht hier. Immer wieder will ich die *Enterprise* verlassen und zu ihnen gehen. Ich weiß nicht, ob ich den Tod meiner Welt überleben werde.«

»Es ist ein Anzeichen von Schwäche, solchen Gefühlen nachzugeben«, sagte er. »Das hätte ich nicht von Ihnen erwartet, Ganesa.«

»Wenn ich doch etwas für sie tun könnte…« Sie zog die Beine an und schlang die Arme darum. »Aber das kann ich nicht. Und ich werde nicht nur sie verlieren. Meine Familie, meine Verwandten, meine erste Liebe, all meine alten Freunde…« Ganesa stockte. »Wie kann ich das ertragen? Oft stelle ich mir vor, wie ich mir das Leben nehme.«

»Solche Gedanken sind Ihrer unwürdig«, sagte Worf. »Ihre Eltern würden wollen, daß Sie ihrer gedenken und ihren Mut ehren. Sie können jetzt am meisten für Ihr Volk tun, indem Sie die Befehle Ihres kommandierenden Offiziers befolgen. Sie werden denen, die Sie lieben, nicht helfen, indem Sie für Captain Picard eine weitere Enttäuschung werden.«

»Ich weiß.« Ganesa schaute zum Fluß. »Das habe ich mir auch schon gesagt, doch hier bin ich vollkommen nutzlos. Commander Riker hat mich vorerst von meinen Pflichten entbunden. Er befürchtet wohl, daß ich meine Leistungen nicht mehr bringen kann, und vielleicht glaubt er sogar, mir damit einen Gefallen zu tun. Aber viel schlimmer ist es, einfach abwarten zu müssen, ohne etwas tun zu können.«

»Der Commander hätte diese Maßnahme nicht getroffen«, sagte Worf, »wenn er vollständiges Vertrauen in Sie gehabt hätte. Deshalb müssen Sie sein Vertrauen wiedergewinnen, indem Sie ihn davon überzeugen, daß Sie seine Befehle ausführen können und werden, ganz gleich, was auf Ihrer Welt geschieht. Lassen Sie sich zum Einsatztrupp versetzen. Informieren Sie Lieutenant Commander Data, daß Sie bereit sind, Ihre Pflichten wieder aufzunehmen. Er soll beim Commander beantragen, daß Sie wieder auf die aktive Dienstliste gesetzt werden. Commander Riker wird seinen Empfehlungen entsprechen, wenn Counselor Troi bestätigt, daß Sie auf Ihren Posten zurückkehren können.«

»Sie muß gespürt haben, was ich auf der Brücke empfand.« Ganesa hob den Kopf. »Aber darüber bin ich nun hinweg.«

»Dann wappnen Sie sich, Ganesa. Verbieten Sie Ihren Ängsten, Sie zu überwältigen. Werfen Sie sie von sich.«

»Das werde ich«, sagte Ganesa mit entschlossener Miene. »Danke, Worf. Ich wußte, was ich zu tun hatte, aber es hat mir geholfen, es auch von Ihnen zu hören.«

Er gestattete sich ein kurzes Lächeln. Ganesa faßte seine Strenge niemals falsch auf, wie es gelegentlich bei einigen menschlichen Mannschaftsmitgliedern der Fall war. Sie ertrug seine Zurechtweisungen wie eine Waffengefährtin, die nur wenige energische Worte brauchte, um wieder an ihre Pflichten erinnert zu werden. Das war eine weitere Eigenschaft, die er an ihr respektierte.

»Ich werde alles tun, was in meiner Macht steht, um Krystynas Nachricht weiterzuleiten«, sagte Czeslaw Peladon, »aber das könnte schwierig werden. Die Mannschaften der Unterlichtschiffe reagieren auf keinerlei

Mitteilungen. Vielleicht haben sie ihre Empfangskanäle geschlossen. Sie befürchten wohl…« Sein Kehlkopf bewegte sich, als er schluckte.

»Fahren Sie fort«, sagte Beverly Crusher zu dem Bild auf dem kleinen Monitor.

»Sie müssen begreifen, daß die Menschen auf diesen Schiffen sich bereits verabschiedet haben«, sprach Minister Peladon weiter und fuhr mit einer Hand durch sein zerzaustes weißes Haar. »Wenn sie jetzt Nachrichten von jenen erhalten, die sie zurückgelassen haben, überlegen einige von ihnen es sich vielleicht anders. Diese Mannschaften können keine Meuterei ihrer Passagiere gebrauchen, und auch keine Kämpfe zwischen denen, die eventuell umkehren, und jenen, die weiterreisen wollen.«

»Ich verstehe«, murmelte Beverly. Die fliehenden Epicteter mochten vielleicht auch unliebsam auf die Nachricht reagieren, daß die Selbstmordquote auf ihrer Welt stetig zunahm; einige Passagiere mochten sich vielleicht aus Schuldgefühl ebenfalls das Leben nehmen oder andere an Bord bedrohen.

»Zumindest können Sie meiner Enkelin sagen, daß ihre Eltern eine Überlebenschance haben«, sagte der Minister.

Falls die Unterlichtschiffe einen sicheren Abstand von der Nova erreichen, dachte Beverly, konnten die beiden Frachter von Epictetus III oder andere Starfleet-Schiffe sie bergen. Captain Picard hatte bereits beschlossen, daß die *Enterprise* hier gebraucht wurde, und wollte den fliehenden Schiffen nicht folgen, die in der Tat geringfügig bessere Chancen hatten als die Bewohner des Planeten.

»Ich werde Krystyna in der nächsten Nachricht an meinen Sohn über das Schicksal ihrer Eltern informieren«, sagte Beverly, »und alle Botschaften von ihr an Sie weiterleiten. Und ich richte ihr aus, daß Sie versuchen werden, ihre Nachricht weiterzuleiten.«

»Vielen Dank, Dr. Crusher.« Czeslaw Peladons Bild verschwand.

Beverly stützte die Ellbogen auf den Schreibtisch. Sie mußte ihre nächste Nachricht an Wesley und Krystyna sorgfältig formulieren. Sie war sich nicht sicher, wie die junge Frau auf die Neuigkeit reagieren würde, daß ihre Eltern sich gegenwärtig nur deshalb in Sicherheit befanden, weil ihr Großvater seinen Einfluß geltend gemacht hatte, um ihnen zur Flucht zu verhelfen. Würde Krystyna dankbar sein, daß ihre Mutter und ihr Vater diese Chance zum Überleben erhalten hatten? Oder würde sie sich dessen schämen, was sie getan hatten, um sich zu retten?

Übrigens empfand Beverly mittlerweile mehr Mitgefühl für Czeslaw Peladon, als sie erwartet hatte. Er hatte ihr die Gründe für seine Handlungsweise erklärt. Er hatte gewußt, daß die Bevölkerung die Raumhäfen von Epictetus III stürmen würde, um einen Platz an Bord der Shuttles zu ergattern, die sie zu den Sublichtschiffen bringen würden, sobald sie von der Nova erfahren hatten und der erste Schock abgeklungen war. Tumulte wären wohl unausweichlich gewesen – zu viele Personen, die sich an Bord kämpfen wollten und dabei in ihrer Verzweiflung vielleicht die Shuttles beschädigten. Besser wäre es doch, diese Schiffe sofort zu requirieren und sicherzustellen, daß einige Menschen eine Chance bekämen, hatte Minister Peladon zwei seiner Kollegen, Lise Turano und Lev Robert, gesagt. Besser auch, wenn sie zu dritt auf eigene Faust handelten, während Ministerin Fabre und die anderen Ratsmitglieder noch zauderten, anstatt wertvolle Zeit bei dem Versuch zu verschwenden, ihre Zustimmung zu diesem Plan zu erhalten. Czeslaw Peladon hatte eine gewisse Rücksichtslosigkeit an den Tag gelegt und sich entschlossen, seinen Sohn zu retten, aber Beverly fand es schwierig, ihn dafür generell zu verurteilen. Sie fragte sich, was sie getan hätte, wenn Wesleys Leben auf Epictetus III auf dem Spiel gestanden hätte.

Hinter ihr glitt die Tür auf. Beverly drehte sich in ihrem Sessel um und sah Deanna Troi im Eingang zu ihrem Büro stehen.

»Kommen Sie herein«, sagte Beverly und bemerkte die Schatten unter Trois dunklen Augen. Die Counselor zeigte bereits Anzeichen von Erschöpfung, da das Erfassen zu vieler intensiver Gefühle sie zermürbte. »Ich muß Ihnen etwas verschreiben, Counselor. Schlaf, mindestens fünf Stunden lang, und zwar sofort.«

Troi setzte sich. »Ich war auf dem Weg zu meinem Quartier«, sagte sie, »als einer Ihrer Assistenten mich hierher bat.«

Beverly hatte nicht mehr daran gedacht. »Ach ja«, sagte sie. »Wir haben Schwierigkeiten mit Fähnrich Chang Jun-shing. Er besteht darauf, daß ich ihn wieder diensttauglich schreibe, und ich halte dagegen, daß er noch einen weiteren Ruhetag braucht. Jetzt geht er meinen Leuten ständig auf die Nerven, und...«

»Mit Fähnrich Chang werden Sie keine Schwierigkeiten mehr haben. Ich habe gespürt, daß er eine ganz besondere Beziehung zu Epictetus III hat, die seine Ängste deutlich steigert, und schließlich gab er zu, daß eine junge Frau, mit der er einst sehr eng verbunden war, an der Universität von Nicopolis studiert.«

Beverly seufzte.

»In ihm tobt ein starker Konflikt über das, was zwischen ihnen geschehen ist«, fuhr Troi fort. »Er ist der Meinung, daß sie gar nicht erst nach Epictetus III zurückgekehrt wäre, wäre sie über ihre Trennung nicht so verbittert gewesen. Sie hatte das Gefühl, daß seine Verpflichtung Starfleet gegenüber jede Verbindung zwischen ihnen unmöglich machte, und wollte einen Ort aufsuchen, an dem sie nichts an ihn erinnerte.«

»Also empfindet er Schuldgefühle«, sagte Beverly.

»Sie würden sich zum größten Teil beheben lassen, wenn er etwas tun könnte, um seiner ehemaligen Liebe und den anderen Bewohnern dieser Welt zu helfen. Leider wird er kaum dazu imstande sein, auch wenn er wieder Dienst tut.«

»Keiner von uns kann viel tun.« Beverly lehnte sich in ihrem Sessel zurück. »Ich muß eine Nachricht an Wesley schicken. Er hat sich in letzter Zeit häufig mit einer Kadettin namens Krystyna Peladon getroffen. Vielleicht können Sie mir raten, was ich ihm sagen soll. Krystynas Großvater ist Minister Czeslaw Peladon, und ich muß sie informieren, daß...«

»Counselor Troi und Dr. Crusher«, unterbrach sie der Computer, »bitte melden Sie sich im Konferenzraum.«

Die Nachricht an ihren Sohn würde warten müssen. Beverly erhob sich gleichzeitig mit Troi und folgte ihr hinaus.

Picard musterte die Offiziere, die er auf die Brücke gerufen hatte. Sie saßen um den Tisch im Konferenzzimmer und hörten Data zu, der seinen Vorschlag zur Rettung von Epictetus III unterbreitete. Data und Geordi hatten dem Captain den Plan zuvor kurz skizziert, und ihm war klar, daß er diesen mit seinen zuverlässigsten Offizieren besprechen und durchdenken mußte, bevor er ihn dem Föderationsrat präsentieren konnte. Dennoch fühlte er sich unbehaglich und angespannt.

Als Data sein Vorhaben vortrug, konnte Picard die Skepsis in den Gesichtern der anderen erkennen. Riker rieb sich über den Bart und ließ den Androiden nicht aus den Augen. Counselor Troi dachte wohl darüber nach, welche Wirkung dieser Vorschlag auf die Bewohner des Planeten haben könnte, und ob das Wecken einer vielleicht falschen Hoffnung ihr Leid nicht noch vergrößern würde. So sehr Worf auch Datas und Geordi LaForges Intelligenz respektierte, er machte den Eindruck, als wolle er jede Schwachstelle des Plans körperlich angreifen. Beverly Crusher würde zu den technischen Aspekten des Vorschlages kaum etwas zu sagen haben, doch als Chefärztin machte sie sich vielleicht Gedanken über die ethischen Implikationen, die damit einhergingen.

»Wir müssen dabei natürlich bestimmte Fakten berücksichtigen«, fuhr Data fort. »Um die Energie der Sonne zum Öffnen des Wurmlochs zu nutzen, müssen wir uns über eine Subraumverbindung in den Warpantrieb einkuppeln. Das Öffnen eines Wurmlochs beruht schließlich auf dem gleichen physikalischen Prinzip wie solch ein Antrieb.«

Picard sah, daß Rikers Augen sich verengten; der Commander musterte Data womöglich noch zweifelnder.

»Solange das Wurmloch geöffnet ist«, sagte der Androide, »wird die *Enterprise* das System nicht verlassen können, denn wir benötigen mindestens acht Stunden, um den Warpantrieb wieder betriebsbereit zu machen. Während dieser Zeit ist das Schiff hilflos und wird der Nova, sollte sie ausgerechnet dann entstehen, nicht entkommen können. Sobald wir das Wurmloch geöffnet haben, muß die *Enterprise* die Energie des Sterns weiterhin kanalisieren, um das Wurmloch lange genug offenzuhalten, damit der Planet von ihm aufgenommen wird. Sobald der Eintritt beginnt, sollte das Wurmloch auch ohne unsere Unterstützung geöffnet bleiben, danach jedoch hinter Epictetus III kollabieren. Die Orbitalgeschwindigkeit des Planeten wird ihn dann durch das Loch treiben. Ich kann den Kurs von Epictetus III so vektorieren, daß er um einen Stern vom Typ G etwa vierzehn Lichtjahre entfernt wieder auftaucht, und zwar zwischen null Komma acht null und eins Komma zwei astronomischen Einheiten von ihm entfernt.«

»Können Sie sich dieser Zahlen sicher sein, Data?«

fragte Riker. »Was, wenn der Planet zu nahe oder zu weit von seiner neuen Sonne auftaucht?«

»Was die genaue Entfernung der neuen Bahn des Planeten von der Sonne angeht, so gibt es keine *absolute* Sicherheit«, gab Data zurück, »aber zumindest sollte der Planet der Nova entkommen und in einen relativ sicheren Orbit aus dem Wurmloch austreten können. Falls dieser Orbit sich dann als unzureichend erweisen sollte, werden wir genug Zeit haben, um den Planeten zu evakuieren.«

Riker machte immer noch ein zweifelndes Gesicht.

»Wie hoch sind die Chancen«, fragte Picard, »daß die Nova einsetzt, während das Wurmloch noch geöffnet ist? Sie haben zugegeben, daß wir die Entstehung der Nova beschleunigen, wenn wir der Sonne Energie abzapfen. Werden wir genug Zeit haben, um den Warpantrieb wieder betriebsbereit zu machen?«

»Wie ich schon erwähnte«, sagte Geordi, »ich kann die Plasma-Injektoren so einstellen, daß unser Antrieb innerhalb von acht Stunden wieder einsatzbereit ist.«

Riker schüttelte den Kopf. »Aber was, wenn die Nova uns nicht einmal eine halbe Stunde gibt? Was machen wir dann? Sie müssen diese Möglichkeit doch berücksichtigt haben!«

»Es wird sehr knapp werden«, sagte Geordi. »Ich will die Gefahr, die für uns besteht, nicht beschönigen. Aber wir sollten noch immer über genug Impulskraft verfügen, um hinter Epic III in das Wurmloch einzutreten und notfalls ebenfalls auf diese Weise zu fliehen.«

»Das Risiko erscheint mir sehr hoch«, sagte Picard. »Das Leben aller Menschen an Bord steht auf dem Spiel. Zwanzig Millionen Leben gegen unsere eintausend ergeben ein kraftvolles Argument, dieses Wagnis einzugehen, aber es ist durchaus möglich, daß wir den Planeten *und* die *Enterprise* verlieren.«

»In der Tat, Captain.« Data setzte sich noch aufrechter. »Doch wir könnten auch die *Enterprise* verlieren, aber den Planeten retten. Oder wir verlieren den Planeten, aber nicht die *Enterprise*. Oder wir könnten durch einen unvorhergesehenen Umstand beide verlieren.«

»Mit anderen Worten«, sagte Troi, »wir könnten alles verlieren.«

»Ich erachte das nicht als die wahrscheinlichste Möglichkeit«, entgegnete Data.

»Nicht als die wahrscheinlichste!« Troi beugte sich vor. »Ist das alles, was Sie uns an Versicherungen geben können?«

»Unterschätzen Sie bitte nicht meine Vorsicht«, sagte Data. »Es ist möglich, das gesteckte Ziel zu erreichen, wenn wir jeden Schritt sorgfältig planen.«

»Ich weiß nicht«, murmelte Beverly Crusher. »Wir können sicher sein, wenigstens dreitausend Epicteter zu retten, wenn wir sie an Bord beamen und abfliegen. Es gibt eine Chance, daß die Menschen auf den Sublichtschiffen später von anderen Starfleet-Schiffen aufgenommen werden können. Damit werden nicht sehr viele gerettet, aber falls dieser Plan fehlschlägt, würden wir alles verlieren. Und von Epictetus III und seinen Bewohnern würde überhaupt nichts übrigbleiben.«

»Und möglicherweise auch nichts von uns und der *Enterprise*«, ergänzte Riker.

Und ich, dachte Picard, muß vielleicht die Befehle geben, die die *Enterprise* diesem Risiko aussetzen. Wie würden seine Offiziere und seine Mannschaft sich entscheiden, wenn ihnen die Entscheidungsgewalt zukäme? Er kannte die Antwort auf diese Frage. Falls es auch nur die kleinste Chance gab, sämtliche Bewohner von Epictetus III zu retten, würden sie sie allesamt bereitwillig ergreifen – natürlich nach angemessener Besprechung.

»Data, wie sicher sind Sie sich?« fragte Picard.

»So etwas kann man nicht in Prozentzahlen ausdrükken, Captain. Aber die Anzahl der Schritte dieser Prozedur ist endlich, und man kann sie erschöpfend analysieren. Unser Erfolg sollte fast genauso sicher sein wie die Tatsache, daß die Nova eintreten wird – unvorhergesehene Unfälle oder Fehler unsererseits natürlich ausgenommen.«

Worf verzog böse das Gesicht. »Fehler und Unfälle«, sagte er, »sind immer möglich. Ein noch unerprobtes und gefährliches Vorgehen macht sie nur wahrscheinlicher. Da Ihr Plan eine perfekte Durchführung erfordert, sind unsere Erfolgsaussichten nicht gut.«

»Hätten wir früher gewußt, was Data vorschlagen wird«, sagte Troi, »hätten wir die Untertassensektion in sicherer Entfernung zurücklassen und mit einer Freiwilligencrew hierherkommen können. Aber wenn wir sie jetzt mit Impulskraft auf den Weg schicken, wird sie nicht weit genug kommen, oder?«

»Nein«, erwiderte Geordi.

Troi neigte den Kopf. »Und Ihr Plan könnte den Epictetern überdies einiges von der wenigen Zeit nehmen, die ihnen noch bleibt.«

»Meine Befehle lauten folgendermaßen«, sagte Picard. »Sie alle werden auf der Brücke bleiben, bis wir vom Föderationsrat hören, was wohl jederzeit der Fall sein wird.« Der Rat müßte in Kürze auf sein Subraumersuchen hinsichtlich einer Notsitzung reagieren. »Inzwischen werde ich Ministerin Fabre bitten, ein weiteres Treffen des Rats von Epictetus III einzuberufen, damit wir entscheiden können, welche dreitausend Angehörige ihres Volkes an Bord gebeamt werden sollen. Wir hoffen zumindest, so viele retten zu können.«

Die Offiziere am Tisch schwiegen.

»Data«, fuhr Picard fort, »fassen Sie bitte für die anderen zusammen, wie weit Sie mit Ihren Vorbereitungen fortgeschritten sind.«

»Lieutenant Commander LaForge hat bereits erste Modifikationen an den Einspeisungen des Warpantriebs vorgenommen«, sagte Data, »um einen Subraum-Outputkanal vom Sonnenkern zu ermöglichen und einzurichten.«

»Wann wird er bereit sein?« fragte Picard.

»In zwei Tagen«, erwiderte Geordi, »plus-minus ein oder zwei Stunden. Ich gestehe allerdings ein, daß diese Einschätzung optimistisch ist.«

Riker nickte. »Vielleicht übertrieben optimistisch«, sagte er.

»Was ist mit den fliehenden Unterlichtschiffen?« fragte Beverly Crusher. »Wenn wir nach diesem Plan verfahren, bricht die Nova vielleicht früher aus. Möglicherweise können sie ihr dann nicht entkommen. Wir würden jede Chance zerstören, die sie jetzt noch haben.«

Picard seufzte. »Sie werden hinter irgendeinem großen planetaren Körper vor der Novaexplosion Schutz suchen müssen. Data hat festgestellt, daß es auf ihrem gegenwärtigen Kurs mehrere gibt, die dafür in Frage kommen – zum Beispiel ein Gasriese mit sechs Monden. Wir könnten später zurückkehren und nach Überlebenden suchen, oder die Schiffe des Planeten, die *Carpathia* und die *Olympia*, die sich auf dem Weg hierher befinden, können sie bergen.«

»Werden sie eine Chance haben?«

»Ich gehe davon aus, daß sie auch über Schilde verfügen. Wenn sie sie aktivieren und zusätzlich Schutz hinter einem Planeten suchen, müßten sie es bei der Entfernung, die sie bereits erreicht haben, eigentlich schaffen. Man muß ihnen nur so schnell wie möglich mitteilen, was sie tun sollen, und sie warnen, daß die Nova früher als erwartet eintreten kann.«

»Dann haben wir vielleicht ein Problem.« Die Chefärztin faltete die Hände. »Vor kurzem sprach ich mit Minister Peladon. Ihm zufolge reagieren die Unterlichtschiffe auf keine Nachricht, empfangen sie vielleicht nicht einmal.«

Worf runzelte die Stirn. »Die Deserteure hätten auf ihrer Welt bleiben sollen. Feigheit verdient keine Rücksichtnahme.«

Troi bedachte den Klingonen mit einem kurzen Blick. »Falls wir ihre Welt retten können«, sagte sie, »ist ihre Schande vielleicht Strafe genug. Denken Sie daran, wie schwierig es für sie werden wird, danach wieder heimzukehren.«

»Ganz recht, Counselor Troi«, sagte Picard. »Wir müssen tun, was wir können. Ministerin Fabre findet vielleicht eine Möglichkeit, die Unterlichtschiffe zu erreichen.« Er hielt kurz inne. »Nummer Eins, wir brauchen…«

»Captain«, sagte der Computer, »eintreffende Subraumnachricht von Vida Ntumbe vom Föderationsrat.«

»Ich werde auf der Brücke mit ihr sprechen.« Picard stand auf und ging zur Tür, und die anderen Offiziere folgten ihm.

Picard hatte soeben erläutert, wie er sich die Versetzung von Epictetus III vorstellte. Er sah auf den Bildschirm, ohne den Gesichtsausdruck von Vida Ntumbe deuten zu können. Es hatte ihn erleichtert, daß sie als erstes Ratsmitglied in San Francisco auf sein Ersuchen reagiert hatte und ihm nun mit Rat zur Seite stehen würde.

Die anderen drei Ratsmitglieder, die mit ihr in dem Büro saßen, kannte Picard nicht. Der Mann von Galen IV, Jeremy Curtis, hatte seine Fragen bezüglich Datas Vorschlag besonders aggressiv gestellt. Picard hatte sie zum Glück ins Bild setzen können, ohne Data oder LaForge für eine detailliertere Erklärung hinzuziehen zu müssen. Er hatte das Gefühl, ihnen einerseits zeigen zu müssen, daß er die Feinheiten von Datas Vorschlag begriff, andererseits aber auch, daß er ein gewisses Vertrauen in diesen Plan setzte. Aber er wußte nicht, ob er Curtis überzeugt hatte; und Lxiti Lons, der betazoidische Delegierte zu Ntumbes Linker, schaute noch immer skeptisch drein.

Nur Raul Zender von Pellegrini IV schien von Picards Worten bewegt zu sein. »Es könnte funktionieren«, sagte er und sah zu den anderen Ratsmitgliedern.

Vida Ntumbe sah auf eine Konsole vor ihr. Andere Mitglieder und Berater des Föderationsrates, einschließlich des Präsidenten in Paris, hörten der Diskussion zu und taten vielleicht ihre Ansichten kund.

Plötzlich wünschte sich Picard, daß der Rat ihm klare Befehle erteilte, denen er dann folgen konnte. Es wäre einfacher, wenn man ihm die Entscheidung aus der Hand nahm.

Plötzlich erschien Pietro Barbieris rundes Gesicht am unteren Rand des Bildschirms. »Ein cleverer Plan«, sagte der Admiral. »Er hat sogar etwas Brilliantes. Natürlich außerordentlich riskant, vieles muß ganz genau klappen, aber vielleicht...« Barbieris Bild verblaßte.

»Wenn so viel auf dem Spiel steht«, sagte Ntumbe, »erfordert die Lage vielleicht tatsächlich Kühnheit. Mir gefällt die Vorstellung nicht, nur dreitausend Epicteter zu retten und die anderen zum Tode zu verurteilen.«

»Wir sollen mit diesem also Plan weitermachen?«

»Wir erteilen Ihnen in dieser Hinsicht keinerlei Befehle.« Ntumbe stützte die Ellbogen auf und legte das Kinn auf die Handflächen, und Picard sah die Erschöpfung in ihrem dunklen Gesicht. »Wir können Ihnen wirklich keinen Rat erteilen. Sie sind der Situation am nächsten, Sie werden letztlich die Entscheidung über das weitere Vorgehen treffen müssen. Uns fehlt die Zeit, um die Berechnungen und Probeläufe Ihrer Offiziere zu überprüfen. Sie können das Risiko am besten einschätzen und feststellen, ob der Plan eine Chance hat. Was haben Sie jetzt vor?«

Picard wußte, wie seine Antwort lauten mußte. »Die Lieutenant Commanders Data und LaForge werden mit ihren Vorbereitungen fortfahren«, sagte er. »Ich werde erst eine Entscheidung treffen, wenn die Ergebnisse ihrer Tests vorliegen. Inzwischen werde ich die epictetischen Minister informieren, daß sie ihr Volk auf die mögliche Passage ihrer Welt durch ein Wurmloch vorbereiten sollen. Sie sollen die Bevölkerung anweisen, sich in Einrichtungen zurückzuziehen, die schweren Erdbeben, Flutwellen, heftigen Stürmen und anderen seismischen und atmosphärischen Störungen standhalten können. Denn genau das steht ihrer Welt bevor, falls wir den Plan durchführen. Also muß man es ihnen sagen.«

»Nein«, erwiderte Vida Ntumbe, und ein schmerzerfüllter Ausdruck legte sich auf ihr Gesicht.

»Aber die Bevölkerung muß doch informiert werden, was auf sie zukommt«, sagte Picard, »sonst werden viele sterben, selbst wenn ihr Planet gerettet wird. Schon jetzt kommen zahlreiche Epicteter um; sie begehen Selbstmord, weil sie keine Hoffnung mehr haben. Man muß ihnen sagen, daß es eine Chance für sie gibt, Vida.«

»Sie dürfen nichts über Ihren Plan verraten«, sagte Ntumbe leise. »Es tut mir leid, Jean-Luc, aber Sie wissen noch gar nicht, ob Epictetus III tatsächlich gerettet werden kann. Was wird geschehen, wenn Sie der Bevölkerung erklären, daß Sie ihre Welt retten werden, und es Ihnen dann nicht gelingt?« Sie senkte den Blick. »Andere Planeten in der Föderation würden dann glauben, daß Sie die Epicteter belogen haben, Ihre Ankündigung nur ein zynischer Schachzug war, der sie bis zu ihrem unausweichlichen Ende ablenken und ruhig halten sollte. Das Vertrauen in Starfleet und die Föderation würde verlorengehen, besonders auf Welten, die uns einst feindselig gegenüberstanden.«

»Wenn wir weiterhin schweigen«, sagte Picard, »werden noch mehr Epicteter Selbstmord begehen.«

»Das weiß ich.« Ntumbe richtete sich auf und faltete die Hände. »Aber das müssen wir in Relation setzen zu dem möglichen Schaden für die Föderation, der entstehen wird, wenn Sie falsche Hoffnungen wecken und dann den Planeten doch nicht retten können. Bis Sie Ihre Entscheidung getroffen haben, dürfen Sie den Epictetern nichts über Ihren Plan sagen.«

Immer neue schwierige ethische Zwickmühlen taten sich für ihn auf. Picard wußte auch, was Vida Ntumbe nicht aussprach: Wenn er das große Risiko einging, mit Datas Plan fortzufahren, und dann versagte, würde die Föderation einen bequemen Sündenbock haben. Dann konnte man allen Planeten sagten, daß Starfleet alles getan hatte, um Epictetus III zu retten. Falls sein Raumschiff den Einsatz überstand, würde Picard die Schuld für das Scheitern des Plans auf sich nehmen müssen. Es bedeutete vielleicht ein Verfahren vor dem Kriegsgericht, Schande und das Ende seiner Karriere, aber die Bedürfnisse vieler – der Föderation der Vereinten Planeten – wogen stets schwerer als die eines einzelnen. Das Vertrauen in die Föderation würde gewahrt bleiben.

»Ich verstehe«, sagte Picard schließlich.

»Das wußte ich.« Ntumbe sah sich im Kreise ihrer Kollegen um. »Hat sonst noch jemand etwas zu sagen?« Niemand ergriff das Wort. »Dann ist diese Besprechung beendet.« Sie hob den Kopf. »*Bonne chance*, Jean-Luc.«

Der Bildschirm wurde dunkel. Die Offiziere auf der Brücke schwiegen.

Picard wandte sich an Riker. »Nummer Eins«, sagte er. »Stellen Sie ein Außenteam zusammen, das zum nächsten Treffen des Ministerrats nach Epic III herunterbeamt. Einige von uns sollten dabeisein, wenn sie die dreitausend Epicteter auswählen, die an Bord der *Enterprise* gebeamt werden sollen.«

Riker nickte.

»Aber Sie werden nicht auf den Planeten beamen, sofern die Lage es nicht verlangt. Ich brauche Sie hier.«

Commander Riker lehnte sich in seinem Sessel zurück. Er schaute noch immer zweifelnd drein.

»Data und LaForge«, fuhr Picard fort, »Sie werden sich wieder in den Maschinenraum begeben und mit den Tests fortfahren. Ich werde mich vom Bereitschaftsraum aus mit Ministerin Fabre in Verbindung setzen.«

Er stand auf. Irgendwie mußte er sie und die anderen Minister überzeugen, die Bevölkerung in die Schutzräume zu schicken, ohne ihnen Datas Plan zu verraten und damit Vida Ntumbes Anweisung zu mißachten. Es erschien ihm fast ebenso unmöglich, diese kleine Aufgabe zu erfüllen, wie die große, den Planeten zu retten.

5

»Ich muß mich mit Ihnen wegen der Zusammenstellung des Außenteams besprechen«, sagte Riker zu Deanna Troi, als Data und Geordi die Brücke verlassen hatten. Er und Troi waren auf der Brücke geblieben, standen direkt unter Worf und seiner taktischen Station. Troi sank müde auf ihren Sessel. »Und dann holen Sie etwas Schlaf nach. Das ist ein Befehl.«

Die Counselor nickte. Riker fühlte sich nicht wohl bei dem Gedanken, Besatzungsmitglieder auf die Oberfläche von Epictetus III zu schicken, ohne das Team anführen zu können. Aber er mußte an Bord bleiben, um das Kommando zu übernehmen, wenn der Captain ruhte; nicht einmal Jean-Luc Picard kam unbegrenzt ohne Schlaf aus. Der Captain würde seinen Ersten Offizier auch benötigen, damit er ihm bei der Einschätzung von Datas Plan behilflich war. Die Bürde dieser Entscheidung lastete schwer auf Picard; er würde seinen Stellvertreter in der Nähe haben wollen.

»Sie haben die Aussage des Föderationsrats gehört«, fuhr Riker fort. »Dieses Außenteam erwartet eine besonders harte Aufgabe. Es wird nicht einmal eine Andeutung über unseren Plan fallen lassen dürfen. Es wird beruhigend wirken müssen, ohne etwas zu verraten. Und es besteht zudem die Gefahr, daß es auf dem Planeten strandet und wir es nicht rechtzeitig an Bord zurückholen können, falls es zu unerwarteten Problemen kommt.«

»Ich verstehe«, murmelte Troi.

»Sie werden natürlich dabeisein müssen.« Es fiel ihm schwer, ihr das zu sagen, sie in diese Gefahr zu schikken. »Wir werden dort eine erfahrene Counselor brauchen, die den direkten Umgang mit dem epictetischen Rat übernimmt. Ich habe außerdem beschlossen, daß auch Lieutenant Worf dabei ist. Sie werden den Befehl über das Team haben, Counselor, aber falls es Ihnen ratsam erscheint, können Sie das Kommando an Worf abgeben.« Falls, so dachte er, Datas brillanter Plan fehlschlug, war Worf vielleicht der einzige, der das Außenteam wieder sicher zum Schiff zurückbringen konnte.

Worf sah von seinem Kontrollpult auf und zu ihm hinüber. »Ist das klug?« sagte Troi. »Wie Sie schon sagten, gehört es zu unserem Einsatz, beruhigend auf die Epicteter einzuwirken, und Worf...« Sie bedachte den Klingonen mit einem entschuldigenden Blick. »Lieutenant Worf wirkt auf sie vielleicht gar nicht so beruhigend.«

»Das mag sein«, räumte Riker ein, »aber es besteht die Möglichkeit, daß einige Bewohner des Planeten glauben, sie hätten nichts zu verlieren, und versuchen, das Außenteam als Geiseln zu nehmen, um an Bord der *Enterprise* zu gelangen. Worfs Anwesenheit soll diese Möglichkeit vereiteln. Unteroffizier Parviz Bodonchar sollte dem Team aus ähnlichen Gründen angehören.« Der muskelbepackte Adjutant war das einzige Mannschaftsmitglied, das körperlich fast so beeindruckend wie Worf war, doch sein freundliches Auftreten würde ihn viel weniger bedrohlicher als den Klingonen erscheinen lassen. »Sind Sie von seiner Eignung überzeugt?«

»Durchaus«, erwiderte Troi.

»Unteroffizier Bodonchar ist eine ausgezeichnete Wahl«, sagte Worf, »und ich möchte außerdem Fähnrich Ganesa Mehta empfehlen.«

Riker schüttelte sofort den Kopf. »Sie hat Familie auf Epic III. Das beeinträchtigt vielleicht ihre Bereitschaft, bestimmte Befehle auszuführen.«

»Ich würde dem zustimmen«, sagte Troi. »Der Druck wird vielleicht zu groß für sie. Sie wird nicht einmal ihrer Familie sagen dürfen, was der Captain vorhat.«

Worf sah von Troi zu Riker. »Sie wissen«, sagte er, »daß ich diese Empfehlung nicht aussprechen würden, wenn ich irgendwelche Zweifel hegte.«

Das war richtig, gestand Riker sich ein. Der Klingone würde sich nicht von Sentimentalität, Mitleid oder irgendeiner anderen Gefühlsregung leiten lassen, die er als Anzeichen der Verweichlichung oder Schwäche erachtete. Er hatte ihnen gerade versichert, daß er dem Fähnrich zutraute, ihre Pflichten zu erfüllen und dem nahenden Tod wie ein Klingone entgegenzutreten.

»Machen wir es so«, sagte Riker. »Falls Counselor Troi sie für gefühlsmäßig geeignet hält, wird sie Sie begleiten. Sonst nimmt Fähnrich Hughes Holman ihre Stelle ein.« Er seufzte. »Ich würde Fähnrich Chang Jun-shing gern dem Team zuteilen, aber er liegt wohl noch auf der Krankenstation. Captain Picard meint, er sei aus dem Holz geschnitzt, aus dem Raumschiffkommandanten sind, und das genügt mir als Empfehlung.« Außerdem, so hatte Riker zu Lasten seines Geldbeutels erfahren, war Fähnrich Chang ein verdammt guter Pokerspieler. Das Außenteam würde vielleicht jemanden brauchen, der auch ein extrem schwaches Blatt ausspielen konnte, und Chang würde die Karten nicht zu früh hinwerfen.

»Wenn wir zum Beamen bereit sind, wird Fähnrich Chang bereits entlassen sein«, sagte Troi. »Bevor der Captain uns auf die Brücke rief, sprach ich mit ihm auf der Krankenstation. Sie sollten aber wissen, daß eine Frau, mit der er früher liiert war, sich jetzt auf Epictetus III aufhält. Ich würde ihm trotzdem vertrauen... vielleicht sogar noch mehr. Er wird diesen Einsatz sowohl aus Pflichtgefühl als auch aus persönlichen Gründen durchstehen.«

Möglich, dachte Riker. Chang und Mehta hatten stärkere Beweggründe als alle anderen an Bord, alles zu tun, um sich für Epictetus III einzusetzen. Sie würden sich nicht so stark vor dem Tod fürchten als andere, solange sie sich auf der Oberfläche befanden. Und falls der Einsatz fehlschlug, würden sie den Tod sogar willkommen heißen.

Aber sie hatten auch weitaus stärkere Gründe, alles stehen und liegen zu lassen, falls irgend etwas schiefging, ihren Einsatz verfrüht aufzugeben und zu versuchen, sich zu jenen Menschen durchzuschlagen, die ihnen lieb und teuer waren. Nichts in ihren Personalunterlagen deutete darauf hin, daß sie zur Desertation fähig waren, aber keiner der beiden jungen Offiziere hatte sich jemals in solch einer Situation befunden.

»Na schön«, sagte Riker. Er wollte dem Urteil der Counselor vertrauen, hatte aber noch immer ein ungutes Gefühl. »Ruhen Sie sich jetzt aus.«

»Ich hatte bereits ausreichend Ruhe«, widersprach Worf.

»Dann legen Sie noch etwas drauf. Sie werden es brauchen. Melden Sie sich um sieben Uhr zur Einweisung bei mir auf der Brücke. Bis dahin sollten wir erfahren haben, wann das Ratstreffen stattfinden wird.«

Troi erhob sich von ihrem Sessel und ging zum hinteren Turbolift; Worf folgte ihr. Riker ging zu seinem Sessel im Befehlsbereich und setzte sich. Er brauchte ebenfalls Ruhe. Er rieb sich die Schläfen und wünschte sich, seine beharrlichen Zweifel abschütteln zu können.

»Ministerin Fabre hat mich davon in Kenntnis gesetzt, daß der Rat in fünf Stunden wieder zusammentritt«, sagte Picard, als Riker den Bereitschaftsraum betrat.

»Das Außenteam wird rechtzeitig nach unten beamen«, sagte Riker, als er am Tisch Platz nahm. »Sie sollten sich vor dem Treffen noch etwas Schlaf gönnen.«

»Ich werde es versuchen.« Picard lehnte sich im Sessel zurück. »Ministerin Fabre teilte mir des weiteren mit, daß die Unterlichtschiffe noch immer nicht auf Botschaften reagieren.«

»Wir haben noch etwas Zeit, um zu ihnen durchzukommen. Im Augenblick haben sie wohl eine weitaus bessere Chance, so gering sie auch sein mag, dieser Katastrophe zu entkommen, als alle anderen, einschließlich des Personals an Bord dieses Raumschiffs.«

Picard erhob sich langsam, hielt den Blick aber auf Riker gerichtet.

»Es ist mir gleich, was Data sagt«, fuhr Riker fort, »oder wie viele Argumente seinen Plan untermauern. Ich habe bei dieser Sache ein ausgesprochen ungutes Gefühl.«

»Haben Sie irgendwelche konkreten Einwände, Nummer Eins?« fragte Picard. »Oder sagt Ihnen nur Ihr Herz eines Pokerspielers, daß Sie nicht versuchen sollten, den Kosmos zu bluffen?«

»Vielleicht liegt es zum Teil auch daran, aber ich habe tatsächlich einige fest umrissene Einwände. Wenn wir in diesem System bleiben, um weitere Testläufe zu fahren, erhöhen wir damit das Risiko. Wenn etwas schiefgeht, bleibt uns vielleicht nicht mal mehr die Zeit, vor der Nova davonzulaufen. Und selbst wenn Data seinen Plan tatsächlich umsetzen kann... sogar natürliche Wurmlöcher sind unberechenbar. Einige kann man innerhalb von Sekunden passieren, andere dehnen die subjektive Zeit. Wenn wir unter Verwendung der Energien, die uns zur Verfügung stehen, ein künstliches Wurmloch öffnen, fordern wir die Unzuverlässigkeit geradezu heraus. Sogar Data und Geordi sind sich nicht sicher, daß sie die Sache durchziehen können. Ich bin überrascht, daß sie keine lange Liste möglicher Komplikationen vorgelegt haben.«

»Dieser Plan ist unsere einzige Möglichkeit«, sagte Picard. »Sollen wir denn lediglich dreitausend zufällig ausgewählte Personen einladen und abfliegen? Solange auch nur die geringste Chance besteht, daß Datas Plan funktioniert, kommt das nicht in Frage. Falls wir den Planeten und seine Bewohner retten können, sind fast alle Komplikationen und Risiken der Alternative vorzuziehen.«

»Sie meinen, Sie sind bereit, bei dem Versuch zu sterben«, sagte Riker.

»Genau wie Sie, Nummer Eins.«

Der Captain hatte natürlich recht. Zwanzig Millionen Leben waren das Risiko wert. Der Föderationsrat hatte der Mannschaft der *Enterprise* nicht befohlen, jedes Risiko in Kauf zu nehmen, aber die Besatzung des Raumschiffs würde nie wieder mit erhobenem Haupt durchs Leben gehen, wenn sie es nicht versuchte. Sie war ihrem Stolz und den Traditionen von Starfleet verpflichtet, aber hier ging es um mehr als nur Stolz.

Würdest du dir freiwillig einen Finger abhacken lassen, um tausend Leben zu retten? Es war eine alte Frage. Riker hatte sie zuerst als Schuljunge in Valdez gehört, und sie hatte eine lebhafte Diskussion unter seinen Klassenkameraden ausgelöst. Damals hatte er gewußt, daß es auf diese Frage nur eine Antwort gab. Wenn sie die Epicteter im Stich ließen, ohne alles versucht zu haben, könnten sie gleich sagen, daß ein Finger in der Tat wichtiger war als eintausend Leben.

»Ich schlage vor«, sagte Picard, »daß Sie Ihre Einwände mit Data besprechen.«

»Data kennt bereits verdammt genau jeden einzelnen davon.« Riker stand auf. Er würde sein Möglichstes tun; sie würden alles versuchen. Er würde sich verhalten, wie es sich für einen Offizier von Starfleet geziemte.

Trotzdem hätte er gern die immer stärker werdende Überzeugung abgeschüttelt, daß dies vielleicht der letzte Einsatz der *Enterprise* war und seine eigentliche Pflicht vielleicht darin bestand, darauf zu achten, daß die Menschen unter seinem Kommando ehrenvoll in den Tod gingen.

Zwanzig Millionen Leben für ein Raumschiff? Das lohnte sich schon. Gar kein Zweifel.

Geordi sah seufzend von seinem Pult auf und drehte sich zu Data um. »Ich habe gerade meinen dritten Simulationslauf abgeschlossen«, sagte er, »und alles verlief anders als beim ersten und zweiten Mal.«

»Meine Ergebnisse fallen ähnlich aus«, sagte Data.

Geordi warf einen kurzen Blick auf die anderen Mannschaftsmitglieder im Maschinenraum; alle sahen genauso mutlos aus, wie er sich fühlte. Anita Obrion starrte mit uncharakteristisch teilnahmsloser Miene auf das Pult vor ihr.

»Wir wissen nicht genug«, fuhr Data fort, »um exakt vorherzusagen, wie die Operation verlaufen wird, angefangen bei der ersten Energiezapfung und den damit verbundenen Problemen, bis zur Öffnung des Wurmlochs und der Aufgabe, es sowohl groß als auch stabil genug zu halten. Ganz zu schweigen von dem anschließenden Transfer des Planeten durch das Wurmloch und sämtlichen Trägheitsbeanspruchungen, die dadurch auftreten.« Er klang keineswegs entmutigt. »Aber vergessen Sie nicht, daß die Varianten, die in unseren Modellen erscheinen, vielleicht größtenteils Bestandteile der Modelle sind und nicht der Wirklichkeit, in der wir arbeiten.«

»Glauben Sie etwa, daß die Wirklichkeit nachsichtiger mit uns umgeht?« fragte Geordi.

»Das vielleicht nicht. Aber die Wirklichkeit gibt uns während des Verlaufs möglicherweise mehr Zeit zur Reaktion und Anpassung, nötigenfalls zum Improvisieren. Die Modelle sind schon deshalb stärker eingeschränkt, weil sie mit der Reichhaltigkeit der Realität nicht mithalten können. Es handelt sich bei ihnen lediglich um mathematische Skizzen, denen wir so viele Details wie nur möglich hinzufügen müssen, bis die Simulationen allmählich günstiger ausfallen.«

»Irgendwie trösten mich Ihre Worte nicht«, sagte Geordi.

»Unser Ziel besteht darin, den Plan durchführbar zu machen, nicht, sich getröstet zu fühlen. Allerdings verstehe ich sehr wohl...«

»Nein, ich denke nicht, daß Sie das verstehen.« Geordis Worte klangen schärfer, als er es beabsichtigt hatte. »Tut mir leid, Data, das habe ich nicht so gemeint. Ich bin gar nicht beleidigt, eher sprunghaft und nervös.«

»Ich wollte niemanden beleidigen«, sagte Data. »Aber ich verstehe, daß Sie dem Unbehagen nicht entgehen können. Sie müssen dieses Gefühl ignorieren. Bedenken Sie, daß der Plan die mit ihm verbundenen Schwierigkeiten erst bei der Durchführung offenbaren wird, obgleich ich davon überzeugt bin, daß sein allgemeiner Ablauf sich genau wie vorhergesehen abspielen wird.«

Geordi drehte sich wieder zu seinem Pult um. »Na, dann mal weiter.« Er nickte Anita Obrion zu. »Ich bin bereit.«

»Bereit«, sagte Data.

Als Riker gegangen war, wurde Picard klar, daß die Zweifel des Commanders ihn stärker verstört hatten, als er es sich eingestehen wollte. Er hatte sich auf einer Couch ausgestreckt und versuchte zu schlafen, doch der Schlaf wollte sich nicht einstellen. Zuviel Adrenalin, dachte er; sein Körper bereitete sich auf das vor, was auf ihn zukam.

Es war recht deutlich, worauf Riker hinauswollte: Im

Rahmen dieser Operation konnte die *Enterprise* als entbehrlich betrachtet werden. Tatsächlich mußte man sie in Anbetracht der Umstände als entbehrlich ansehen. Natürlich bedeutete das nicht, daß das Schiff und alles Leben an Bord definitiv verlorengehen würden, nur daß sie verlorengehen *könnten*. Dieser Möglichkeit mußte man illusionslos mit offenen Augen und festem Willen gegenübertreten. Und er war der einzige, der letztendlich die Entscheidung treffen konnte – obwohl er sicher war, daß sämtliche Mannschaftsmitglieder sich hinter ihn stellen würden, ganz gleich, welche Entscheidung er traf.

Der Föderationsrat konnte mit dem Verlust dieses Raumschiffs und seiner Mannschaft leben. Falls die Anstrengungen zur Rettung von Epictetus III fehlschlugen, war es politisch gesehen sogar besser, wenn sein Schiff verlorenging. Die Föderation der Vereinten Planeten würde ein Exempel vorweisen können, wieviel Starfleet riskierte, um eine Mitgliedswelt zu retten, und der Föderationsrat konnte sich damit trösten, indem er daran erinnerte, nicht befohlen zu haben, daß die Mannschaft der *Enterprise* sich opfern sollte. Es war ein zynischer Gedanke.

Dennoch mußte eine gewisse Aussicht auf Erfolg bestehen, wollte er mit Datas Plan fortfahren. Falls das Risiko zu groß war, er es dennoch wagte, aber dabei den Planeten verlor, würde er unausweichlich vors Kriegsgericht kommen – falls die *Enterprise* es irgendwie schaffte, die Katastrophe zu überstehen. Der Ankläger von Starfleet konnte behaupten, Picard hätte sein Schiff und seine Mannschaft rücksichtslos gefährdet, um in einer fehlgeleiteten Bemühung Ruhm zu erlangen. Doch wenn er den sicheren Weg einschlug, nur ein paar tausend Epicteter zu retten, und auf die Möglichkeit verzichtete, mehr oder gar alle zu retten, würde er nicht mehr damit leben können.

Während Picard sich unruhig auf der Couch wälzte,

rief er sich ins Gedächtnis, daß in diesem Augenblick, während er hier lag und über sein persönliches Dilemma grübelte, vermutlich weitere Bewohner von Epictetus III Selbstmord begingen und er ihnen nicht auch nur die kleinste Hoffnung gewähren durfte.

Schließlich setzte er sich auf und berührte seinen Kommunikator. »Picard an Maschinenraum – Data, LaForge.«

»Ja, Captain?« sagte Datas Stimme.

»Wie kommen Sie mit den Testläufen voran?«

»Wir haben fast zwei Dutzend Simulationen durchgeführt«, erwiderte LaForge.

»Und?«

Einige Sekunden verstrichen. »Sie weichen erheblich voneinander ab«, sagte LaForge schließlich. »Aber sie scheinen größtenteils zu funktionieren.«

Picard gefielen das Zögern und die Unsicherheit in der Stimme des Chefingenieurs nicht. »Data, wird die Sache funktionieren?« fragte er und wußte plötzlich, daß er von Data überzeugt werden wollte und nicht von LaForge, daß er Geordis offensichtliches Unbehagen einfach ignorieren wollte.

»Wird die Sache funktionieren?« wiederholte Data. »Ich würde sagen, selbst unter Schwierigkeiten – ja.«

»Welche Schwierigkeiten?« fragte Picard.

»Zum Beispiel die Handhabung des Energieflusses, auf den wir uns einstellen können. Da wären auch Größe und Stabilität des Wurmlochs, die ich für kontrollierbar halte. Dann der Transit des Planeten durch das Wurmloch, wobei Trägheitsbeanspruchungen auftreten werden, auf die wir uns nicht vorbereiten können. Und schließlich das zeitliche Problem – es läßt sich nicht auf die Stunde genau vorhergesagen, wann wir das System verlassen können, sobald der Planet den Transit vollzogen hat. Das sind einige der Schwierigkeiten, Captain.«

»Ist die *Enterprise* in einigen dieser Szenarios verlorengegangen?«

»Allerdings«, sagte LaForge. Er klang noch immer nervös. »Die Nova könnte uns erwischen. Es ist unwahrscheinlich – da müßte sich schon jemand mit einem Phaser über unsere Warp- und Impulstriebwerke hermachen, um uns am Abflug zu hindern, aber wenn irgend etwas anderes passiert...«

»Was zum Beispiel?«

Als Geordi aufzählte, welche Möglichkeiten zu einem katastrophalen Ausgang führen konnten, wurde Picard erneut klar, daß die *Enterprise* durchaus zerstört werden könnte. Dann würde er nicht mehr für seine Entscheidung zur Öffnung des Wurmlochs geradestehen können. Vielleicht überstand der Planet den Transfer, und er würde es nie erfahren...

Die potentiellen Katastrophen schienen sich zu vermehren, als Geordi sie umriß. Plötzlich wollte Picard dem Ingenieur nicht mehr zuhören. Das Aufzählen sämtlicher Möglichkeiten, die zum Scheitern des Versuchs führen konnten, brachte ihn einer realistischen Einschätzung nicht näher, ob der Plan eine Erfolgschance hatte.

»Ich habe verstanden«, sagte Picard, als Geordi endlich schwieg. »Data, ist es möglich, daß Epictetus III im Wurmloch zerstört wird, selbst wenn die Öffnung so groß ist, daß der Planet eintreten kann?«

»Ja, das ist möglich, falls das Wurmloch nicht auf der gesamten Länge weit genug ist.«

»Dann kann seine Größe variieren?«

»Ja, das kann sie.«

Einen Augenblick lang dachte Picard, es sei vielleicht doch besser, so viele Bewohner des Planeten wie möglich aufzunehmen und das System zu verlassen. Das war die sicherste Möglichkeit, aber auch die mit dem geringsten Erfolg. Die Rettung einer ganzen Welt verlockte ihn, aber es war vielleicht nur eine verführerische Illusion, die sowohl sein Schiff als auch den Planeten in den Untergang führte. Er war gegen die Versuchungen des Ruhmes nicht völlig immun.

»Meine vorerst letzte Frage«, sagte Picard. »Wann werden Sie über das Planungsstadium und die Simulationen hinausgehen können?«

»Ich würde sagen«, erwiderte Data, »in vierzig bis achtundvierzig Stunden.«

Nicht viel Zeit, dachte Picard. Aber während dieser vierzig bis achtundvierzig Stunden nahmen sich vielleicht weitere Epicteter das Leben, suchten jene letzte Flucht vor dem herannahenden Verhängnis. In vierzig bis achtundvierzig Stunden konnten Menschen der Verzweiflung nachgeben, verzweifelte Maßnahmen in Betracht ziehen und die Starfleet-Offiziere verfluchen, die so wenig für sie tun konnten.

6

Samas Rychi hatte überhaupt nicht geschlafen. Er war schon früh aufgestanden, und als Mariamna Fabres Nachricht eintraf, brütete er über Kopien uralter Dokumente.

Sie rief die Minister für die achte Stunde zu einer Versammlung in der Ratskammer in Nicopolis zusammen. Captain Picard würde sich per Bildschirm an den Rat wenden, aber ein Außenteam des Raumschiffes sollte der Besprechung persönlich beiwohnen.

»Ich weiß, was uns bevorsteht«, fuhr Ministerin Fabre in ihrer Nachricht fort. »Ich weiß, daß Sie alle jetzt lieber bei Ihren Liebsten wären, aber…« Ihr Gesicht verzerrte sich, und einen Augenblick lang schien sie ihre übliche Fassung zu verlieren. »Wir müssen entscheiden, welche Menschen von unserer Welt an Bord der *Enterprise* gebracht werden und wie sie auszuwählen sind. Bis zum Ende müssen wir alles tun, was in unserer Macht steht. Ich werde auch jetzt die Hoffnung nicht aufgeben. Ich werde gegen das Unvermeidliche ankämpfen, bis ich nicht mehr kämpfen kann.«

Damit endete die Nachricht. Mariamna Fabre, dachte Rychi, hatte stets bei jedem Problem die fairste Lösung angestrebt. Das Verlangen nach Fairness und Gerechtigkeit gehörte zu ihren bestimmenden Charakterzügen. Wenn sie allerdings glaubte, ihre Hoffnung könne in eine rettende Wirklichkeit umgewandelt werden und sogar eine Nova würde ihrem verlorenen Volk und ihrer

Welt irgendeine Gerechtigkeit zuteil werden lassen, gab sie sich der Selbsttäuschung hin.

Vor seinen Augen verschwammen die fremdartigen Schriftzeichen, die er nicht zu entschlüsseln vermochte. Rychi schaltete das Lesegerät ab und stand auf. Einen Augenblick lang hatte er geglaubt, daß er in diesen alten Aufzeichnungen etwas entdeckt hatte, das er zuvor übersehen hatte, ein Symbol oder ein Zeichen, dessen Bedeutung sich ihm plötzlich offenbaren würde. Er hatte die silbernen Dokumentfolien der ursprünglichen Kultur dieser Welt immer als nahezu unzerstörbar angesehen; doch jetzt würden sie sich als nur allzu vergänglich erweisen.

Er verließ die Plastinkuppel, ging durch den breiten, schattigen Vorraum mit den Zeichnungen, trat dann hinaus und sog tief die trockene, saubere Luft in die Lungen. Im Osten stand die Sonne über dem Horizont und sah eigentlich so aus wie an jedem anderen Morgen auch; das dunkle Rosa des Wüstensands verfärbte sich gerade zu einem Orange. Er sah nach Westen. Aus der Ferne senkte sich ein kleiner schwarzer Fleck aus dem Himmel, wurde dann bei der schnellen Annäherung größer und verwandelte sich in ein geschoßförmiges Fahrzeug mit einer durchsichtigen Kuppel. Rychi beobachtete, wie der Flitzer landete, und ging dann darauf zu.

Hakim Ponselle schob eine Seitentür auf, stieg aus und reichte dann seiner Frau eine Hand. Asela Ibanez winkte, als Rychi sich näherte. »Vor unserem Abflug«, rief sie, »haben wir von dem Ratstreffen gehört.«

Rychi runzelte die Stirn. »Was soll das? Hält Marianna Fabre die Sitzungen jetzt öffentlich ab? Will sie sie ins Netz einspeisen?«

Hakim schüttelte den Kopf. »Es gab keine Ankündigung, aber so etwas spricht sich herum, und die Leute wissen, daß eine Versammlung stattfindet.«

»Schon bei unserer Abfahrt aus Nicopolis hat sich eine Menschenmenge auf dem Kerulo-Platz versammelt«, sagte Asela. Die silberhaarige, braunhäutige Frau war so klein und rundlich, wie ihr Mann hochgewachsen und schlaksig war. »Es ging das Gerücht, daß eine Gruppe aus dem Schiff zu dem Treffen runterbeamen wird.«

»Das ist allerdings richtig«, räumte Rychi ein. Jemand aus dem Rat mußte die Nachricht von Mariamnas Aufruf verbreitet haben. Was für einen Sinn machte es, wenn die Bevölkerung erfuhr, daß eine Versammlung stattfand, bei der lediglich entschieden werden sollte, welcher winzige Teil der Bevölkerung eine Chance zum Weiterleben bekommen sollte? Vielleicht würde es zu Aufständen kommen. Er würde seinen Flitzer hinter der Michio-Halle landen, die abseits vom Kerulo-Platz lag, und hoffen müssen, daß sich nicht auch dort eine Menschenmenge versammelt hatte.

Beinah hätte er gelächelt. Was machte es schon aus, wenn die Menge ihn belästigte, ihn von dem Treffen abhielt, ja sogar einen Aufruhr anzettelte? Wenn sie ihre Wut und Verzweiflung auf die Minister richtete, würde er nur etwas früher sterben.

»Ich bin neugierig darauf, was die beiden Starfleet-Offiziere hier zurückgelassen haben«, sagte Asela. »Warum haben sie sich die Mühe gemacht, die ganze Ausrüstung aufzubauen?«

Rychi zuckte mit den Achseln. »Sie haben sich nicht gerade redselig über ihre Absicht gezeigt.« Er sah auf seine Armbanduhr. »Ich fahre jetzt besser los, sonst komme ich zu spät. Ich gebe euch Bescheid, wenn die Versammlung vorbei ist, und kehre dann so rasch wie möglich zurück.«

»Gute Fahrt, Samas«, sagte Hakim.

Rychi eilte zu seinem Flitzer und schaute dann zurück. Hakim sah ihm nach. Er hatte den Arm um Alesas

Schulter gelegt. Die beiden mochten vielleicht noch auf ein Wunder hoffen, aber wenigstens hatten sie einander. Sie hatten ihr Leben gelebt, mußten dem Tod nicht allein entgegentreten.

Rychi wandte sich ab, und seine Gedanken waren von Trauer geprägt. Plötzlich wollte er weiterleben, seine Arbeit vollenden, jenen ein wahrer Freund sein, die ihm einst ihre Freundschaft angeboten hatten. Er sehnte sich nach jener Unmöglichkeit, nach der sich zahllose andere Verdammte gesehnt haben mußten – nach einer zweiten Chance, sein Leben so zu leben, wie er es von Anfang an hätte tun sollen.

Deanna Troi schaute von den Dachgärten der Michio-Halle auf den orangefarbenen Sandstrand und die blaugrüne Weite des Geryon-Ozeans. Nicopolis war oberhalb einer Bucht erbaut worden, und die beiden Ausläufer der sichelförmigen Stadt erstreckten sich in nördliche und südwestliche Richtung. Neben beinahe jedem weißen Haus und massiven steinernen Gebäude fanden sich grasbewachsene Parks oder Blumengärten; schlanke Saaphanbäume überschatteten mit farnähnlichen grünen Zweigen die breiten Straßen und Wege der Stadt. In der Ferne, im Bergvorland östlich von Nicopolis, schimmerten uralte silberne Türme, die von den Ureinwohnern des Planeten erbaut worden waren.

Parviz Bodonchar trat an die Balustrade und stützte die muskelbepackten Arme auf das verzierte Metallgeländer. Auf dem Gesicht des Unteroffiziers breitete sich ein Lächeln aus, als er die Aussicht in sich aufnahm.

»Ein angenehmer Ort«, sagte Worf. »Mir wird klar, warum die Menschen diesen Planeten besiedeln wollten.«

Troi wußte, daß aus seinem Mund solche Worte ein großes Lob waren.

»Es heißt«, sagte Ganesa Mehta, »daß man von fast jedem Haus aus das Meer sehen und von jeder Stelle in Nicopolis den Strand innerhalb weniger Minuten erreichen kann.«

»Dann kommen Sie ursprünglich gar nicht von hier?« fragte Fähnrich Chang Jun-shing.

»Ich habe Nicopolis mehrere Male besucht«, sagte Ganesa, »bin aber in Hierapolis aufgewachsen, auf den Ebenen östlich der Korybantes-Wüste.« Troi spürte Fähnrich Mehtas Leid, ihren plötzlichen Drang, von diesem Ort zu fliehen und eine Möglichkeit zu suchen, ihre Familie zu erreichen. Aber sie behielt ihre verstörten Gefühle unter Kontrolle.

Das Außenteam hatte die Anweisung erhalten, sich auf diesen Dachgarten zu beamen. Sie hätten problemlos auch direkt in der Ratskammer materialisieren können, aber Ganesa zufolge wollte Ministerin Fabre die Form wahren. Die Minister nahmen stets Platz, bevor andere, die an den Sitzungen teilnahmen, von Adjutanten in die Ratskammer geführt wurden. Fabre benötigte vielleicht auch etwas Zeit, um eventuelle Unstimmigkeiten unter ihren Kollegen zu schlichten, bevor das Außenteam vorgelassen wurde.

Einige Flitzer standen auf den Plätzen zwischen den Gartenebenen. Troi wußte, weshalb die Minister ihre Fahrzeuge hier geparkt hatten; von allen Seiten umringten Menschenmengen die Michio-Halle. Unten auf dem Kerulo-Platz standen sie dichtgedrängt und schweigend nebeneinander und warteten.

Sie berührte das Starfleetemblem auf ihrer Brust. »Troi an Captain Picard«, sagte sie leise in den Kommunikator. Ganesa schloß zu ihr auf, während Troi berichtete, daß das Gebäude von einer Menschenmasse umringt war und sie davon ausging, daß es für die Menge verschlossen war, aber nicht wußte, ob weitere Sicherheitsvorkehrungen getroffen worden waren.

»Darf ich Ihnen und dem Captain dazu etwas sagen?« fragte Ganesa. Troi nickte. »Es wundert mich, daß Ministerin Fabre diese Versammlung nicht öffentlich gemacht hat. Die Leute hätten die Sitzung zu Hause mit ihren Familien verfolgen können, statt sich hier zu versammeln. Vielleicht glauben sie deshalb, wir wären nur hier, um dem Rat und den Verwandten der Minister zur Flucht zu verhelfen.«

»Vielleicht erfahren wir den Grund dafür.« Troi berührte erneut ihr Emblem und unterbrach damit die Verbindung. »Gibt es irgendwelche besonderen Höflichkeitsregeln, die wir befolgen sollten, Fähnrich Mehta?«

»Der Rat hat Ministerin Fabre als Sprecherin gewählt«, sagte Ganesa, »also richten Sie ihre Fragen an sie, selbst wenn gerade ein anderer Minister das Wort hat. Aber wenn ein anderer Minister Ihnen eine Frage stellt, antworten Sie ihm direkt. Wir sitzen auf den Sesseln rechts vom Rat. Diese Plätze sind für die geladenen Gäste reserviert, die anderen sitzen auf der linken Seite. Ich weiß nicht, ob irgendwelche Universitätsprofessoren an diesem Treffen teilnehmen, aber falls dem so ist, sitzen sie links.«

»Nehmen solche Professoren regelmäßig an den Ratssitzungen teil?« fragte Troi.

»Natürlich, sofern sie öffentlich sind, und das ist meistens der Fall. Sonst sind nur Personen zugelassen, die früher dem Rat angehörten. Zwei der derzeitigen Minister, Samas Rychi und James Mobutu, sind Professoren an der Universität von Nicopolis, und andere ehemalige Ratsmitglieder nehmen so oft wie möglich an den Versammlungen teil, weil die Michio-Halle in der Nähe der Universität liegt.«

»Ach ja?« fragte Fähnrich Chang, als er auf die beiden Frauen zukam.

Ganesa nickte und deutete auf die schlanken Türme auf der anderen Seite des Kerulo-Platzes. »Das sind zwei der Büro- und Seminarraumgebäude. Die meisten Wohnungen und Häuser zwischen dem Kerulo-Platz und dem Strand werden von Fakultätsmitgliedern und Studenten genutzt.«

Fähnrich Chang wirkte auf einmal angespannt. Troi war sicher, daß er an die Frau dachte, die er einst geliebt hatte. Vielleicht war sie jetzt hier in einem der Häuser oder wartete unten auf dem Platz.

»Ich grüße Sie«, sagte eine Stimme links von Troi. Sie wandte sich um und erblickte einen schlanken Mann mit olivfarbener Haut und dunklem, an den Schläfen graumeliertem Haar, der sich ihnen näherte.

»Ich soll Sie zum Versammlungsraum bringen«, fuhr der Mann fort. »Ich bin Minister Rohin Nowles.« Als der Mann seinen Namen nannte, spürte Troi Wachsamkeit und Mißtrauen in Ganesa Mehta. Der Fähnrich fürchtete sich nicht vor dem Mann, vertraute ihm aber auch nicht.

»Ich grüße Sie«, erwiderte Troi.

»Auch ich grüße Sie«, sagte Ganesa und wandte sich dann an Troi. »Minister Nowles wurde von Hierapolis in den Rat gewählt, kurz bevor ich zur Starfleet-Akademie ging.« Sie wandte sich wieder dem Minister zu. »Wir werden alles unternehmen, was in unserer Macht steht, um Ihnen zu helfen. Mir ist es sehr ernst damit – schließlich ist diese Welt auch meine Heimat.«

Troi war der Ansicht, daß der Fähnrich damit so weit ging, wie es ihr eben gestattet war, aber Minister Nowles zeigte sich von der Aussage der jungen Frau offenbar unbeeindruckt. »Normalerweise hätte ein Adjutant Sie abgeholt«, sagte er mit kalter Stimme, »aber gegenwärtig halten sich keine hier auf. Ministerin Fabre sah keinen Anlaß dafür, daß sie kostbare Zeit mit der Anfahrt verschwenden, bis wir gehört haben, was Ihr Captain uns zu sagen hat.«

Nun spürte Troi deutlich seine Abneigung, in die sich

bitterer Zorn mischte. »Kommen Sie mit«, sagte Minister Nowles und führte sie von der Balustrade fort.

Troi spürte, daß die von Rohin Nowles ausströmende Feindseligkeit sich noch verstärkte. Eins war klar: Er wollte sie nicht hier haben. Im Lift hatte er nicht mit ihnen gesprochen, und er schwieg auch, als er sie verließ und seinen Platz am langen Tisch bei den anderen Ministern einnahm.

Diesmal standen keine Blumen auf dem Tisch, nur gläserne Karaffen und silberne Becher. Von den neun Ratsmitgliedern waren nur sieben anwesend. Lise Turano, eine der beiden Minister, die mit Czeslaw Peladon die Requirierung der Unterlichtschiffe organisiert hatten, fehlte; Troi fragte sich, wieso. Minister Lev Robert, Peladons zweiter Komplize, war mit erschlaffter Miene und ausdruckslosem Blick in seinem Sessel zusammengesackt.

Bis auf die Minister und das Außenteam war die Kammer leer. Hochlehnige Armsessel säumten die Wände rechts und links vom Tisch, an dem die Minister saßen. Ein Bildschirm an der Wand hinter ihnen zeigte eine Landschaft mit grünen Hügeln, die mit Blumenbeeten durchsetzt waren.

Die Atmosphäre in dem Raum war verstörend. Troi spürte die unterschwelligen Konflikte zwischen den Epictetern, in einem Minister sogar einen heißen, wütenden Zorn, der mit klammer, kalter Verzweiflung rang. Bei diesen Leuten lagen die Nerven blank; sie hatten ihre Gefühle kaum unter Kontrolle.

Troi stellte die Mitglieder des Außenteams vor und führte sie dann zu der Sesselreihe rechts vom Tisch. Ein Bildschirm, der weit größer war als der hinter den Ministern, nahm den Großteil der Wand über dem Eingang zur Kammer ein. Vom Schirm blickte Captain Picard in den Raum; Commander Riker saß neben ihm. Troi war sicher, daß Data und Geordi dieses Treffen vom Maschinenraum aus verfolgten, während sie ihre Testläufe durchführten.

Ministerin Fabre wirkte erschöpft. Das graue Haar fiel lose über ihren Rücken, als hätte sie keine Zeit gefunden, es hochzustecken. Sie wollte gerade zum Sprechen ansetzen, als Rohin Nowles sich vorbeugte. »Was genau machen diese Leute eigentlich hier?« fragte er laut und zeigte auf Troi.

»Das habe ich bereits erklärt«, entgegnete Fabre. »Sie sollen uns bei der Entscheidung helfen, wer gerettet werden sollte...«

»Dazu brauchen sie nicht herzukommen. Das können wir auch allein entscheiden. Was wollen sie wirklich hier? Überbringen sie uns persönlich Starfleets tief empfundenes Beileid, bevor sie zu ihrem Schiff zurückbeamen und uns hier verbrennen lassen?«

Minister Samas Rychi legte eine Hand auf Nowles' Arm. »Ganz ruhig, Rohin. Wir sollten uns zumindest anhören, was Captain Picard und seine Leute zu sagen haben.« Er runzelte die Stirn, als erwartete er trotz seiner diplomatischen Worte, nur wenig von Bedeutung zu hören.

Troi spürte eine weitere Welle des Zorns und der Hoffnungslosigkeit und entdeckte dann deren Quelle. Eine Ministerin saß mit aufgestützten Ellbogen am Tisch, das Gesicht in den Händen verborgen; sie richtete sich auf und warf ihr langes rötliches Haar zurück. Troi erkannte Dorcas Dydion, jene junge Ministerin, die so verstört gewesen war, als Captain Picard sich das erste Mal an den Rat gewandt hatte. Die Augen der Frau waren rotumrandet, ihr Gesicht war von Trauer gezeichnet.

Als würde auch sie ihr Leid spüren, wandte Fabre sich an die jüngere Frau. »Dorcas«, sagte sie, »Sie mußten nicht kommen. Wenn Sie jetzt gehen wollen...«

»Ich werde bleiben«, sagte Dorcas Dydion mit heiserer Stimme. »Ich hätte mit Edmond gehen, seinen Ausweg wählen sollen. Ich weiß nicht, warum ich hier bin, aber ich werde bleiben.«

»Ich bitte um Ihr Verständnis«, sagte Fabre und sah zum Bildschirm auf. »Ministerin Dydion hat einen schmerzlichen Verlust erlitten und...«

»Sagen Sie es doch!« schrie Ministerin Dorcas Dydion auf. »Edmond ist tot! Mein Mann hat sich das Leben genommen! Er wollte nicht warten, bis unsere Welt stirbt, und ich war zu feige, ihn zu begleiten!« Wieder bedeckte sie ihr Gesicht, und ihre Schultern bebten unter ihren Schluchzern.

Czeslaw Peladon griff nach ihrer Hand und versuchte, sie zu beruhigen.

»Es tut mir sehr leid«, sagte Captain Picard, und Troi wußte, wie ernst er diese Worte meinte.

»Dann können Sie auch erfahren«, sagte Ministerin Fabre leise, »daß zwei Mitglieder unseres Rates, Andrew Kolodny und Lisa Turano, ebenfalls durch eigene Hand gestorben sind. Minister Kolodny war ein Mann von großer Integrität, und man wird ihn sehr vermissen.« Sie sah kurz zu Czeslaw Peladon. »Wie Sie bereits wissen, gehörte Ministerin Turano zu unseren drei Kollegen, die unsere Unterlichtschiffe beschlagnahmten und sicherstellten, daß ihre Verwandten und Freunde an Bord gelangten.« Fabre faltete die Hände. »Wir haben diese Schiffe noch immer nicht erreichen können und konnten ihnen daher nicht mitteilen, daß die Nova vielleicht früher als erwartet ausbricht.«

Troi hatte in Captain Picard die Abneigung gegen jene gespürt, die an Bord der Unterlichtschiffe flohen, aber er hatte trotzdem darauf bestanden, sie unbedingt zu warnen. Man hatte ihnen nichts über die Möglichkeit der Schaffung eines Wurmloches sagen können, nur, daß ihre Sonne sich rascher dem Novastadium näherte und sie sofort hinter planetaren Körpern Schutz suchen sollten.

Minister Robert sank noch tiefer in seinen Sessel; er wirkte krank. Troi war erschüttert. Zwei Minister hatten Selbstmord begangen, eine dritte trauerte um ihren toten Ehemann, und Lev Robert schien am Rand der Katatonie zu stehen. Vielleicht wählten noch weitere den Freitod; vielleicht starben in diesem Augenblick weitere Personen, während Data und Geordi daran arbeiteten, das Verhängnis von dieser Welt abzuwenden, und sie durfte nichts über ihren Plan sagen. Sie sah kurz zu Ganesa und spürte, daß die junge Frau das gleiche dachte. Für Ganesa war es noch schlimmer; sie machte sich bestimmt Sorgen, ob Bekannte von ihr vielleicht ebenfalls Selbstmord begingen.

Kein Wunder, dachte Troi, daß Ministerin Fabre diese Sitzung nicht öffentlich abhielt. Sie wollte ihrem Volk nicht zeigen, wie zerrissen sein Rat war und daß zwei Minister so wenig Vertrauen in die Fähigkeiten von Starfleet gehabt hatten, daß sie sich das Leben nahmen. Solche Nachrichten würden andere nur ermuntern, ihrem Beispiel zu folgen.

»Auch wenn Sie nicht viel bieten können«, sagte Ministerin Fabre, »wir müssen dennoch besprechen, was wir erreichen können. Wir wollen hören, was Sie zu sagen haben, Captain.«

Picard betrachtete die Bilder auf dem Brückenmonitor. Da er seinen Plan vor den epictetischen Ministern geheimhalten mußte, bereitete das Gespräch mit ihnen ihm regelrechte Schmerzen. Der Erhalt der Föderation war aber wichtiger, als vorzeitige und vielleicht falsche Hoffnungen zu wecken, um weitere Selbstmorde zu verhindern. Die Erfordernisse der Politik konnten auf ihre Weise so unerbittlich sein wie die unausweichliche Entwicklung einer Sonne zur Nova.

Aber er hatte immerhin etwas Spielraum bekommen, wenn auch nur sehr begrenzten. Vor zwei Stunden hatte er eine Subraumnachricht von Vida Ntumbe erhalten, die ihn informierte, daß der Föderationsrat sein Dilemma eingehend erörtert hatte. Er durfte den Epictetern noch immer nichts über einen riskanten Plan sagen, der vielleicht fehlschlug, mußte sie aber dazu anhalten, alle nur möglichen Maßnahmen zur Rettung ihres eigenen Lebens zu ergreifen, selbst wenn die Chancen dafür nur winzig klein waren. Eine hastig einberufene Konferenz mit den diensttuenden Wissenschaftsoffizieren hatte ihm die nötigen Argumente verschafft. Jetzt konnte er den Ministern mitteilen, daß die epictetischen Städte evakuiert werden mußten, ohne daß Datas Plan dadurch aufflog.

Diese Evakuierung würde notwendig sein, denn der Großteil der Planetenbevölkerung lebte in Städten an den Meeresküsten. Falls es Data und Geordi tatsächlich gelang, ein Wurmloch zu öffnen und Epictetus III hindurchzuschicken, würden in den daraus resultierenden Beben und Springfluten Millionen Bewohner des Planeten umkommen, wenn sie in den Küstenstädten blieben. Sie mußten sich an Orte begeben, die von den bedrohten Gebieten weit entfernt lagen und Erbeben standhalten konnten. Aber er konnte ihnen nicht den wahren Grund dafür nennen.

Sein Problem, dachte Picard, bestand darin, die Minister davon zu überzeugen, seinem Rat zu folgen und die Städte zu räumen. Sie waren keine Narren; sie würden erkennen, wie gering ihre Chancen waren. Vielleicht würden sie sich nach allem, was ihr Volk schon erduldet hatte, einfach weigern, es zusätzlichen Belastungen auszusetzen.

»Sie wissen bereits, daß wir dreitausend Ihrer Leuten an Bord der *Enterprise* aufnehmen können«, setzte Picard an. »Sie müssen so schnell wie möglich beschließen, wen Sie zu uns schicken wollen. Lieutenant Commander Troi und ihr Außenteam werden alles tun, was in ihrer Macht steht, um die betreffenden Personen schnell an Bord beamen zu lassen.«

»Dreitausend«, sagte Minister James Mobutu verbittert, »von zwanzig Millionen.«

»Was soll die Rettung dieser wenigen denn nützen?« fragte Minister Rohin Nowles. »Wollen Starfleet und die Föderation durch diese kleine Geste nicht nur ihr Gewissen beruhigen?«

»Daß ich nur so wenig tun kann, ist für mich ebenso abscheulich und moralisch beschämend wie für Sie«, erwiderte Picard, »aber noch immer besser, als niemanden zu retten.«

»Ich stimme Ihnen zu«, sagte Samas Rychi. Picard richtete seine Aufmerksamkeit auf den Archäologen; die Kraft in der Stimme dieses Mannes überraschte ihn. »Beschließen wir also, wie wir vorgehen werden – viel Zeit haben wir nicht mehr. Wie sollen wir die dreitausend Personen aussuchen, die an Bord der *Enterprise* gebeamt werden sollen?«

Picard lehnte sich leicht in seinem Sessel zurück. Offenbar hatte Samas Rychi an innerer Stärke gewonnen. »Zufällige Auswahl«, sagte Fabre mit fester klingender Stimme. »Der Computer des Volkszählungsbüros wird ein Programm generieren, um nach dem Zufallsprinzip Personen von einer Liste auszusuchen. Es werden nur Kinder zugelassen, die nicht älter als fünfzehn Jahre sind. Die älteren sollten alt genug sein, um auf die jüngeren aufzupassen und sich später noch an unsere Welt zu erinnern.«

»Mariamna hat recht«, sagte Ministerin Dorcas Dydion. Die Stimme der jungen Frau klang noch immer heiser, aber ihr Gesicht wirkte nun gefaßter als vorher. »Die Kinder haben diese Chance verdient.« Da keiner Einspruch erhob, stimmten die anderen Minister offenbar zu.

Fabre faltete die Hände. »Das wäre es dann wohl, denke ich«, sagte sie. »Vielleicht können wir den Kindern einige Kulturgegenstände mitgeben.«

»Ich möchte noch etwas mit Ihnen besprechen«, sagte Picard. »Nämlich die Möglichkeit, daß noch weitere Angehörige Ihres Volkes außer diesen dreitausend Kindern gerettet werden können.«

Czeslaw Peladon runzelte die Stirn. »Und wie genau stellen Sie sich das vor, Captain Picard?«

Picard holte tief Luft. »Ich habe mich mit meinen Wissenschaftsoffizieren besprochen. Es gibt eine sehr geringe Chance, daß Epicteter in unterirdischen Fluchtstätten überleben können, wenn die Kontinentseite Ihres Planeten zum Zeitpunkt des Novaausbruchs von der Sonne abgewandt ist. Ich will Sie nicht belügen – diese Überlebenschance ist verschwindend gering.«

Nowles verzog das Gesicht. »Beinahe nichtexistent, würde ich sagen.«

Picard nickte zustimmend. »Wir haben nur sehr wenige Optionen«, sagte er. »Aber so gering sie auch sind, möchte ich mir doch so viele wie möglich davon offenhalten. Die Epicteter müßten unterirdische Anlagen mit Belüftungssystemen und Lebenseinrichtungen aufsuchen, um überhaupt eine Chance zu haben. Wir können zu allen Orten, an denen sie benötigt werden, Sauerstoffgeneratoren sowie Nahrungsmittel, Wasser und medizinische Vorräte herunterbeamen. Eventuelle Überlebende könnten dann später geborgen werden.«

»Sie wollen, daß wir die Nova unter der Erde aussitzen?« Peladon schüttelte den Kopf. »Damit würden Sie uns nur in unsere Gräber schicken.«

Picard sah den weißhaarigen Mann unverwandt an. »Das ist sehr wahrscheinlich. Ich kann es nicht leugnen.«

Mobutu beugte sich vor. »Sie verlangen von uns, daß wir unsere restliche knappe Zeit auf diese sinnlose Anstrengung verschwenden? Ich sehe nicht den geringsten Anlaß…«

»James, bitte.« Fabre hob die Hand. »Captain Picard hat zugegeben, daß ein Aufenthalt in unterirdischen Zufluchtsstätten vermutlich niemanden retten wird. Aber ist eine winzige Chance nicht besser als gar keine? Ich will meine letzten Tage lieber damit verbringen, mich auch an die kleinste Hoffnung zu klammern, als ganz und gar aufzugeben.« Sie seufzte. »Aber wohin können unsere Leute gehen?«

»Ich habe eine Idee«, sagte Rychi. Er stand schnell auf, drehte sich zu dem Bildschirm hinter ihm um und drückte auf eine Taste. Eine Karte der beiden epictetischen Kontinente erschien. »Sehen Sie hier. Wir haben in West-Themis drei wichtige archäologische Stätten mit unterirdischen Stockwerken, die vermutlich die meisten Menschen aus Nicopolis und den Vorstädten aufnehmen können.« Er deutete auf die drei silbernen Punkte, die die Stellen markierten. »Nördlich von Austra befindet sich noch eine Anlage, und vier weitere liegen in der Nähe der Ostküste. Sie können die meisten Leute aus Hierapolis und Epira aufnehmen, und wahrscheinlich sogar alle aus den ländlichen Gemeinden.« Er zeigte auf die fraglichen Stellen, dann deutete er auf den Nordkontinent Metis. »Was den Norden angeht, schlage ich vor, daß alle Einwohner der Stadt Boreas landeinwärts in die Anlage am Rand des Dryon-Waldes evakuiert werden. Wir haben zwar vor zwei Jahren eine entdeckt, die in der Nähe von Boreas liegt, aber sie ist erst zu einem kleinen Teil freigelegt.«

Das könnte vielleicht funktionieren, dachte Picard. Nach allem, was er in Rychis Schriften über diese Anlagen gelesen hatte, machten die Gebäude einen äußerst robusten Eindruck. Für die Passage durch das Wurmloch waren sie vielleicht robust genug.

»Diese alten Gebäude existieren schon seit Urzeiten«,

fuhr Rychi fort. »Viele haben Erdrutsche überstanden, unter denen sie begraben wurden, bis wir sie wieder freigelegt haben. Selbst die heftigsten Erdbeben konnten ihnen nichts anhaben. Unsere Scans beweisen, daß das Baumaterial extremer Hitze und Kälte und sogar Massenvernichtungswaffen standhalten kann. Falls uns irgend etwas eine Chance geben kann…«

»Glauben Sie denn wirklich, daß sie eine Nova aushalten?« brüllte Peladon. »Sie haben immer so getan, als gehörten diese Anlagen Ihnen, Samas. Jetzt wollen Sie sich auch noch einreden, daß sie uns retten können! Ich werde meine restliche Zeit wohl lieber in meinem Haus in Epira verbringen, statt mich in irgendeinem uralten Artefakt zu verkriechen, das selbst Sie nach jahrelangen Studien nicht völlig begriffen haben.«

Rychis Gesicht wurde dunkel vor Zorn. Picard erkannte, daß Peladons Worte ihn tief getroffen hatten. »Ich verstehe genug davon«, sagte Rychi in ruhigem Ton, »um zu erkennen, daß diese Anlagen uns den Hauch einer Hoffnung bieten. Wie Mariamna schon sagte, ist das besser als gar keine.«

Peladon stand auf. »Samas, Sie sind ein Narr.«

»Und Sie sind ein selbstsüchtiger alter Mann, der dafür gesorgt hat, daß Ihr Sohn an Bord eines unserer Unterlichtschiffe gelangt. Ich hoffe nur, daß er noch genügend Gewissen besitzt, um so etwas wie Bedauern zu empfinden – falls er überhaupt noch lebt.«

»Das reicht«, sagte Fabre. »Ich will konstruktive Vorschläge hören, kein sinnloses Gezänk.«

»Ich schlage vor, wir rufen alle Einwohner dazu auf, sich zu den archäologischen Stätten zu begeben«, sagte Dorcas Dydion, »und führen die Evakuierung so ordentlich wie möglich durch. Natürlich können wir niemanden dazu zwingen, und wir sollten auch offen zugeben, daß die Überlebenschancen kaum besser sein werden, als wenn die Leute zu Hause bleiben. Jeder, der über einen Hauch von Verstand verfügt, wird das ohnehin wissen. Aber es ist besser, bei diesem Versuch zu sterben.«

Mit der Miene eines Besiegten ließ Minister Peladon sich wieder auf seinen Stuhl nieder. Bei dieser Sitzung, dachte Picard, war er nicht mit dem Herzen dabei; Peladon dachte wahrscheinlich an seinen Sohn und an all die anderen an Bord der Unterlichtschiffe.

»Ich glaube, wir sollten mit dem Entwurf von Evakuierungsplänen anfangen«, sagte Fabre. »Ich stimme Dorcas und Samas zu, muß aber auch die Meinung der anderen hören.«

»So nutzlos Samas' Vorschlag wahrscheinlich auch sein wird«, sagte Mobutu, »wir sollten ihm folgen. Mir fällt nichts Besseres ein.«

Nowles seufzte. »Ich stimme ebenfalls zu.«

Peladon senkte den Kopf. »Ich ebenfalls.«

Lev Robert nickte teilnahmslos.

»Das Außenteam wird bei den Evakuierungen und dem Beamen der Kinder an Bord behilflich sein«, sagte Picard. Ihn ermutigte ein wenig der Umstand, daß die Minister zu einem Konsens gelangt waren. »Wir beamen Replikatorausrüstung und Vorräte an alle Ausgrabungsstätten, um Ihre Leute zu unterstützen. Wir sollten auch dafür sorgen, daß alle Anlagen mit Sendern und anderen Kommunikationsgeräten ausgestattet sind. Auf diese Weise können wir Sie unmittelbar vor dem Ausbruch der Nova warnen.« Falls Datas Plan tatsächlich Erfolg zeigte, mußte er ihnen irgendwie mitteilen können, daß der Planet durch ein Wurmloch fliegen würde, damit möglichst viele Epicteter, die die Stätten nicht aufgesucht hatten, sich vielleicht doch noch in Sicherheit brachten.

An eine andere Möglichkeit wollte er gar nicht denken: Daß nämlich Data und Geordi das Wurmloch nicht öffnen konnten und die archäologischen Anlagen in der

Tat zu Friedhöfen wurden. Nein, sagte er sich. Wenn auch nur einige wenige aus diesen Anlagen gerettet werden konnten, wenn auch nur einige entgegen aller Wahrscheinlichkeit überlebten, würde die Evakuierung gerechtfertigt sein.

Troi war erschöpft. Die epictetischen Minister entwarfen ihre Evakuierungspläne, setzten sich mit ihren Adjutanten in Verbindung, verteilten Verantwortung. Die starken Gefühle in der Ratskammer waren für sie fast zuviel gewesen, aber die Minister hatten sich schließlich doch noch aufgerafft.

Trotz ihrer Empfindungen und Ängste zählten nun nur noch die Anstrengungen, einige Epicteter mehr zu retten, so aussichtslos dies vielleicht auch sein mochte. Troi hatte festgestellt, daß es ihr leichter als erwartet fiel, den Ministern Vorschläge zu machen und Gefühlsausbrüche einzudämmen, die zu Gegenbeschuldigungen oder unproduktivem Ausdruck des Bedauerns geführt hätten. Allmählich hatte sie die meisten Ratsmitglieder zu schätzen gelernt. Sie waren von einer Krise, die den Stärksten überfordert hätte, bis an den Rand der Selbstbeherrschung getrieben worden. Ungeachtet ihrer jeweiligen Schwächen und Fehler hatten sie sich wieder besonnen und schienen nun auf alles Kommende vorbereitet zu sein. Troi hatte Captain Picard berichten können, daß der Rat alles Erforderliche tun würde, wie sinnlos es seinen Mitgliedern auch vorkommen mochte.

Aber sie hatte bei Ministerin Fabre und Minister Rychi noch etwas anderes gespürt – den Verdacht, daß man ihnen nicht alles gesagt hatte und Captain Picard und das Außenteam etwas vor ihnen verbargen. Auch bei den anderen Ministern hatte sie Zweifel verspürt. Diese Leute mußten über gesunde politische Instinkte verfügen, oder sie wären nicht in den Rat gewählt worden. Ihnen war sehr wohl bewußt, wie verschwindend gering die Chancen standen, die Nova in den Ausgrabungsstätten zu überstehen, auch wenn Picard noch so sehr darauf beharrte, daß die Menschen dort Zuflucht suchten. Unbewußt hatten sie gespürt, daß etwas Wichtiges nicht ausgesprochen worden war.

Zarte Lampen in Blumenform warfen einen sanften Schein auf den Dachgarten der Michio-Halle. Der Abend war angebrochen, und Nicopolis hatte sich in ein Lichtermeer verwandelt. Die Anweisungen für die Evakuierungsvorbereitungen waren in das Netz eingespeist worden. Die Menge auf dem Kerulo-Platz hatte sich endlich zerstreut; Ministerin Fabre hatte von der Terrasse vor der Ratskammer zu ihr gesprochen und sich in ihrer Beredsamkeit selbst übertroffen. Der Tenor ihrer Ansprache hatte besagt, daß es edel war, einem scheinbar unausweichlichen Ende Widerstand zu leisten, sich dagegen zu erheben und bis zum Schluß an jedem Hoffnungsschimmer festzuhalten. Sie würden vermutlich ohnehin sterben; aber sie konnten sich entschließen, es mit Mut zu tun, indem sie auch die allergeringste Chance ergriffen.

Falls Epictetus III überlebte, dachte Troi, würde diese Rede wahrscheinlich zur Legende werden.

Sie holte tief Luft. Irgendwann in dieser Nacht würde die Liste jener dreitausend Kinder, die zur *Enterprise* evakuiert werden sollten, ins Netz eingespeist werden. Am Morgen waren die Kinder dann schon unterwegs zu verschiedenen Orten, wo Mitglieder des Außenteams zu ihnen stießen, um einen raschen und sicheren Transport an Bord zu gewährleisten, indem sie Peilkoordinaten für den Transporter durchgaben und die Ängste der jungen Epicteter besänftigten.

Worf hielt sich mit Czeslaw Peladon noch immer in der Kammer auf und unterstützte den Minister in seinen Bemühungen, eine Nachricht an die fliehenden Unterlichtschiffe durchzubringen. Zu Trois Erleichterung hatte der Klingone davon abgesehen, seine Abneigung gegen die Leute an Bord dieser Schiffe zum Ausdruck zu bringen. Fähnrich Mehta sprach wohl noch immer mit ihren Eltern und ihrem Bruder, die unter dem Eindruck standen, daß dies vermutlich ihre letzte Unterhaltung war. Fähnrich Chang und Unteroffizier Bodonchar warteten mit Troi auf dem Dach, bis Ministerin Fabre eintraf und mit ihnen zum Volkszählungsamt ging. Fabre wollte Starfleet-Personal dabei haben, um ohne jeden Zweifel zu gewährleisten, daß die Liste der für die *Enterprise* bestimmten Kinder nach dem Zufallsprinzip erstellt worden war.

Hinter Troi erklangen Schritte, und sie drehte sich um. Mariamna Fabre und Samas Rychi kamen auf sie zu. Sie konnte noch immer die Angst des Archäologen spüren, das Grauen und die Furcht vor dem Verlust seines Lebens und seiner Welt, aber er hatte sie nun unter Kontrolle.

»Ich grüße Sie, Lieutenant Commander Troi«, murmelte Minister Rychi. »Haben Sie Ihren Bericht an Captain Picard abgeschlossen?«

»Ja.« Das war ihr Vorwand gewesen, um mit Chang und Bodonchar hier heraufzukommen. Sie hatte nicht zugeben wollen, daß sie nach den intensiven Emotionen der Sitzung und der niederdrückenden Anstrengung, Datas Plan unerwähnt zu lassen, eine kurze Pause gebraucht hatte.

Fabre begrüßte Bodonchar und Chang. »Das Volkszählungsamt erwartet uns«, sagte sie dann. »Wir können mit meinem Flitzer rüberfliegen.«

»Bevor Sie gehen…« Rychi hob eine Hand. »Fähnrich Chang, ich hatte Gelegenheit, wegen jener jungen Frau nachzufragen, über die Sie Bescheid wissen wollten.«

Troi spürte die plötzliche Spannung in Chang. Zuvor hatte sie gesehen, wie er Rychi auf die Seite genommen und ihn gefragt hatte, ob eine Frau namens

Teodora Tibawi noch immer an der Universität studierte. Chang hatte sie als eine alte Freundin bezeichnet, aber Troi wußte, daß es sich um seine alte Liebe handeln mußte.

»Hält sie sich hier in Nicopolis auf?« fragte Chang.

»Leider nicht«, erwiderte Rychi. »Sie hat vor fast einem Jahr ihren Abschluß gemacht und Nicopolis verlassen.«

Chang spannte sich an. »Ist sie noch auf dem Planeten?«

»Ja.« Troi bemerkte das Zögern in Rychis Stimme und spürte Widerwillen in ihm. »Am Ozeanographischen Institut Tireos.«

Fabres Augen weiteten sich leicht; Troi spürte ihre Überraschung. »Steht dieses Institut mit der Universität in Verbindung?« fragte Chang.

»Nein«, gab Fabre zur Antwort. »Es handelt sich um eine... nun ja... etwas exzentrische Gruppe.«

»Exzentrisch?« Rychi zog eine Grimasse. »›Schwachsinnig‹ wäre wohl die bessere Beschreibung. Das Ozeanographische Institut Tireos besteht aus etwa fünfunddreißig Spinnern in einem Unterwasserstützpunkt auf dem Meeresboden nahe der nördlichen Polareiskappe; sie glauben daran, daß es in unseren Meeren intelligentes Leben gibt.«

»Die Hypothese als solche ist nicht so ungewöhnlich«, sagte Bodonchar. »Intelligente Meeresbewohner finden sich auf vielen Welten.«

»Aber das hier ist etwas anderes«, erwiderte Rychi. »Es gibt nicht den geringsten Beweis, daß irgendeine Lebensform in unseren Meeren über Intelligenz verfügt. Die Tireos-Leute beharren darauf, daß unsere Nereiden intelligent sind, weil sie den Delphinen der Erde sehr ähneln, aber nicht ein einziger Meeresbiologe stimmt mit ihnen darin überein. Tatsächlich gibt es mehr Hinweise darauf, daß sie ungefähr so geistlos sind wie

Pflanzen, aber das hält die Narren von Tireos nicht von ihrer Ansicht ab.«

»Sie scheinen diese Leute fast schon aus persönlichen Gründen abzulehnen«, sagte Troi und warf einen unbehaglichen Blick auf Chang.

»Einige von ihnen behaupten tatsächlich, daß die Nereiden die Überreste des Urvolkes darstellen, das hier einst gelebt hat.« Rychis Gesicht verfinsterte sich. »Als Archäologe kann ich Ihnen versichern, daß nicht ein einziger epictetischer Gelehrter meines Berufstandes das auch nur im Ansatz für möglich hält. Diese Tireos-Idioten haben festgestellt, daß große Schiffe, Hochseefahrzeuge und lange Reisen in den alten Kunstwerken, die wir gefunden haben, häufig, ja fast schon obsessiv dargestellt werden, und leiten daraus die Schlußfolgerung ab, daß die Alten das Meer so sehr liebten, daß sie wieder dahin zurückkehrten. Jeder, der unsere alten Dokumente und Artefakte studiert, weiß, daß das unmöglich ist. Die bloße Vorstellung, daß ein Volk dieser Größe sich zu so stumpfsinnigen Wesen wie Nereiden zurückentwickeln könnte, ist schon beleidigend.«

»Teodora war schon immer leicht zu beeinflussen«, murmelte Chang. »Das war einer der Gründe für unsere – Meinungsverschiedenheiten. Wird sie rechtzeitig eine der alten Stätten aufsuchen können?«

»Dorcas Dydion wird die Tireos-Leute informieren, daß sie sich zur Stätte beim Dryon-Wald begeben können«, sagte Rychi. »Wenn sie es nicht tun, ist es ihre Entscheidung. Angesichts ihrer verwirrten Gedankengänge habe ich keine Ahnung, wozu sie sich entschließen werden.«

Falls diese Welt durch ein Wurmloch ging, dachte Troi, würde eine Unterwassereinrichtung, die vermutlich erdbebensicher angelegt war, durchaus zu den sichereren Aufenthaltsorten gehören. Chang mußte das ebenfalls bewußt sein.

Rychi seufzte. »Ich mache mich wohl besser auf den Weg zu den Universitätsarchiven«, fuhr er fort. Troi spürte die Trauer in ihm. Captain Picard hatte Rychi gebeten, die kulturellen Daten herauszusuchen, die zur Archivierung an den Computer der *Enterprise* gesendet werden sollten, und die anderen Minister waren damit einverstanden, daß er sich darum kümmerte. »Dann muß ich noch zum Bharati-Museum gehen und dort entscheiden, welche Kunstwerke und Artefakte der Alten an Bord gebeamt werden. Die Kinder können einige von den kleineren Stücken mitnehmen.«

Troi nickte. Die für die Enterprise vorgesehenen Kinder aus dieser Stadt sollten zu jenem Museum gebracht werden, das zudem noch den Vorteil hatte, von breiten Kanälen umgeben zu sein. Die Kanalbrücken konnten abgeriegelt werden, was es einem verzweifelten, zornigen Mob, der sich vielleicht zum Sturm auf das Museum zusammenrottete, schwerer machte. Wie Worf schon gesagt hatte, sie mußten solche Möglichkeiten in Betracht ziehen.

»Wir setzen gegen die Bank«, fuhr Rychi fort. »Das verlangt jedenfalls Ihr Captain von uns, und letzten Endes gewinnt die Bank immer. Oder vielleicht wäre ein anderer Vergleich passenderer: der Kauf eines Loses in einer Lotterie, in der die Chancen eins zu einer Million stehen. Wenn mehr als zwanzig Epicteter von zwanzig Millionen lebend den Anlagen entsteigen, werden sie die Wahrscheinlichkeit geschlagen haben.« Er kniff die Augen zusammen, und erneut spürte sie seine Zweifel. »Natürlich nur, falls die Bank das Spiel nicht auf eine Weise manipuliert, von der wir nichts ahnen.«

Troi wahrte eine ausdruckslose Miene und suchte nach Worten, als sie das Ringen spürte, das noch immer in ihm wütete, aber Rychi hatte sich bereits von der Balustrade abgewandt, ging zu seinem Flitzer und nahm seinen inneren Aufruhr mit.

7

Die Sonne kroch über den Horizont und schien die Ränder der Atmosphäre zum Kochen bringen zu wollen. Natürlich war sie ein brutaler Feind, lebhaft, aber ohne irgendeine Art von Bewußtsein, eine Maschine, die ihre Energie aus dem Schwerkraftkollaps bezog, unfähig zur Boshaftigkeit.

Heute war die Weite des Meeres im Osten grüner als gewöhnlich, die Brisen, die ihm entgegenwehten, waren heißer und trockener. Wo die Sonne über dem Wasser schwebte, erstrahlte ein gleißend weißes Licht. Er war oft früh am Morgen auf diese Terrasse gegangen und hatte dort mit seiner Frau Emilie gesessen, bis die Sonne aufging und die Stadt Epira um sie herum zum Leben erwachte. Während der letzten Tage war er überraschenderweise dankbar dafür gewesen, daß Emilie nicht lange genug gelebt hatte, um Zeugin des Untergangs ihrer Welt zu werden und mitzubekommen, daß ihr Sohn sie für immer verlassen hatte.

Er hatte rasch gehandelt, Kontakt mit den Mannschaften der Unterlichtschiffe aufgenommen und sie in dem Glauben gelassen, daß er, Ministerin Lise Turano und Minister Lev Robert für den gesamten Rat sprachen. Er hatte seinen Sohn Casimir mühelos überzeugen können, mit seiner Frau Olivia auf einem der Schiffe abzufliegen, weil es der einzige Weg war, sie zu retten – und weil Casimir dem Drängen seines Vaters eigentlich immer nachgegeben hatte.

Mittlerweile hatte Lise Turano Selbstmord begangen,

und Lev Robert war bei der letzten Ratssitzung nur noch als Schatten seiner selbst aufgetreten, aber Peladon hielt sein Vorgehen noch immer für gerechtfertigt. Besser, Casimir befand sich in einer gewissen Sicherheit, als daß er sich in einer von Samas Rychis fragwürdigen Anlagen aufhielt. Sein Sohn hatte eine Chance, selbst wenn die Nova früher als erwartet aufflammte.

Wieder regte sich der Argwohn in ihm. Die Menschen sollten aus den Städten evakuiert werden, weil sie die Nova dann vielleicht überlebten? Es war besser als gar nichts, ein paar Leute mehr zu retten, aber Captain Picard schien nur allzu sehr darauf bedacht gewesen zu sein, daß diese winzige Chance ergriffen wurde. Dieser Ansatz war Peladon sofort verdächtig vorgekommen, aber er hatte auch bemerkt, welcher Seite die anderen Minister zuneigten. Es war sinnlos gewesen, sich ihnen widersetzen zu wollen, und für Streitereien blieb keine Zeit mehr; er hatte sich stets nach den praktischen Gegebenheiten gerichtet.

Nun fragte er sich, ob Picard irgend etwas vorhatte, das nicht so ganz offensichtlich war. Irgend etwas stimmte hier nicht, irgend etwas ging hier vor – das sagte ihm sein Instinkt.

Von den Häusern am Strand stiegen Flitzer auf. Die Menschen, die unmittelbar am Ufersaum wohnten, sollten zuerst evakuiert werden. Danach sollten die in der Stadtmitte von Epira folgen. Sie sollten Nahrungsmittel, Wasser, Bettzeug und zusätzliche Kleidung mitnehmen und sich zur Ausgrabungsstätte westlich der Stadt begeben. Die restlichen Einwohner von Epira waren angewiesen worden, nach Norden zu einer anderen gewaltigen Anlage der Fremden zu gehen. Einige würden natürlich lieber zu Hause bleiben.

Seine Nachbarn machten sich zum Aufbruch bereit. Peladon beobachtete von seiner Terrasse aus, wie zwei Jungen Vorräte zu ihrem Flitzer brachten. Unmittelbar darauf folgten ihnen ihre Eltern. Offenbar war keiner der Jungen für den Transport zur *Enterprise* ausgewählt worden.

Peladon wandte sich ab und ging hinein. Emilie hatte das Wohnzimmer eingerichtet und die Wände mit ihren selbstgemalten Bildern geschmückt. Am liebsten hatte sie die Landschaften ihrer Welt gemalt. Da war die Korybantes-Wüste in der Morgenröte, rosiger Sand, der unter einem violetten Himmel mit Orange durchsetzt war. Ein weiteres Gemälde zeigte eine Bergklamm, durch die der Arion aus dem Kuretes-Gebirge zur Ostebene floß. Seine Frau war eine begabte Künstlerin gewesen, doch selbst ihr Genie hatte nicht die ganze Schönheit von Epictetus III einfangen können.

Peladon sah auf das Chronometer an seinem Finger. Die Kinder, die an Bord des Raumschiffs gebeamt werden sollten, waren bereits auf dem Weg zum Warren-Institut, das auf einem hohen Hügel im Westen der Stadt lag. Das Außenteam der *Enterprise* war zu einer kurzen Besprechung mit Captain Picard an Bord des Schiffes zurückgekehrt, sollte aber schon bald zum Warren-Institut hinunterbeamen, um den Kindern behilflich zu sein. Peladon hatte zugesagt, sich dort mit ihnen zu treffen; als Minister dieses Bezirks wurde seine Anwesenheit von den Eltern der Kinder erwartet. Danach sollte er sich zu den anderen Evakuierten gesellen. Falls einige von seinen Leuten überlebten, würden sie sich daran erinnern, daß er bei ihnen gewesen war und sich bis zuletzt ans Leben geklammert hatte. Falls sie nicht überlebten, was wahrscheinlicher war, würde sowieso nichts, was er tat, noch eine Rolle spielen. Für seine Abreise aus Epira hatte er bereits alles Nötige in seinen Flitzer gepackt.

Ich kann nicht, dachte er. Er konnte sein Haus nicht verlassen, ehe er nicht sicher war, daß eine Warnung an die fliehenden Unterlichtschiffe durchgekommen war.

Beverly Crusher lehnte sich zurück, als das Gesicht von Czeslaw Peladon auf dem kleinen Bildschirm ihres Schreibtischs erschien. »Minister Peladon«, sagte sie, »eine Botschaft von Krystyna ist für Sie eingetroffen. Ich werde sie jetzt überspielen.«

»Danke, Doktor.«

»Haben Sie übrigens schon von Captain Picard gehört?«

Peladon schüttelte den Kopf.

»Seine Subraumnachricht ist von den Captains Ihrer beiden anfliegenden Raumschiffe der Trägerklasse, der *Olympia* und der *Carpathia*, empfangen und bestätigt worden. Man hat sie informiert, daß die Nova früher ausbrechen könnte, und jetzt versuchen sie, sich mit Ihren Unterlichtschiffen in Verbindung zu setzen, um sie zu warnen und Vorsichtsmaßnahmen zu vermitteln. Eine diesbezügliche Nachricht ging an alle Minister – Sie hätten sie eigentlich auch schon bekommen sollen.«

»Ja, eine Nachricht ist eingetroffen«, sagte Peladon. »Ich wollte sie gerade abspielen, als Sie anriefen.« Er stockte. »Die Mannschaften der Unterlichtschiffe müßten eigentlich auf Nachrichten unserer eigenen Schiffe reagieren. Sie werden die Warnung bestimmt rechtzeitig empfangen. Wenigstens hoffe ich das...« Seine Stimme erstarb.

Beverly fühlte sich unbehaglich. Sie hatte Czeslaw Peladon nur deshalb angerufen, weil sie es Krystyna versprochen hatte. Aber sie hatte gehofft, daß er nicht zu Hause war und sie eine Nachricht hinterlassen konnte, ohne mit ihm sprechen zu müssen. Es gefiel ihr nicht, ihn über Captain Picards Vorhaben täuschen zu müssen.

Was würde Peladon denken, wenn er erfuhr, daß seine Welt vielleicht überlebte, sein Sohn hätte bleiben können und nicht weglaufen müssen? Sie rief sich erneut in Erinnerung, daß Data und Geordi noch immer

Testläufe vornahmen und keineswegs feststand, daß ihr Plan funktionierte.

»Die Evakuierung der Bevölkerung in diese Anlagen…«, sagte Peladon schließlich. »Diese Vorstellung ist geradezu lächerlich.«

»Es ist eine Chance«, sagte Beverly behutsam.

»Es ist gar keine Chance, und das wissen Sie auch. Selbst Captain Picard gab zu, wie gering diese Chance ist.«

»Es ist besser als…«

»Ich kenne das Argument, Dr. Crusher. Meine Kollegin Mariamna Fabre formulierte es äußerst eloquent. Besser, sich an jedwede Chance zu klammern, wie gering sie auch sein mag. Besser, tapfer im Kampf um das Überleben zu sterben.« Die Worte klangen spöttisch. »Eine vergebliche Mühe – falls Ihr Captain nicht noch etwas anderes vorhat. Ist das der Fall?«

Fast hätte er sie mit seiner plötzlichen, vorwurfsvollen Frage kalt erwischt. Beverly riß sich zusammen. »Ich wünschte, es wäre so«, sagte sie wachsam.

»Samas Rychi empfahl diese Anlagen so bereitwillig«, sagte Peladon. »Er hascht nach Ruhm, wie flüchtig er auch sein mag. Wissen Sie, er hält diese Anlagen fast für sein persönliches Eigentum. Er gehört zu jenen Leuten, die sich in die Vergangenheit verliebt und sie romantisiert haben, die gewissermaßen im Altertum leben. Ich habe mich stets gefragt, wie jemand, der so unpraktisch und unserer Gegenwart so sehr entrückt ist, der nichts Besseres zu tun hat, als alte Dokumente zu studieren und alte Artefakte zu durchstöbern, während er sich selbst Märchen über die Vergangenheit einredet, je in unseren Rat gewählt werden konnte. Und jetzt belügt er sich selbst und denkt, daß seine Entdeckung Leben retten und somit sein eigenes Leben rechtfertigen könnte.«

»Vielleicht wird sie das«, sagte Beverly.

»Behandeln Sie mich nicht wie ein Kind, Doktor. Ich weiß, daß Sie nicht daran glauben.«

»Ich kann es zumindest hoffen.« Sie wünschte sich jetzt noch inbrünstiger, daß Data und Geordi tatsächlich ihr Wunder vollbringen konnten. »Minister Peladon, ich muß jetzt mein Büro verlassen und mich zu einem Transporterraum begeben, um beim Eintreffen der Kinder behilflich zu sein. Alle anderen für Sie bestimmten Nachrichten werden automatisch an die Empfänger an Ihrem Evakuierungsplatz weitergeleitet. Wo werden Sie sich aufhalten?«

»Bei Anlage A, westlich von Epira.«

»Ich weiß, wie hohl und leer das klingen muß«, sagte sie, »aber bitte geben Sie die Hoffnung nicht auf.« Soviel konnte sie ihm doch geben. »*Enterprise* Ende.«

Beverly Crushers Gesicht verschwand. Das hübsche, rundliche Gesicht von Peladons Enkelin erschien.

»Großvater«, sagte Krystyna, »Dr. Crusher hat mir von Mutter und Vater erzählt.« Ihre klaren blauen Augen waren rotgerändert; er sah, daß ihre Hand zitterte, als sie sie auf die Lippen drückte. »Du sollst nur wissen…« Tränen traten ihr aus den Augen. »Ich liebe dich, Großvater. Ich wünschte nur, daß Mutter und Vater das auch hören könnten. Ich bin nicht mehr wütend, Großvater – das wollte ich dir sagen.«

»Ich dachte, ihr wäret stolz auf mich«, hatte Krystyna gesagt, »ihr freut euch für mich. Nur das möchte ich.« Peladon dachte daran, wie sie diese Worte ihrem Vater entgegengeschrien hatte. »Du wolltest immer nur, was Großvater für dich wollte.«

Casimirs Antwort war heftig ausgefallen. »Dann geh. Verschwende deine Gaben an Starfleet, statt sie hier zu entwickeln. Wirf dein Leben fort, nimm für Fremdwesen und Welten, die dir nichts bedeuten, unnötige Risiken auf dich. Tu, was dir gefällt, Krystyna – ich kann dich nicht daran hindern. Aber ich habe keine Tochter mehr. Hast du gehört?« Man hatte das Geräusch einer Faust, die auf eine harte Oberfläche schlug, vernehmen können. »Deine Mutter und ich werden deine Nachrichten nicht entgegennehmen. Wir werden uns bei keinem deiner Lehrer oder Mitkadetten nach deinem Befinden erkundigen und nicht zur Erde reisen, wenn du deine Einberufung erhältst. Wenn du hierher zurückkehrst, wird unsere Tür dir verschlossen sein. Hast du verstanden? Ich habe keine Tochter mehr! Meine Tochter ist tot!«

Peladon erinnerte sich nur allzugut an die Worte seines Sohnes. Es waren seine eigenen Worte gewesen. Er hatte Casimir nahegelegt, sie auszusprechen, weil er dachte, daß dadurch Krystyna in letzter Minute doch noch eingeschüchtert werden und es sich anders überlegen würde. Statt dessen hatten sie sie vertrieben. Sie war, wie geplant, am nächsten Tag zur Erde und zur Starfleet-Akademie geflogen.

»Du wolltest nicht absichtlich grausam sein«, fuhr Krystyna auf dem Bildschirm fort. »Das weiß ich jetzt. Ihr wolltet mich nur beschützen und tun, was ihr für mich am besten hieltet.«

»Du hattest recht, als du fortgingst, liebe Krystyna«, murmelte Peladon und vergaß dabei, daß sie ihn nicht hören konnte. »Du wirst weiterleben, weil du fortgegangen bist. Und jetzt bin ich froh, daß du gegangen bist.«

»Bitte schicke mir eine Nachricht, wenn du kannst. Dr. Crusher wird sie an mich weiterleiten. Ich verzeihe dir, Großvater – ich verzeihe auch Vater und Mutter.« Das Bild seiner barmherzigen Enkelin verschwand.

Er erhob sich von seinem Kommunikator, ging zur nächsten Wand, rückte Emilies Bilder gerade und stellte sich die unvernünftige Frage, ob er einige davon mitnehmen sollte. Schließlich verließ er das Zimmer und stieg die Treppe hinab, die in seinen Garten führte. Auf den hellen, flachen Steinplatten an dem Melathebeet mit den hellen roten Blüten wartete sein Flitzer. Er trat in das grelle weiße Licht der Sonne.

Der Transporterraum verschwand, und Worf stand neben Ganesa Mehta auf einem der Hügel von Hierapolis. Mehrere Steintreppen führten von den Hügeln zu den Fußwegen, die den breiten gewundenen Lauf des Arion säumten. Das diamantförmige Gebäude der Flußarena, in dem das Außenteam mit der nächsten zur *Enterprise* hinaufzubeamenden Gruppe Kinder zusammentreffen sollte, lag nur wenige Gehminuten entfernt; auf den Facetten der Arena funkelte das eingefangene Licht der Morgensonne. Ganesa hatte Worf von ihrer Heimatstadt erzählt, von ihren hängenden Gärten und der weiten Ebene, die Hierapolis umgab und auf der das hohe Tarendagras sich wie die Dünung eines gewaltigen grünen Meeres im Winde wiegte.

Weiter unten auf der Treppe standen zwei schwarzhaarige Jungen. Einer war untersetzt und kräftig gebaut; er hatte ein breites bronzefarbenes Gesicht. Der andere war klein und schlank, und seine dunklen Augen ähnelten denen von Ganesa; er hielt einen flachen rechteckigen Kasten umklammert. Die Jungen starrten die beiden Starfleet-Offiziere an, und dann rannte der kleinere zu ihnen die Stufen hinauf.

»Ganesa!« rief er. Er warf die Arme um sie, und ein Mann und eine Frau kamen aus einem nahe gelegenen Haus gelaufen und riefen Ganesas Namen. Der untersetzte Junge starrte Worf noch immer mit offenem Mund an.

»Ich kann nicht bleiben«, sagte Ganesa, als der Mann und die Frau sie umklammerten, ihr Gesicht tätschelten und ihr dunkles Haar zurückstrichen. »Mein kommandierender Offizier hat uns befohlen, sofort zur Flußarena zu gehen. Ich konnte nur deshalb vorbeischauen, weil sie ganz in der Nähe liegt.«

»Ich bin froh, daß du gekommen bist«, sagte der zierliche Junge. »Zamir wird mit euch auf die *Enterprise* gehen. Er kam vorbei, um sich von mir zu verabschieden.«

Ganesa machte sich rasch von den Umarmungen des älteren Mannes und der Frau frei und stellte sie dann Worf vor. Wie er schon vermutet hatte, handelte es sich bei den beiden um ihre Eltern. Der schlanke Junge war Dalal, ihr zwölfjähriger Bruder, und der stämmige Junge war Zamir Yesed, Dalals bester Freund.

Zamir starrte Worf noch immer an. »Das ist Lieutenant Worf«, sagte Ganesa, »leitender Sicherheitsoffizier der *Enterprise* und mein Freund.«

»Ich freue mich, Sie kennenzulernen«, sagte Dalal Mehta, ganz offensichtlich beeindruckt, daß seine Schwester mit einem Klingonen befreundet war. Worf verneigte sich leicht vor den Jungen. Zamir nickte grüßend zurück und brachte dann ein Lächeln zustande.

Ganesas Mutter umarmte sie wieder. »Ich wünschte, ich könnte bei euch bleiben«, sagte Ganesa.

»Nein, das tust du nicht«, entgegnete ihr Vater. »Wir wollen nicht, daß du bleibst. Du wirst unserer gedenken.« Er legte die Hand auf den Arm seiner Tochter. »Ich sage dir das nur ungern, Ganesa, aber du erfährst es besser von mir als von jemand anderem. Die Velensos haben sich bereits von dieser Welt verabschiedet. Zumindest hat ihr Leiden ein Ende, wenn das ein Trost sein kann.«

Worf sah das Leid in den Augen seiner Kameradin, bevor sie den Kopf senkte. Sich von der Welt verabschiedet – die Bedeutung des Euphemismus war klar.

»Du wirst auch ihrer gedenken müssen«, fuhr ihr Vater fort. »Sie waren unsere engsten Freunde.«

»Ich darf es nicht einmal meiner eigenen Familie

sagen.« Ganesa hatte auf dem Weg zum Transporterraum diese Worte an Worf gerichtet, und er hatte die Pein in ihrer Stimme gehört. »Ich darf ihnen nicht die kleinste Hoffnung machen.« Er wußte, daß sie sich an diesen Befehl halten würde, erkannte aber auch, wie teuer sie ihr Pflichtgehorsam zu stehen kam. Nun würde sie glauben, daß sie den Tod der guten Freunde ihrer Eltern vielleicht hätte verhindern können.

»Auch ich habe die Velensos gemocht«, sagte Ganesas Mutter, »doch als sie diesen Weg beschritten, irrten sie sich.« Sie war schwerer gebaut als Ganesa, hatte aber die gleichen sanften braunen Augen. »Ich werde den Tod nicht suchen.« Ihr Blick verhärtete sich. »Er wird mich aufsuchen müssen, und selbst dann werde ich mich ihm widersetzen.«

Worf stellte fest, daß er diese Frau mochte, aber schließlich war sie ja auch Ganesas Mutter.

»Wir machen uns besser auf den Weg«, sagte Dalal. »Bei der Arena wird man schon auf dich warten.«

»Ihr Bruder hat recht, Ganesa«, sagte Worf. »Wir müssen die Kinder so rasch wie möglich an Bord beamen.«

»Ich denke, das hat auch sein Gutes«, brummte Zamir. »Wenn Sie uns schnell hochbeamen müssen, werden wir uns nicht noch eine von Minister Nowles' langen öden Reden anhören müssen.«

Dalal lachte. Es waren gute Jungen, dachte Worf: Wie sie ihre Angst verbargen, erinnerten sie ihn an seinen Sohn.

»Deine Eltern hätten dich begleiten sollen«, sagte Ganesas Mutter zu Zamir.

»Mama befürchtete, daß sie dann wieder zu weinen anfängt«, sagte Zamir, »Und das hätte auch nicht viel genutzt. Außerdem müssen sie und Papa sich noch für die Evakuierung vorbereiten. Sie haben mir ein paar Holos und einige andere Sachen mitgegeben, damit ich sie nicht vergesse.« Seine Stimme klang, als würde er an den Worten ersticken; seine schwarzen Augen glitzerten feucht.

»Wir bringen euch zur Arena«, sagte Ganesas Vater zu ihr, »und dann werden wir uns selbst auf die Abreise vorbereiten.«

»Vater, ich muß euch etwas sagen«, warf Ganesa ein. Worf warf ihr einen kurzen Blick zu und fragte sich, ob sie ihre Befehle mißachten würde. »Ich liebe euch«, fuhr sie dann fort.

Sie waren schon gemeinsam einige Stufen hinabgestiegen, als Dalal stehenblieb. »Das hatte ich fast vergessen.« Er reichte Zamir den flachen Kasten. »Bitte nimm das mit.«

Zamir nahm den Kasten und klappte langsam den Deckel auf. »Deine Mansi-Sammlung! Bist du sicher…?«

»Nimm sie.« Dalal zuckte die Achseln. »Sieh es nicht als Geschenk an. Sag dir einfach, daß du sie für mich aufbewahrst, bis ich sie mir wieder abhole.«

Worf spähte über die Schultern der beiden Jungen in den Kasten. Unter einer Glasplatte befanden sich kleine insektenähnliche Geschöpfe mit bunten Flügeln, die Blütenblättern ähnelten.

»Mansi?« fragte er und runzelte leicht die Stirn.

»So nennt man diese kleinen Lebensformen«, sagte Ganesa. »Man kann sie nur sehr schwer sammeln, und außerhalb der Stadt findet man sie kaum. Die meisten Mansi findet man am Flußufer oder auf der Ebene. Man kann sie nicht fangen und töten – dann verblassen die Farben der Flügel fast augenblicklich nach Eintritt des Todes. Man muß sie beobachten und abwarten, bis eines zu Boden flattert und die Flügel ausstreckt – das bedeutet, daß es stirbt. Dann muß man es sofort in einen luftdichten Behälter packen, bevor die Flügel die Farbe verlieren.«

»Unser Sohn«, sagte Ganesas Mutter, »hat mehr Mansi-

Unterarten gesammelt und konserviert als fast jeder andere in Hierapolis.«

»Danke, Dalal«, sagte Zamir leise. »Ich werde gut auf sie achtgeben.« Sanft schloß er den Kasten. Da fiel Worf ein, daß diese Welt sehr wohl einem dieser kleinen Geschöpfe gleichen mochte. Auch ihre Schönheit würde ihren Tod nicht lange überdauern.

Geordi LaForge hatte Hakim Ponselle benachrichtigt, daß er bei der alten Anlage in der Korybantes-Wüste eintreffen würde. »Ich werde mich unmittelbar in die Kammer beamen, in der sich unsere Ausrüstung befindet«, hatte Geordi dem Archäologen mitgeteilt. »Ich werde mich nicht lange dort aufhalten, Sie müssen sich also nicht um mich kümmern.«

Ein Teil der Überwachungsanlage, die er und Data in dem Bau zurückgelassen hatten, war ausgefallen, dann ein weiteres, schließlich ein drittes. Sie hatten sowieso schon kaum noch Zeit, und nun auch noch das. Es war zwar unmöglich, doch bevor Geordi den Maschinenraum verließ und sich zum Transporterraum begab, hatte er geglaubt, in der Stimme seines Freundes Data einen Unterton verstärkter Besorgnis, ja sogar einen Hauch von Furcht wahrnehmen zu können.

Geordi hoffte eigentlich, daß Ponselle ihn in Ruhe ließ und er sich nicht unbequemen Fragen stellen mußte. Aber der ältere Mann wartete in der Kammer auf ihn, und neben ihm stand seine Frau Asela. An der Wand hinter dem Paar waren noch immer die Bilder der kleinen tiefschwarzen und der großen, weißen pulsierenden Kugel um sie herum zu sehen. Geordi fiel ein, daß Asela Ingenieurin war, aber das würde ihm diese Begegnung auch nicht leichter machen.

»Ich grüße Sie, Lieutenant Commander LaForge.« Ponselle wies mit einer Handbewegung auf die Monitore und die Konsolen. »Wollen Sie etwas von dieser Ausrüstung auf Ihr Schiff zurückbeamen?«

»Eigentlich muß ich einige Teile austauschen.«

Geordi ging rasch zu einer Konsole, an der ein Modul ausgefallen war, und nahm ein neues aus seiner Tragetasche. »Es wird nicht lange dauern.« Er entfernte das schadhafte Teil und setzte das neue ein. Er hoffte, daß nicht noch etwas schiefging und sie sich nicht zu allem anderen auch noch in allerletzter Minute mit irgendwelchen Ausfällen der Technik befassen mußten. »Hält Professor Rychi sich noch immer in Nicopolis auf?« fuhr Geordi fort. Er wußte genau, daß dem so war, aber er wollte Ponselle und seine Frau ablenken; die Blicke, mit denen Asela die Konsolen und Meßinstrumente musterte, gefielen ihm nicht.

»Ja«, erwiderte Ponselle. »Er wählt die Kulturgegenstände aus, die zur *Enterprise* hinaufgebeamt werden sollen.« Er fuhr sich mit der Hand durch das graue Haar. »Eine unmögliche Aufgabe.« Er atmete tief aus. »Danach will er mit einigen unserer Kollegen und allem, was sie aus dem Museum holen können, hierherkommen. Nicht, daß irgend etwas davon die Katastrophe überstehen wird – das Zeug wird mit uns zusammen verkohlen. Diese Stätte reicht nicht weit genug in die Tiefe, als daß wir eine Chance hätten, nicht einmal mit dem Sauerstoffgenerator, den Ihre Leute vorhin heruntergebeamt haben.«

Geordi erwiderte nichts darauf und ging zu einer anderen Konsole. Die Generatoren gehörten natürlich zu der Tarngeschichte, aber man würde sie nicht brauchen, um Luft zu ersetzen, die durch die Nova verloren ging, wenn sie die planetare Atmosphäre zuerst aufheizte und dann fortwehte. Dennoch wäre es wenig plausibel gewesen, wenn man die Menschen dazu gedrängt hätte, Schutz zu suchen, ohne auch Mittel zum Ersetzen und Erhalten verlorener Atemluft bereitzustellen. Wenn alles glatt verlief, würde man niemals prüfen müssen, wie effizient die Generatoren in einer solchen Lage arbeiteten.

»Aber irgendwie ist es auch passend, daß wir während des Endes hier sind«, fuhr Ponselle fort. »Jedenfalls kommt es mir so vor. Das ist nämlich die letzte Stätte, die Samas und ich freigelegt heben. Die Bewohner unseres Planeten haben unterschiedliche Vorstellungen davon, wo sie ihr Ende erwarten wollen. Einige bleiben zu Hause, andere gehen wohl in die Berge. Samas hat das erwähnt. Einige wollen sogar in die Wüste gehen. Wäre ja schon eine gewisse Ironie, wenn sie noch vor der Nova ein Wüstensturm erwischt.«

»Ich wußte gar nicht, daß es hier Wüstenstürme gibt.« Geordi ließ die zweite Komponente einschnappen, wobei er sich noch unwohler fühlte. Plötzlich wollte er eine Systemüberprüfung an der Ausrüstung, an jedem Schaltteil, jedem Modul vornehmen, doch dazu reichte die Zeit nicht.

»In dieser Wüste gibt es nur selten Stürme«, sagte Ponselle, »aber wenn sie auftreten, können sie tödlich sein. Samas, ich und unser Team hatten gerade diese Stätte hier freigelegt, als wir einen riesigen Staubteufel im Osten entdeckten – ich meine, eine Windhose, die so groß war wie ein Berg. Deckte das meiste der Anlage gleich wieder zu und hätte fast auch einige von unserem Team verschüttet.« Er vergrub die Hände in den Taschen. »Bei einem Wüstensturm wollen Sie sicher nicht draußen sein.« Er lachte leise. »Nun, darüber werden wir uns bald keine Sorgen machen müssen.« Ponselle hielt kurz inne. »Wissen Sie, mein Sohn, daß Sie mit dieser Ausrüstung hier herumspielen, ist fast ebenso irrational wie Samas' Vorhaben, mit einem Haufen alter Artefakte hierher zurückkehren zu wollen, aber ich denke mir, daß die Leute im Schatten der Katastrophe schon ziemlich schräge Dinge anstellen.«

Geordi zog das letzte ausgefallene Modul heraus und

setzte das Ersatzteil ein. Er richtete sich auf und sah, daß Asela neben ihm stand und aufmerksam seine Ausrüstung musterte. »Irgendwie ist es schon eigenartig«, sagte sie, »daß Sie hier herunterbeamen, um neue Teile einzubauen, wenn sowieso alles zerstört werden wird.«

»Wir müssen auch jetzt noch Ihre Sonne unter Beobachtung halten«, sagte Geordi, »und es vereinfacht die Sache, wenn wir die entsprechenden Instrumente gleich hier in einer Station haben, die direkt mit dem Aggregat in Ihrer Sonne verbunden ist.« Er fragte sich, ob sie ihm das abnahm.

»Sie könnten unsere Sonne direkt von der *Enterprise* mit den Sensoren und dem Computer Ihres Schiffes überwachen. Diese Ausrüstung hier erscheint mir dafür überflüssig.«

»In einer Lage wie dieser«, sagte Geordi, »will ich soviel Überflüssiges wie nur möglich haben.« Er drehte sich zu Asela um und bemerkte den Zweifel, der auf ihrem runden Gesicht lag. Sie ahnt etwas, dachte er; sie weiß, daß ich etwas vorhabe.

Er berührte seinen Kommunikator. »LaForge – bereit zum Hochbeamen.«

»Schon gut, junger Mann«, sagte Asela. »Ich weiß, daß Sie etwas im Schilde führen und wahrscheinlich den Befehl bekommen haben, nicht darüber zu sprechen. Wir sollen unsere Städte verlassen und die alten Anlagen aufsuchen, aber wohl kaum, damit wir Schutz vor der Nova finden.« Sie verschränkte die Arme. »Vielleicht kann ich herausfinden, worum es wirklich geht.« Sie verschwand, als der Transporterstrahl ihn erfaßte und vor ihren weiteren bohrenden Fragen bewahrte.

Die Stadt Austra, die an der Südküste des Kontinents Themis lag, wurde als das künstlerische Zentrum von Epictetus III angesehen. Worf hatte von Ganesa gehört, wie stolz die Einwohner Austras auf ihre ästhetischen

Errungenschaften waren. Die Bevölkerung der Stadt betrug normalerweise etwa Fünfhunderttausend, schwoll während der beliebten vierteljährlichen Kunstfestspiele aber auf fast zwei Millionen an. Die Wohnhäuser und öffentlichen Gebäude von Austra, lange niedrige Gebilde in Pastellfarben und mit breiten Fenstern, deren spiegelnde Oberflächen die Schönheit der Stadt reflektierten, säumten ein Gewirr von Kanälen, die in das Meer mündeten. Filigrane Brücken, die wie aus Glas gewobene Netze wirkten, überspannten die schmalen blaugrünen Wasserwege.

Die Linneaea-Galerie lag auf einem Hügel oberhalb von Austra, und von ihrem Garten aus konnte Worf den größten Teil der Stadt überblicken. Die Menschen von Austra, so hatte Ganesa ihm erzählt, hatten ihre Stadt immer gern per Boot durchstreift. Jetzt waren die Kanäle mit Booten verstopft, die die Menschen zu den buntbemalten Parkdecks ihrer Flitzer brachten. Sie waren auf dem Weg nach Norden zu einem uralten Monument, das in der flachen trockenen Prärie am Rand der Korybantes-Wüste lag.

Zwei Kinder hielten sich an Worfs Händen fest. Ein weiteres, das höchstens zwei Jahre alt war, saß auf dem Boden und umklammerte Worfs Bein. Ganesa und Fähnrich Chang hatten die heikle Aufgabe übernommen, andere Kinder von ihren weinenden Eltern zu trennen. Deanna Troi stand mit Parviz Bodonchar am Tor und begrüßte die Eltern, die mit ihren Kindern eintrafen. Aus dieser Stadt waren einhundertvier Kinder für den Transport zur *Enterprise* ausgewählt worden, und etliche davon waren kaum dem Säuglingsalter entwachsen.

»Ich verlasse dich nicht!« jammerte eine Frau und hielt ihre Tochter fest, als Unteroffizier Bodonchar sich bückte und sie hochheben wollte. »Ich laß dich nicht allein!« Sie klammerte sich an dem weinenden Kind fest, während Bodonchar beide zu beruhigen versuchte.

Von solchen Eltern konnten Kinder keinen Mut lernen, dachte Worf. Austra bereitete schon jetzt größere Schwierigkeiten als Epira oder Hierapolis. In jenen Städten waren die Einwohner bei ihren Vorbereitungen disziplinierter gewesen und hatten sich auf vereinzelte Ausbrüche oder kurze Gefühlsäußerungen beschränkt. Die meisten Eltern hatten offenbar erkannt, daß ein tränenreicher Abschied ihren Kindern die Trennung nur erschweren und die Arbeit des Außenteams verzögern würde. Aus den Dörfern und Gemeinden in der Nähe jener Städte waren einige Kinder für die *Enterprise* ausgesucht worden, und trotz ihrer Ängste und Trauer hatten ihre Eltern sie einigermaßen diszipliniert zu den Abholplätzen gebracht.

Als sie in Austra materialisiert waren, hatten sie festgestellt, daß die Linneaea-Galerie auf Anordnung von Minister James Mobutu von Sicherheitskräften abgeriegelt worden war. Die Posten hatten bereits etliche Eltern und ihre Kinder zurückgeschickt, als Identitätsüberprüfungen ergaben, daß ihre Kinder nicht auf der Liste derjenigen standen, die auf die *Enterprise* gebeamt werden sollten. Die Berichte besagten, daß sich zahlreiche Bewohner Austras geweigert hatten, ihre Häuser zu verlassen.

Worf mußte daran denken, daß Minister Andrew Kolodny, das für diese Region zuständige Ratsmitglied, Selbstmord begangen hatte. Minister Mobutu, der in Nicopolis wohnte, war hierhergekommen, um die Arbeit des toten Ministers zu übernehmen und die Evakuierung zu organisieren. Worf war der Meinung, daß Minister Kolodny sich seiner Pflicht hätte stellen müssen. Er hätte bis zum Ende bei seinem Volk bleiben müssen und es nicht im Stich lassen dürfen. Es gab einige vernünftige Gründe, Selbstmord zu begehen – etwa, um die eigene Ehre oder die der Familie wiederherzustellen, anderen nicht übermäßig zur Last zu fallen, sich im

Kampf für die Kameraden zu opfern. Doch Kolodny hatte sich offenbar der Hoffnungslosigkeit und Furcht hingegeben. Andere in Austra waren seinem Beispiel gefolgt; Berichten zufolge war die Selbstmordrate in dieser Stadt fast doppelt so hoch wie in anderen epictetischen Gemeinden. Kolodny hatte seinem Volk damit ein prächtiges Beispiel geliefert, doch vielleicht hatte es den Anführer gewählt, den es verdiente.

Plötzlich strömten mehrere Erwachsene durch das Tor und zerrten ihre Kinder hinter sich her. Troi wurde zur Seite gestoßen, fing sich jedoch rasch wieder. »Halt!« rief sie. »Bitte bewahren Sie die Ruhe!«

»Mein Sohn Ariel steht auf der Liste«, rief ein breitschultriger Mann zur Antwort, »aber sein Bruder nicht! Sie sind immer zusammen gewesen. Können Sie nicht ein Kind mehr aufnehmen?«

»Es tut mir leid«, sagte Troi und schaffte es, sowohl mitfühlend als auch entschlossen dreinzuschauen. »Wenn wir eine Ausnahme machen, werden auch andere…«

»Nur eine einzige!« schrie der Mann.

»Warum Ihr Sohn und nicht meiner?« rief ein anderer Mann. »Sie nehmen meinen Neffen mit, aber nicht meinen Sohn.« Er schüttelte Troi die Faust entgegen. »Das ist doch widersinnig!«

»Nur einige Minuten«, sagte eine Frau mit einem kleinen Mädchen zu Bodonchar. »Ich will nur noch etwas Zeit mit ihr verbringen.«

Ein anderer schrie Troi etwas entgegen. Vor dem Tor verlangten Epicteter nach Einlaß. Das Weinen der Kleinkinder auf den Armen ihrer Eltern steigerte sich zum Gebrüll.

»Bleiben Sie zurück!« sagte Bodonchar. »Warten Sie, bis Sie an der Reihe sind!«

Worf ließ die Kinder los, die sich an seinen Händen festhielten, sammelte den kleinen Jungen auf, der sich an seinem Bein festhielt, und marschierte mit langen Schritten zum Tor, während ihm seine beiden anderen Schützlinge folgten. »Ordnung!« brüllte er. »Wir müssen Ordnung bewahren!« Die Leute um ihn herum schreckten zurück. »Je mehr Verzögerungen es gibt, desto unwahrscheinlicher wird es, daß wir Ihre Kinder noch rechtzeitig in Sicherheit bringen können. Wir müssen sie *jetzt* an Bord schaffen!«

Die Menge wurde still. Das Geplärre der Kinder erstarb zum Schluchzen. »Auch ich habe ein Kind«, fuhr Worf fort, »meinen Sohn Alexander. Er lebt bei mir an Bord der *Enterprise,* und ich versuche, ihm als Vater ein gutes Beispiel zu geben. Beweisen Sie, daß auch Sie Ihren Kindern ein solches Beispiel geben können!«

Ob nun seine Worte sie zur Ordnung riefen oder nur der Anblick eines wütenden Klingonen dies bewirkte, die Eltern machten plötzlich einen ruhigeren oder zumindest eingeschüchterten Eindruck. Einige wichen zurück, während andere sich wieder in der Reihe anstellten, und dann trat ein stämmiger junger Mann vor.

»Sie geben ein fabelhaftes Beispiel ab«, sagte er. »Ganz gleich, was geschieht, wir müssen hierbleiben. Sie werden wieder auf Ihr Schiff beamen, ehe es wirklich heiß wird, und die Kinder mitnehmen. Ihr Sohn wird seinen Vater wiedersehen. Sie müssen nicht mit ansehen, wie er fortgebracht wird, oder sich damit konfrontieren, daß er hier sterben muß.«

Darauf hatte Worf keine Antwort.

»Sie empfehlen uns, Austra zu verlassen«, fuhr der Mann fort. »Was haben wir denn davon? Wollen Sie uns nur von dem ablenken, was uns erwartet, indem Sie uns mit dieser nutzlosen Evakuierung auf Trab halten?«

»Nein«, sagte Troi. »Sie müssen mir glauben. Wir tun alles, was in unserer Macht steht, um Sie zu retten.«

»Sie können uns nicht retten. Sie können überhaupt nichts tun. Sie täuschen doch nur vor, daß Sie etwas tun können.« Der Mann schlug die Hände vor das Gesicht; ein anderer Mann führte ihn beiseite. Worf wandte sich ab und ging zu der ersten Gruppe von Kindern, die auf den Transport zur *Enterprise* wartete.

Die letzten Kinder waren vom Bharati-Museum hinaufgebeamt worden. Die Nacht brach an; Deanna Troi atmete Luft ein, die schwach nach Blumen roch. Auf der anderen Seite des breiten Kanals vor dem Museum funkelten die Lichter von Nicopolis an den nahen Häusern und entlang der Straßen, aber ein Großteil der Stadt war verlassen. Viele Einwohner hatten sich bereits auf den Weg zur archäologischen Anlage oberhalb von Nicopolis im Vorland des Aurelischen Gebirges oder zu einer der beiden Stätten im Norden aufgemacht. Vielleicht glaubten sie, daß sie nur in den Tod gingen, aber sie wollten dem Beispiel ihrer Ministerin Mariamna Fabre folgen.

Müde stand Troi neben der Ministerin. Sie nahm die tiefe Erschöpfung der älteren Frau wahr. Fast die halbe Bevölkerung dieser Welt lebte an der Westküste von Themis, nördlich und südlich von Nicopolis, und vom Bharati-Museum waren fast eintausend Kinder an Bord der *Enterprise* gebeamt worden. Es hatte länger gedauert, als Troi erwartet hatte, und ihr Außenteam mußte noch immer Kinder aus Boreas evakuieren, der einzigen Stadt auf dem kleinen Nordkontinent Metis. Diese Kinder würden wohl schon im Bürgerzentrum von Boreas auf sie warten.

So wenige, dachte sie, aber diese Anstrengung war notwendig. Falls Captain Picard zum Schluß kam, daß Datas Plan zu riskant war, und die *Enterprise* vor dem unausweichlichen Flammeninferno das System verließ, waren diese Kinder vielleicht alles, was von dieser Welt übrigblieb. Sie dachte daran, wie einige von ihnen kurz vor dem Hochbeamen ausgesehen hatten – die Augen weit aufgerissen, bemüht tapfer, aber eindeutig verängstigt. Die älteren waren überzeugt, weder ihre Heimat noch ihre Familien je wiederzusehen, und alle umklammerten alte Stiche, kleine Skulpturen oder andere Antiquitäten, die Samas Rychi ihnen gegeben hatte.

Nein, dachte sie, diese Kinder werden zurückkommen, und Epictetus III wird überleben. Falls jemand diesen Plan erfolgreich durchführen konnte, dann Data, und Geordi LaForge war bei diesem Unterfangen der beste nur erdenkliche Verbündete. Falls ihr Plan auch nur die kleinste Aussicht auf Erfolg hatte, konnte Captain Picard sich nicht weigern, den Befehl zu geben, der vielleicht diesen Planeten retten konnte, ganz gleich, wie groß das Risiko auch war.

»Das können Sie vielleicht auch mitnehmen«, sagte Samas Rychi und reichte Fähnrich Chang eine kleine Kiste. »Ein altes Navigationsinstrument – so etwas wie ein Astrolabium. Eines unserer wertvollsten Stücke, und ich vermute, daß es technisch ausgefeilter ist, als es den Eindruck macht.«

»Ich werde gut darauf achtgeben«, sagte Chang.

Worf, Fähnrich Mehta und Unteroffizier Bodonchar befanden sich bereits an Bord der *Enterprise*; die Kinder mußten mittlerweile in ihre zeitweiligen Unterkünfte gebracht worden sein. »Wir müssen jetzt gehen«, sagte Troi zu den Ministern. »Sie und Ihre Assistenten sollten sich jetzt auf den Weg zu den Evakuierungsstätten machen, und wir müssen noch die Kinder aus Boreas …«

»Riker an Troi.«

Troi berührte ihren Kommunikator. »Hier Troi.«

»Beamen Sie sofort auf die *Enterprise*«, fuhr Rikers Stimme fort. »Ich muß mit Ihnen sprechen. Sobald Sie und Chang an Bord sind, kommen Sie direkt zur Brücke. Riker Ende.«

Der Ton des Commanders verriet ihr, daß etwas nicht in Ordnung war. Ihre Anwesenheit auf der Brücke war eigentlich nicht erforderlich; sie und Chang hatten eigentlich damit gerechnet, sofort wieder mit dem Rest des Außenteams nach Boreas geschickt zu werden. Troi riß sich zusammen; sie wollte vor den beiden Ministern keine Besorgnis zeigen.

»Ich danke Ihnen für alles, was Sie getan haben«, sagte Fabre. »Daß Sie einige Kinder gerettet und uns etwas Hoffnung gegeben haben. Ich weiß, wie gering diese Hoffnung ist, aber sie ist besser, als unserem Ende als hilflose Opfer entgegenzusehen.«

»Zwei zum Hinaufbeamen«, sagte Troi. Chang trat neben sie. Rychi hob die Hand zum Abschiedsgruß, als die beiden Minister und ihre Stadt vor ihren Augen verschwanden.

8

»Sie wollen mir noch immer nicht zuhören.« Ministerin Dorcas Dydion blickte vom vorderen Bildschirm der Brücke. »Sie weigern sich, irgend etwas mit Ihnen oder Ihrer Besatzung zu besprechen, bis ihre Forderungen erfüllt sind. Sie sollen die beiden Nereiden und ihren Behälter auf die *Enterprise* holen. Dann werden sie die Kinder freilassen.«

Riker, der in seinem Kommandosessel saß, sah kurz zu Captain Picard. Sie hätten damit rechnen müssen, dachte Riker, daß irgend etwas die Dinge noch komplizieren würde; der Transport der Kinder war fast zu glatt verlaufen. Aber so etwas Verbohrtes hatte er nicht erwartet. Mit einer Geiselnahme, die eine Gruppe vornahm, um sich selbst zu retten, hätte er vielleicht noch gerechnet. Er hatte auch Selbstsucht und Furcht erwartet, aber nicht diese fehlgeleitete ignorante Selbstlosigkeit.

Worf stand wieder an der taktischen Station und schaute noch grimmiger drein als sonst. Fähnrich Mehta und Unteroffizier Bodonchar standen links von Picard. Deanna Troi war gerade mit Fähnrich Chang eingetroffen; die beiden näherten sich mit raschen Schritten dem Captain.

»Ministerin Dydion«, sagte Picard, »die Kapazität der *Enterprise* ist mittlerweile fast erschöpft. Sobald wir die letzten Kinder an Bord gebeamt haben, wird es hier noch enger sein. Und selbst, wenn wir Platz für diese beiden Geschöpfe und ihren extrem großen Wassertank hätten, können wir solch einer Erpressung doch wohl kaum nachgeben.«

Die junge Ministerin beugte sich vor. »Was soll ich ihnen also sagen?«

»Glauben Sie, daß sie tatsächlich dazu fähig sind, den Kindern etwas anzutun?«

»Ich weiß es nicht.« Ministerin Dydion warf ihr langes rötliches Haar zurück. »Ich habe die Tireos-Gruppe immer für harmlose Spinner gehalten, aber da herrschten normale Umstände. Seit einiger Zeit sind sie das nicht mehr. Was auch immer sie anstellen, sie haben nichts mehr zu verlieren.«

»Fragen Sie sie, ob sie bereit sind, mit Mitgliedern unseres Außenteams zu sprechen, wenn diese zum Planeten zurückkehren«, sagte Picard. »Sagen Sie, daß wir zu Gesprächen bereit sind, aber nichts weiter. Ich werde mich in einer Stunde wieder melden. Falls Sie vor Ablauf dieser Stunde von ihnen hören, setzen Sie sich umgehend mit mir in Verbindung.«

»Ich werde sofort mit ihnen sprechen.« Das Bild von Ministerin Dydion erlosch.

»Was ist passiert?« fragte Fähnrich Chang.

»Zwei Leute von einer Gruppe namens Ozeanographisches Institut Tireos haben das Bürgerzentrum von Boreas abgeriegelt«, gab Riker zur Antwort. »Sie halten die Kinder dort als Geiseln, ebenso einige Eltern, die sich gerade noch verabschiedeten. Sie wollen sie erst freilassen, sobald wir ein Pärchen Meeresgeschöpfe namens Nereiden an Bord gebeamt haben, die angeblich intelligent sind.«

Troi schüttelte den Kopf. »Laut Samas Rychi gibt es dafür keine Beweise.«

»Auch nicht den Unterlagen der Föderation zufolge«, ergänzte Picard. »Das habe ich überprüft. Aber diese Leute behaupten, daß die Nereiden genauso ein Recht auf Rettung haben wie die Kinder; und daß alle Angehörigen dieser angeblich intelligenten Spezies verlorengehen werden, wenn wir sie nicht an Bord holen.«

»Sir«, sagte Lieutenant Jacques Bulero, wandte sich von seinem Platz an der Einsatzstation ab und dem Kommandobereich zu. »Warum können wir diese Fische nicht heraufbeamen und... nun ja, einfach dafür sorgen, daß der Tank nicht mehr auftaucht?«

»Das würde nicht klappen«, sagte Riker. »Vielleicht verlangen sie eine visuelle Bestätigung dafür, daß wir ihre Bedingung erfüllt haben. Vielleicht haben sie irgendwelche Überwachungsgeräte am Tank oder an den Nereiden selbst angebracht. Dieses Risiko können wir nicht eingehen.«

»Minister Rychi teilte mir nach der letzten Ratssitzung mit, daß meine ehemalige Freundin zu der Gruppe gehört, die die Kinder festhält«, sagte Chang. Bei diesem erzwungenen Eingeständnis verzog er wütend das Gesicht. »Ich kann nicht glauben, daß Teodora irgend etwas mit Leuten zu tun hat, die Kindern etwas antun würden.«

»Ich weiß leider nur sehr wenig über diese Leute«, sagte Ganesa Mehta. »Ich habe bisher nur gehört, daß es sich um eine Gruppe von Narren mit großartigen akademischen Titeln handelt, die eine tiefe Verbundenheit zum Meer pflegt. Sie sind fast völlig unbekannt. Die meisten Epicteter werden wohl nie von ihnen gehört haben.«

»Wir müssen uns für eine Vorgehensweise entscheiden«, sagte Picard, »und haben nicht mehr viel Zeit. Wir können keine Besatzungsmitglieder in das Bürgerzentrum von Boreas beamen, um die beiden Geiselnehmer zu entwaffnen – das ist zu riskant. Damit provozieren wir sie vielleicht nur. Aber wir müssen die Kinder dort rausholen, bevor Data und LaForge ihre letzten Testläufe starten.«

Bevor Data diese Simulationen durchführen und die letzten Schritte seines Planes einleiten konnte – immer vorausgesetzt, daß Picard dem riskanten Unterfangen zustimmte –, mußte das Schiff seine Umlaufbahn um Epictetus III verlassen und sich mindestens anderthalb Millionen Kilometer von dem Planeten entfernen. Damit war die *Enterprise* außerhalb der Transporterreichweite und konnte niemanden von der Oberfläche an Bord beamen. Wieder spürte er, wie Zweifel an diesem Plan in ihm nagten.

»Darin liegt eine gewisse Ironie.« Riker sah nach hinten; Lieutenant Commander Iris Liang, eine Wissenschaftsoffizierin, die an der Funktionsstation saß, hatte das Wort ergriffen. »Falls uns die Öffnung eines Wurmlochs gelingt«, fuhr sie fort, »und es groß genug für den Durchgang von Epic III ist, sollte die Unterwasseranlage des Tireos-Instituts eigentlich ein ziemlich sicherer Aufenthaltsort sein, sowohl für sie als auch für ihre kostbaren Nereiden. Jedenfalls besagen das unsere Sensorabtastungen.«

»Sie sind entschlossen, diese Wesen zu retten«, sagte Picard, »und sie gehen davon aus, daß sie selbst wahrscheinlich nicht überleben werden. Das macht sie für die Kinder nur um so gefährlicher.«

»Ministerin Dydion zufolge haben sie noch nie Gewalt angewendet«, sagte Troi. »Vielleicht sollten wir uns mit ihnen in der Unterwasserstation treffen. Dann hören sie vielleicht zu.«

Riker atmete tief ein. »Wenn Sie dort hinuntergehen«, sagte er, »werde ich Sie begleiten.«

»Nein, das werden Sie nicht, Nummer Eins«, sagte Picard leise.

Riker straffte sich. »Das Außenteam liegt in meinem Verantwortungsbereich. Sie können mir darin keine Befehle erteilen.«

»Und Sie können diesen Dienst am besten leisten, indem Sie an Bord bleiben.« Captain Picard sah ihn unverwandt an. »Ich brauche Sie hier.«

Riker kannte seinen Captain nur zu gut. Er konnte sich denken, was er ungesagt gelassen hatte: Ich brauche Sie hier, damit Sie mit mir jeden Schritt von Datas Plan durchgehen und mir bestätigen, daß ich die richtige Entscheidung treffe; ich brauche Sie auf der Brücke, wenn ich nicht dort sein kann; ich brauche Sie hier, um das Kommando über die *Enterprise* zu übernehmen, falls ich versage und mir die Verantwortung für den Rettungsversuch einer Welt und ihrer Millionen von Leben schließlich zu groß wird. Der gewaltige Umfang dieser Aufgabe, die Dilemmata, die mit einer solchen Bemühung einhergingen, waren für *einen* Menschen vielleicht zuviel, auch für einen Jean-Luc Picard.

»Ja, Sir«, sagte Riker schließlich. »Ich werde mein Bestes tun.«

In weniger als einer halben Stunde hatte Ministerin Dydion eine Antwort für die Offiziere der *Enterprise*. Professor Kwame Landon vom Ozeanographischen Institut Tireos erklärte sich einverstanden, in der Unterwasseranlage des Instituts mit zwei Mitgliedern des Außenteams der *Enterprise* zu sprechen. Die anderen drei sollten sich auf den Hof vor dem Bürgerzentrum von Boreas beamen, wo sie in Sichtweite der beiden Männer warten sollten, die die Kinder in ihrer Gewalt hatten. Sie sollten ihre Phaser ablegen und sie bei der Treppe am Haupteingang deponieren, bis man ihnen sagte, daß die Kinder freigelassen würden.

In gewisser Hinsicht, dachte Riker, war das ein Fortschritt. Zumindest waren die Geiselnehmer zu Gesprächen bereit und konnten vielleicht im Lauf der Zeit überzeugt werden, die Kinder freizulassen. Aber Zeit hatten sie nur wenig, und ihm gefiel die Vorstellung nicht, zwei seiner Leute direkt in das Institut zu schikken, wo sie vielleicht selbst zu Geiseln wurden.

»Ich werde vor dem Bürgerzentrum warten«, sagte

Ministerin Dydion. »Nur gut, daß Boreas vor diesen Ereignissen evakuiert wurde und sich alle zur Abreise entschlossen haben. Sonst hätten mittlerweile wohl wütende Eltern und Bürger das Gebäude gestürmt. Meinen Assistenten kann ich vertrauen, also hoffen wir, daß nichts davon durchsickert. Wir können wirklich darauf verzichten, daß einige Bürger hierher zurückkommen, um die Sache selbst zu regeln. Dann hätten wir es mit einem Aufruhr zu tun.«

»Ich bin Ihnen dankbar für Ihre Hilfe«, sagte Picard. »Wir werden diese Kinder in Sicherheit bringen – das verspreche ich Ihnen. *Enterprise* Ende.«

»Lieutenant Bulero«, sagte Riker zu dem diensthabenden Einsatzoffizier, »sorgen Sie dafür, daß zwei tragbare Fernkommunikatoren an das Außenteam ausgegeben werden. Ich habe das Gefühl, daß sie sie benötigen werden.« Allmählich befürchtete er, daß nicht mehr genug Zeit war, um seine Leute wieder sicher auf das Schiff zu holen.

Jacques Bulero drehte sich um. »Sir, Lieutenant Commander Data meldet, daß der Eintritt in das Novastadium sich anscheinend beschleunigt. Er will so schnell wie möglich mit den letzten Testläufen beginnen, spätestens jedoch innerhalb von sieben Stunden.«

»Geben Sie ihm Bescheid, daß wir bis dahin die Umlaufbahn verlassen haben werden«, sagte Picard und sah kurz zu Riker hinüber.

Der Commander stand auf und lief zum Konferenzraum neben der Brücke. Das Außenteam hielt sich dort auf und nutzte die Gelegenheit zu einer raschen Mahlzeit oder einem kurzen Nickerchen, während es auf Anweisungen wartete.

Parviz Bodonchar und Ganesa Mehta schliefen in Sesseln. Deanna Troi und Worf saßen am Tisch, waren gerade mit dem Essen fertig und unterhielten sich, während Chang Jun-shing einen kleinen Tischmonitor studierte. Riker weckte Bodonchar und Mehta. Dann erklärte er dem Team rasch, was Ministerin Dydion gesagt hatte und wie wenig Zeit ihnen blieb.

»Die beiden Teammitglieder, die sich im Tireos-Institut aufhalten, werden am stärksten gefährdet sein«, sagte Riker. »Selbst wenn Sie sie dazu bringen können, ihren Komplizen die Freilassung der Kinder zu befehlen, wissen Sie nicht genau, was sie danach tun werden.«

»Ich habe den Computer nach Informationen über Tireos abgefragt«, sagte Chang. »Glücklicherweise wurde zuvor eine kleine Datei über die Gruppe zusammen mit einigen kulturellen Daten von Epic III übertragen – wohl eher aus Versehen. Die Gruppe gilt nicht nur als harmlos, sondern ist auch stolz auf ihre Gewaltlosigkeit. Unter anderem weigern die Leute sich sogar, Meeresfrüchte zu verspeisen.«

»Das überrascht mich nicht«, sagte Riker. »Sie wären nicht die ersten Pazifisten, die gewalttätig werden.«

»Wenn sie das Waffenhandwerk nur unzureichend beherrschen«, sagte Worf, »und auch nicht zum Kämpfen neigen, werden die beiden, die die Kinder festhalten, auf einen Angriff vielleicht nur langsam reagieren.«

»Wir können nicht angreifen«, sagte Riker. »Jedenfalls nicht, bevor wir keine andere Wahl mehr haben. Die Kinder müssen an Bord sein, bevor die *Enterprise* den Orbit verläßt. Falls der Captain die Öffnung des Wurmloches einleitet, werden sie an dem Ort, wo sie festgehalten werden, wohl nicht in Sicherheit sein, und dann bleibt ihnen vielleicht keine Zeit mehr, woanders Schutz zu suchen. Sobald die Zeit abgelaufen ist, müssen wir die Kinder dort herausholen, ganz gleich, was mit den anderen Mitgliedern des Außenteams im Institut geschieht.« Jetzt erkannte er, daß es einen weiteren Grund für ihn gab, an Bord zu bleiben, denn hier konnte er den Fortgang von Datas Plan überwachen, bevor er dem

Außenteam Befehle erteilte. Sobald Data und LaForge die letzten Testläufe vorbereiteten, würde er dem Außenteam Anweisungen erteilen müssen.

»Worf«, sagte Riker, »Sie werden das Außenteam in Boreas leiten.« Als ihm klar wurde, wer in die Unterwasseranlage ausgesandt werden mußte, wer am besten für die Verhandlungen mit diesen Leuten geeignet war, wurde ihm schwer ums Herz. »Counselor Troi, Sie werden ins Tireos-Institut beamen.« Ihre empathischen Fähigkeiten verrieten ihr vielleicht, wie man diese Leute zur Vernunft bringen konnte.

»Commander Riker«, sagte Chang, »vielleicht sollte ich Counselor Troi begleiten. Meine ehemalige Freundin hält sich dort auf. Vielleicht hört sie auf mich, und das könnte uns bei den anderen weiterbringen.«

»Da Sie sich von ihr getrennt haben«, sagte Riker, »wird sie über ein Wiedersehen vielleicht nicht allzu glücklich sein. Das könnte sich zu unseren Ungunsten auswirken.«

»Sie hat verlangt, daß ich mich zwischen ihr und Starfleet entscheide, und ich entschied mich für Starfleet.« Changs Blick wurde härter. »Wenn sie mich jetzt sieht, glaubt sie vielleicht, daß ich meine Entscheidung bereue, und das könnte uns zum Vorteil gereichen. Ich kannte Teodora sehr gut, Commander. Sie ist nicht gewalttätig, aber beeinflußbar und leicht zu überreden. So ist sie wahrscheinlich auch an diese Verrückten geraten.« Seine Miene wurde weicher. »Ich bin wohl auch zumindest teilweise für ihr Verhalten verantwortlich.«

Troi hatte Fähnrich Chang von vornherein im Außenteam haben wollen und erhob auch jetzt keine Einwände. Damit ist es entschieden, dachte Riker.

»Troi und Chang«, sagte er, »Sie werden ins Institut beamen. Mehta und Bodonchar, Sie werden Worf begleiten. Sie werden zwei tragbare Fernkommunikatoren für den Fall mitnehmen, daß wir uns aus der Kommunikatorreichweite entfernen.«

»Mit anderen Worten«, sagte Chang, »Sie werden uns vielleicht nicht herausholen können, bevor das Schiff die Umlaufbahn verläßt.«

»Ja«, gab Riker zu. »Doch falls Datas und Geordis Testläufe nicht klappen und der Captain ihnen die Aufgabe des Plans befiehlt, können wir versuchen, noch nah genug an Epic III heranzukommen, um Sie vor Verlassen des Systems an Bord zu beamen.«

»Sie dürfen nicht riskieren, daß die Nova die *Enterprise* einholt«, sagte Chang, »nur weil Sie uns retten wollen.«

»Das werden wir auch nicht«, sagte Riker und hielt kurz inne. »Eine andere Möglichkeit wäre, daß uns keine Zeit bleibt, in Transporterreichweite zurückzukehren und Sie an Bord zu beamen, auch wenn Captain Picard die Weiterführung von Datas Plan befiehlt.«

Chang nickte. »In dem Fall hätten wir genau die gleichen Überlebenschancen wie die Epicteter. Das erscheint mir durchaus fair.«

»Ich spüre, daß wir uns darin einig sind.« Troi sah die anderen Mitglieder des Außenteams nacheinander an. »Sobald diese letzte Gruppe Kinder sicher an Bord gelangt ist, muß die *Enterprise* die Umlaufbahn für die letzten Testläufe verlassen und das Wurmloch öffnen, falls der Captain es anordnet. Nichts darf das in Frage stellen, nicht einmal der Versuch, uns an Bord zu holen.«

»Ich stimme damit überein«, sagte Worf. »Der Gedanke an einen Rückzug ist äußerst unangenehm, besonders, wenn man andere bei diesem Rückzug zurücklassen müßte. Falls der Plan durchgeführt wird, werden wir uns den gleichen Gefahren wie die Epicteter aussetzen.«

»Es ist meine Heimatwelt«, sagte Ganesa. »Sie wissen,

was ich denke – Sie müssen alles tun, um sie zu retten. Im Vergleich dazu ist mein Leben unwichtig.«

Unteroffizier Bodonchar nickte zustimmend.

Riker stand auf. Er hoffte inbrünstig, daß Datas Plan Epictetus III retten konnte, obwohl er genau wußte, daß die Mühe vielleicht umsonst war. »Ihre restlichen Instruktionen gebe ich Ihnen auf dem Weg zum Transporterraum – uns läuft die Zeit davon!«

Dorcas Dydion wartete vor dem Bürgerzentrum von Boreas auf Worf und seine beiden Begleiter. Das Gebäude war ein längliches, zweistöckiges Gebilde aus einem schieferähnlichen grauen Material. Worf musterte den Bau und bemerkte die hohen schmalen Fenster und die kurze Treppe, die zum Haupteingang hinaufführte, während er, Ganesa und Unteroffizier Bodonchar zu Ministerin Dydion gingen.

Das Bürgerzentrum bot einen Ausblick auf einen sanften Hang, der sich zum Hafen von Boreas neigte. Der Hof war mit Mosaiksteinen ausgelegt, die ein Muster zu bilden schienen, und bald erkannte Worf, daß es sich um die Darstellungen von Schaumkronen und Wellen handelte. Die gesamte Hoffläche ähnelte der kabbeligen blaugrauen See in der Ferne; offenbar pflegten die Menschen hier ihre eigene Verbundenheit mit dem Meer. Boreas selbst war nach dem, was er vom Hof aus sehen konnte, eine Stadt, deren Häuser einfache, klotzige Gebäude aus Holz und Stein waren und deren breite Straßen von hohen Bäumen gesäumt wurden, an deren Zweigen grüne Nadeln wuchsen. Die Baumwipfel liefen wie Lanzen spitz zu.

Worf atmete tief die kalte klare Seeluft ein. Von allen Orten, die er auf Epictetus III gesehen hatte, gefiel ihm Boreas am besten.

Ministerin Dydion war mit einem braunen Kapuzenmantel und braunen Hosen bekleidet. »Ich grüße Sie«, sagte sie, als Bodonchar den kleinen Fernkommunikator absetzte, den er mit sich führte. »Zwei meiner Adjutanten und drei Angehörige unseres Sicherheitspersonals halten sich in einem Haus in der Nähe auf. Die anderen habe ich zu unserer Evakuierungsstelle vorgeschickt. Die Leute im Gebäude glauben, daß alle fort sind, aber falls Sie sie brauchen, haben Sie Verstärkung.«

Worf stellte fest, daß seine Meinung über diese Frau sich gerade leicht besserte.

»Mehr kann ich nicht sagen«, fuhr Dydion fort. »Ich muß jetzt meinen Kommunikator wieder einschalten. Die Männer im Haus haben darauf bestanden, daß jederzeit ein Kanal freigeschaltet bleibt. Seien Sie also vorsichtig, wenn Sie später mit Ihrem Captain sprechen.« Sie griff in ihren Mantel und drückte mit einem Finger auf einen Anhänger um ihren Hals.

»Wir erwarten Ihre Anweisungen«, sagte Worf wachsam. Er wußte, daß die Ereignisse der nächsten Stunden von Riker und Troi abhängig sein würden. Das Warten würde ihm schwerfallen. Er wollte das Gebäude studieren, um vielleicht einen Weg zu finden, wie man es stürmen konnte, ohne dabei die Kinder zu gefährden.

»Sie werden Ihre Waffen abgeben müssen. Ich zeige Ihnen, wo Sie Ihre Phaser ablegen können.« Dydion drehte sich um und ging ihnen zur Treppe voraus.

Troi und Chang befanden sich in einem kleinen, einfach möblierten Raum. Die Wände waren blaßblau; die Polster der drei Sessel und der kleinen Couch wiesen ein etwas dunkleres Blau auf. Die Dekoration des niedrigen Glastisches vor dem Sofa bestand aus großen Muscheln und Treibholzschnitzereien. Die Tür links von Troi war verschlossen; vermutlich führte sie zur Schleuse. Der Bildschirm an der Wand zeigte bunte Fische mit durchscheinenden Flossen, die durch blaugrünes Wasser schwammen.

Die Tür zu ihrer Rechten glitt auf, und eine schlanke junge Frau mit langen schwarzen Haaren betrat den Raum. Troi spürte Unsicherheit in ihr, sogar Furcht.

»Willkommen im Ozeanographischen Institut Tireos«, sagte die Frau. »Ich bin die Assistierende Professorin Ashley Harris.« Ihre Wangen röteten sich. »Zudem bin ich die Pilotin des Mini-U-Boots, mit dem wir unsere Besucher hierherbringen, aber natürlich war das in Ihrem Fall nicht nötig.« Sie versuchte zu lächeln, aber es sah eher wie eine nervöse Grimasse aus.

Troi schaute die junge Frau unverwandt an. »Uns bleibt nur wenig Zeit«, sagte sie, »um die Lage zu bereinigen.«

»Ja. Natürlich. Ich muß Ihre Waffen an mich nehmen.« Harris streckte die Hand aus; Troi und Chang gaben der Frau ihre Phaser. »Folgen Sie mir bitte.«

Harris führte sie durch einen ebenfalls hellblau gestrichenen Korridor zu einer Tür am Ende des Gangs. Sie glitt auf und gab den Blick in einen großen Raum frei. In dessen Mitte stand ein großer, durchsichtiger Wassertank, in dem sich zwei delphinähnliche Geschöpfe befanden. Licht flackerte über die dunkelblauen Wände und erweckte den Anschein, als befände der gesamte Raum sich unter Wasser.

Fünf Personen standen um den Tank herum. Die Nereiden schwammen nach oben, holten Luft und tauchten unter den Blicken der anderen wieder ab. »Einige Angehörige unserer Fakultät«, murmelte Harris.

»Die Meeresgeschöpfe?« fragte Chang, wobei es ihm nicht gelang, einen sarkastischen Ton aus seiner Stimme zu halten.

»Natürlich nicht«, erwiderte die Frau. »Ich meine die Kollegen.«

»Haben Sie denn irgendwelche Studenten?« Chang klang nur geringfügig weniger sarkastisch.

»Im Augenblick nicht, aber natürlich hoffen wir...«

Harris führte sie zu der Gruppe am Tank. Ein braunhäutiger Mann mit langem Haar, das zu einem Knoten im Nacken zusammengebunden war, überragte die anderen. Eine der beiden Frauen am Tank wandte ihm den Kopf zu, und Troi spürte die plötzliche Anspannung in Chang.

»Teodora«, sagte er.

»Sie kennen Dozentin Tibawi?« fragte Harris.

»Jun-shing«, sagte Teodora Tibawi und starrte Chang mit weit aufgerissenen Augen an. »Was machst du denn hier?« Sie war klein, mit kurzem, kastanienfarbenem Haar, das ein feingeschnittenes Gesicht von großer Schönheit umrahmte; beim Anblick dieses Antlitzes konnte Troi verstehen, warum Fähnrich Chang sich in sie verliebt hatte.

»Ich bin hier«, erwiderte Chang, »um zu versuchen, euch zu helfen.«

»Wir haben nicht viel Zeit«, sagte der hochgewachsene grauhaarige Mann neben Teodora Tibawi mit tiefer melodischer Stimme. »Wir müssen unseren Bruder und unsere Schwester Nereid an Bord der *Enterprise* schaffen.« Er tat einen Schritt auf Troi zu. »Ich bin Professor Kwame Landon, Direktor des Ozeanographischen Instituts Tireos.«

»Lieutenant Commander Deanna Troi«, sagte Troi, »und Fähnrich Chang Jun-shing.« Ihre Miene bleib ruhig, während Kwame Landon seine Kollegen – oder auch Komplizen – vorstellte. Teodora Tibawi machte einen verwirrten, ja sogar beschämten Eindruck, weil sie ihrer alten Liebe unter diesen Umständen gegenübertreten mußte. Die anderen Leute schienen genauso verstört zu sein wie Harris. Troi spürte, daß sie alle in unterschiedlichem Maße wegen ihrer Forderung Gewissensbisse hatten.

Landon geleitete sie und Chang zu Kissen am Ende des Raumes; offenbar gab es keine anderen Sitzgelegenheiten. Chang setzte den Fernkommunikator ab; Landon warf einen kurzen Blick darauf, gab jedoch keinen Kommentar dazu ab. Troi ließ sich auf einem Kissen nieder; die Selbstsicherheit und Entschlossenheit, die sie in dem grauhaarigen Mann spürte, beunruhigte sie. Einige seiner Schüler mochten vielleicht schwankend geworden sein, aber sie bezweifelte, daß das bei ihm je der Fall sein würde.

»Zuerst muß ich Sie etwas fragen«, sagte Troi, als Landon und seine Gefolgsleute sich ebenfalls auf den Kissen niederließen. »Warum haben Sie keinen Antrag bei Ihrem Rat gestellt, wenn Sie die Nereiden auf unser Schiff bringen wollen? Warum haben Sie ihn nicht aufgefordert, mit Captain Picard über mögliche Arrangements zu sprechen?«

Landons Mund zuckte. »Weil man uns nicht zugehört hätte. Im Rat hegt kein einziger Minister Verständnis für unsere Arbeit.«

»Dann hätten Sie sich direkt mit der *Enterprise* in Verbindung setzen und den Captain bitten können…«

»Dazu war keine Zeit. Zuerst dachten wir, wir alle würden sterben, und dann traf Ihr Raumschiff hier ein, und bevor wir uns versahen, hatte der Rat beschlossen, daß Sie ein paar Kinder an Bord nehmen. An die Nereiden wurde überhaupt nicht gedacht.«

»Also bedrohen Sie jetzt Kinder, um Ihre Ziele zu erreichen«, sagte Troi.

Landon zuckte zusammen. Troi stellte fest, daß er also doch noch Scham, ja vielleicht sogar Unsicherheit empfand. Aber dann spürte sie wieder seine Entschlossenheit.

»Wir sind friedliebend«, sagte er. »Wir wollen den Nereiden nacheifern. Wir leben im Meer und suchen die Kommunion mit jenen, die diese Welt mit uns teilen, damit wir eines Tages würdig sind, uns ihnen anzuschließen.«

Troi saß dem Tank gegenüber. Die Nereiden schwammen nach oben, steckten die Köpfe aus dem Wasser und tauchten wieder ab. Rauf und runter, rauf und runter, sie variierten das Muster nicht. Ihre empathische Fähigkeit war nicht unfehlbar, aber Troi spürte keine Emotionen in den Nereiden, nichts von jenen Gefühlen, für deren Manifestation ein komplexes Bewußtsein nötig war, nicht einmal den Ansatz von Persönlichkeit. Vielleicht waren die Nereiden zu fremdartig, als daß sie ihre Gefühle wahrnehmen konnte. Vielleicht waren sie auch nur abgrundtief dumm, wie Samas Rychi behauptete.

Sie verlagerte ihr Gewicht leicht auf dem Kissen. »Ihre Nereiden werden auf unserem Schiff wahrscheinlich eingehen«, sagte Troi. »Wir können sie nicht angemessen versorgen. Sie wissen nicht…«

»Sie müssen sich nicht lange um sie kümmern«, sagte Landon. »Bringen Sie sie einfach zu einer Welt, die der unseren ähnelt, mit einem Meer, in dem sie leben können.«

»Aber eben dort überleben sie vielleicht nicht«, sagte Troi. »Die Verpflanzung einer Spezies, ihre Überführung in eine fremde Umwelt, wie sehr diese auch der angestammten ähneln mag, ist ein sehr schwieriges…«

»Zumindest haben sie dann eine Chance.« Landons Augen wurden schmal. »Glauben Sie wirklich, daß menschliche Lebensformen – die Kinder – die einzigen Wesen auf dieser Welt sind, die es wert sind, gerettet zu werden? Legt die Föderation denn nur Wert auf menschliches Leben?«

»Natürlich nicht«, sagte Troi. »Ich bin zur Hälfte Betazoidin – ich weiß sehr wohl, daß die Föderation alle intelligenten Lebensformen achtet.«

»Sie achtet das menschliche Leben hier, aber nicht das unserer Nereiden. Sie wollen die gesamte Spezies zum Aussterben verurteilen. Was meinen Sie, wieviel Vertrauen wird das unter den nichtmenschlichen Mitgliedern der Föderation erwecken? Wie will Ihr Captain sein Vorgehen den nichtmenschlichen Mitgliedern seiner Mannschaft erklären?«

Sie wollte erwidern, daß sie ja gerade das intelligente Leben dieser Welt erhalten wollten und die Nereiden sich nicht als intelligentes Leben qualifizierten, doch diese Aussage hätte ihn nur noch mehr erzürnt. Sie konnte ihm nicht sagen, daß das Leben epictetischer Kinder mehr Gewicht hatte als das Leben der Nereiden. Sie konnte ihm auch nicht sagen, daß bei einem erfolgreichen Verlauf von Datas Tests sämtliche Nereiden in den Meeren dieser Welt eine Chance auf Überleben hatten, ob sie nun intelligent waren oder nicht.

»Professor Landon«, sagte Troi leise, »ich sympathisiere stärker mit Ihnen, als Sie es für möglich halten. Ich weiß, was Ihren Leuten bevorsteht, ich weiß, daß Sie so viele Leben wie möglich retten wollen. Aber vielleicht wird der einzige überlebende Teil Ihrer Welt aus jenen epictetischen Kindern an Bord der *Enterprise* bestehen.« Sie holte tief Atem. »Wollen Sie denn, daß sie Ihre Gruppe nur als diejenigen im Gedächtnis behalten, die Kinder bedrohten? Wollen Sie für den Tod von Kindern verantwortlich sein, die sonst gerettet werden könnten? Was werden die Überlebenden dann von Ihnen denken? Steht die Geiselnahme von Kindern, die Bedrohung deren Leben, nicht im Gegensatz zu Ihren Prinzipien?«

Sichtlich bewegt schlug Teodora Tibawi die Hände vor das Gesicht. Troi konnte erkennen, daß ihre Aussage auch auf die anderen gewirkt hatte. Kwame Landon wandte einen Moment lang den Blick von ihr ab, dann hob er den Kopf, und sie fühlte, daß sie noch immer nicht zu ihm durchgedrungen war.

»Captain Picard kann Ihren Drohungen nicht nachgeben«, sagte Troi. »Das verstehen Sie sicher. Sie verurteilen vielleicht sowohl die Kinder in Boreas als auch Ihre Nereiden zum Tode, und dann werden die Kinder, die in Sicherheit gebracht werden, Ihren Namen verfluchen. Das wäre Ihr Vermächtnis. Nur auf diese Weise wird man sich an Sie erinnern.«

Andere Epicteter betraten den Raum durch eine Tür links von Troi. Sie spürte, wie die Stimmung der Leute sich verlagerte und zwischen Furcht und Zweifel schwankte.

»Kwame«, sagte Teodora, »vielleicht sollten wir auf sie hören.«

»Also wirklich!« sagte Landon barsch. »Sie werden alles nur Erdenkliche sagen, um uns zu veranlassen, das zu tun, was sie wollen. Vergeßt nicht, sie können jederzeit davonfliegen. Ihnen sind unser Bruder und unsere Schwester hier gleichgültig.« Mit heftiger Gebärde zeigte er auf den Tank. »Sie sind ihnen vollkommen gleichgültig. Wir sind die einzigen, denen etwas an ihnen liegt.«

Troi holte tief Luft und verbarg ihre Bestürzung. »Professor Landon«, sagte sie so sanft, wie sie konnte, »ich weiß durchaus, wie tief Ihre Gefühle für die Nereiden sind, aber was Sie da gerade tun, wird ihnen nicht helfen. Sie müssen mir glauben – falls Sie die Kinder freilassen, sind wir vielleicht in der Lage…«

»Lügen«, stieß Landon hervor, »alles Lügen. Sie wollen wohl unbedingt, daß unsere aquatischen Brüder und Schwestern sterben! Hat der Ministerrat Sie doch noch in die Finger gekriegt? Ja, das ist es, nicht wahr? Denen würde es nichts ausmachen, wenn unsere ganze Welt untergeht und dabei die Wahrheit über die Nereiden für alle Zeit verborgen bleibt.«

Troi glaubte, unter ihr hätte sich gerade ein Abgrund aufgetan. Ihr wurde klar, daß der Mann wahnsinnig war. Vielleicht hatte ihn die Gefahr, in der seine Welt schwebte, um den Verstand gebracht. Die anderen waren unschlüssig geworden und besprachen sich murmelnd, aber sie spürte, daß Landon sie noch immer einschüchterte. Sie fragte sich, ob seine Gefolgsleute die Angst vor ihm schnell genug überwinden konnten, um ihn zur Freilassung der Kinder zu überreden.

Die Nereiden stiegen in die Höhe und tauchten wieder ab, während Troi über ihren nächsten Schritt nachdachte. Sie mußte warten, bis Landons Leute sich gegen ihn wandten – falls es dazu kam. Falls nicht, würde die Lage sich von allein klären, wenn die *Enterprise* den Orbit verließ. Dann mußten die Kinder bleiben, wo sie waren. Worf fand vielleicht einen Zugang zum Gebäude und konnte sie retten. Vielleicht würden die Geiselnehmer einsehen, daß sie alle in Gefahr schwebten, und die Kinder entweder gehen lassen oder versuchen, sie an einen sichereren Ort zu bringen.

Plötzlich erkannte sie das wahre Wesen dieser Gedanken: Es war Wunschdenken, das ihr Gewissen beruhigen sollten. Das Schicksal dieser Kinder konnte nicht so wichtig sein wie die Rettung einer Welt, und Hoffnung konnte die Härte dieser Wahrheit nicht lindern.

Und falls Datas letzte Testläufe fehlschlugen, gab es vielleicht für niemanden auf dieser Welt noch Sicherheit.

Dieser Einsatz war zunehmend unangenehmer geworden. Worf erstickte fast daran, seinen Befehlen folgen zu müssen. In dem Gebäude wurden fünfundzwanzig Kinder verschiedenen Alters und fünf Erwachsene von zwei geistig verwirrten Männern festgehalten, und er und seine Kameraden konnten nur abwarten. Die Geiseln waren in einen Raum im Obergeschoß getrieben worden, und die Geiselnehmer hatten von dort aus eine gute Sicht auf den Hof. Seit ihrem Eintreffen in Boreas waren fünf Stunden verstrichen, und weder hatte Troi sich gemeldet, noch war der Befehl des Anführers an die Männer im Gebäude erfolgt, die Kinder freizulassen. Ministerin Dydion hatte Worf und seinen beiden Begleitern heimlich einen Plan des Bürgerzentrums gezeigt, den sie unter ihrem Mantel verbarg, während sie ihn sich einprägten. Jetzt sprach sie über ihren Kommunikator zu den Männern im Gebäude. Eine nutzlose Anstrengung; sie hörten niemandem zu.

Worf fluchte auf Klingonisch. Ganesa sah ihn kurz an und stieß dann selbst einen gebrummten Fluch aus.

»*Enterprise* an Worf«, erklang Rikers Stimme aus Worfs Kommunikator.

Worf drehte sich langsam um und wandte jenen Fenstern, von denen aus die Geiselnehmer ihn wahrscheinlich beobachten konnten, den Rücken zu. Dann berührte er das Emblem. »Hier Worf.« Dydion sprach noch immer über ihren Kommunikator mit den Geiselnehmern. Gut, dachte Worf; sie würde sie auch weiterhin ablenken.

»Ich habe eine Nachricht von Troi erhalten«, sagte Riker. »Kwame Landon steht endlich kurz davor, den Befehl zur Freilassung der Kinder zu geben. Offenbar sträuben sich einige seiner Leute gegen ein weiteres Beharren auf ihren Forderungen. Aber er hat sich zurückgezogen, um zu meditieren, bevor er die Anweisung erteilt, und uns geht allmählich die Zeit aus. Data hat den Captain informiert, daß wir die Umlaufbahn jetzt verlassen müssen, wollen wir rechtzeitig die Position erreichen, die für seine letzten Tests und das sichere Öffnen des Wurmlochs im Orbit des Planeten notwendig ist.«

Immer vorausgesetzt, dachte Worf, daß Captain Picard tatsächlich den Befehl erteilte, die Öffnung des Wurmloches einzuleiten; er hörte in Rikers Stimme den Zweifel hinsichtlich dieser Entscheidung. »Ich verstehe«, erwiderte er.

»Sie müssen…«, sagte Riker.

»Lieutenant Worf!« Dydion kam herangestürmt. »Im Gebäude wird jemand angegriffen! Ich hörte einen

Schrei, und dann rief ein Mann, man solle zurückbleiben, und...«

Worf wirbelte herum und rannte zu der Treppe; Ganesa und Bodonchar folgten ihm dicht auf den Fersen. Er ergriff den Phaser, den er auf den Treppenabsatz gelegt hatte, feuerte auf das Schloß, stürmte die Stufen hinauf und trat die Tür ein.

Links und rechts vom Haupteingang befanden sich Lifts und eine breite, mit einem blauem Läufer ausgelegte Treppe, die in das Obergeschoß führte. Worf nahm zwei Stufen auf einmal und wandte sich nach rechts.

Die Tür zu dem Raum, in dem die Geiseln festgehalten wurden, stand offen. Ein Kleinkind weinte; er hörte, wie ein Mann fluchte. Ganesa und Bodonchar waren unmittelbar hinter ihm. Man hätte uns schon viel eher befehlen sollen, das Gebäude zu stürmen, dachte Worf. Es waren nur zwei Gegner, und Worf bezweifelte, daß sie mit ihren wie auch immer gearteten Waffen gut genug zielen konnten, um drei Starfleet-Offiziere niederstrecken zu können.

Worf duckte sich, packte seinen Phaser fester und stürmte in den Raum. Zwei Männer lagen auf dem Boden und rangen miteinander. Worf zielte, schoß und betäubte den einen; Ganesas Phaser setzte den anderen außer Gefecht.

»Nicht!« rief jemand. Eine Frau und zwei Jungen kauerten in einer Ecke neben dem Fenster. Bei ihnen kniete ein anderer Mann mit Schrammen im Gesicht, dessen Arme mit Stoffstreifen auf den Rücken gefesselt waren. Zwei ältere Kinder bewachten ihn. »Tun Sie uns nichts!« fuhr die Frau fort. »Wir sind die Geiseln!«

Ein Mann mit einem kleinen Kind auf dem Arm setzte den Jungen ab und ging zu Worf. »Sie wurden müde«, sagte er. »Wir haben die Sache selbst in die Hand genommen.« Er deutete auf einen der Männer auf dem Boden. »Das ist einer von ihnen. Der andere ist der am Fenster.« Er kniete neben dem zweiten Bewußtlosen nieder. »Hoffentlich erholt Carlo sich wieder.«

Ganesa kniete neben ihn, holte ihren Tricorder hervor und scannte ihn schnell. »Er wird schon bald wieder zu sich kommen«, sagte sie.

Drei Männer standen in der Türöffnung. Worf vermutete, daß es sich um Angehörige der Sicherheitskräfte handelte, die in der Nähe des Hofs gewartet hatten. »Wir müssen die Kinder sofort aufs Schiff beamen«, sagte Worf, »und dann müssen wir die Stadt verlassen.« Jetzt konnten Sekunden entscheidend sein. Er und seine Begleiter würden ihr Leben auf Datas Fähigkeiten, LaForges technische Kenntnisse und Picard letztendliche Entscheidung setzen müssen. Er funkelte den Gefesselten am Fenster wütend an. Am liebsten hätte er ihn und seinen Gefährten in Boreas zurückgelassen.

Parviz Bodonchar hielt ein wimmerndes Baby auf dem Arm. Er tätschelte dem Kind leicht den Rücken und reichte es dann an ein älteres Mädchen weiter.

Worf tippte auf seinen Kommunikator. »Worf an *Enterprise*«, sagte er. »Die Geiseln sind frei – keine Verluste. Wir sind zum Transport der Kinder bereit.«

»O'Brien hat mich informiert, daß sich die restlichen Kinder aus Boreas an Bord befinden«, sagte Riker. »Kommen Sie da unten wirklich klar?«

»Ja«, erwiderte Troi. »Einige Angehörige des Institutspersonals befinden sich bei uns.«

Teodora saß neben Chang; fünf andere Personen waren bei ihnen geblieben, als Landon sich zum Meditieren zurückgezogen hatte. Nachdem ihnen die Sache mit den Geiseln so abrupt aus den Händen genommen worden war, hatte Troi die Erleichterung dieser Leute gespürt. Nun waren sie zusehends darauf bedacht, ihr und Chang zu versichern, daß die Kinder eigentlich niemals in Gefahr gewesen waren.

»Wir verlassen die Umlaufbahn«, sagte Riker. »Die Mannschaften in den Unterlichtschiffen haben endlich den Eingang der Warnung bestätigt, Schutz zu suchen. Je eher Data mit den notwendigen Maßnahmen beginnt, desto besser.« Troi bemerkte den zweifelnden Unterton in Rikers Stimme. »Wir geben Ihnen Bescheid, wenn die Entscheidung gefallen ist. Riker Ende.«

»Kwame wurde dazu getrieben«, sagte Teodora zu Chang. »Er meinte es nicht böse. Das verstehst du doch, nicht wahr? Er wollte doch nur die Nereiden retten.«

Chang nickte, sah die junge Frau dabei aber nicht an. Troi spürte die Müdigkeit in ihm und vermutete, daß er zudem noch außerordentlich dankbar dafür war, sich nicht für Teodora Tibawi, sondern für Starfleet entschieden zu haben.

Die Tür zu ihrer Linken öffnete sich. Kwame Landon kam mit langen Schritten herein und auf sie zu; sie spürte den Zorn, der in ihm brodelte. Weitere Gefolgsleute traten ein; einige hofften offenbar, ihn zurückhalten zu können, andere teilten seine Wut.

»Sie haben nicht abgewartet!« schrie Landon. »Nicht mal so lange, daß ich meinen Kollegen Bescheid geben konnte, die Geiseln freizulassen!« Er schüttelte Troi die Faust entgegen. »Sie haben mein Wort in Frage gestellt!«

»Kwame«, sagte Teodora, »sie haben nichts getan. Hast du denn nicht zugehört? Die Eltern haben sie doch entwaffnet...«

»Halt den Mund!« Landon fuhr zu Troi herum. »Glauben Sie, daß ich Ihnen das durchgehen lasse?«

Troi sah, wie Chang sich aufrappelte; dann traf sie von hinten ein Schlag. Sie fiel nach vorn und sah noch, daß Chang mit einem Mann rang; dann wurde alles schwarz um sie.

9

»Captain«, sagte Data hinter seiner Station im Maschinenraum, »wir testen jetzt die Subraumkernverbindung.«

»Weitermachen«, sagte Picards Stimme von der Brücke.

Geordi LaForge stand bereits mit Lieutenant Anita Obrion und zwei anderen technischen Offizieren am zentralen Schaltpult. Lieutenant Obrions Gesicht war bleich. Sie gehörte zu den kompetentesten Ingenieuren der *Enterprise,* und offensichtlich war ihr genau bewußt, was alles schiefgehen konnte. Tatsächlich, dachte Data, war sie sich der technischen Probleme und des Umfangs der Aufgabe vielleicht nur zu gut bewußt. An ihrem angespannten Gesicht sah er, daß die menschlichen Implikationen des Problems – die Gefahr, die der Transit durch das Wurmloch für die Einwohner von Epictetus III darstellte, die Wahrscheinlichkeit, daß das Wurmloch instabil wurde und den Planeten in den Untergang riß, die Möglichkeit, daß ihr Plan die Nova vielleicht zu früh ausbrechen ließ – endlich bei ihr angekommen waren.

Das waren natürlich nur einige jener Möglichkeiten, die sich bei der Öffnung des Wurmlochs ergaben. Und falls sie ihnen nicht gelingen sollte, standen ihnen noch ganz andere Probleme bevor.

Data trat zu den anderen an dem Konglomerat von Instrumenten, das mit dem zentralen Schaltpult verbunden worden war, und warf Geordi einen kurzen Blick zu, der ihm darauf rasch zunickte. Gemeinsam begannen sie mit der Eingabe einer doppelte Befehlsfolge über die Minicomputer.

»Wir treffen Sicherheitsmaßnahmen«, sagte Data, »damit wir durch das Sonnenkernaggregat keine Energieflut abziehen. Zuerst wollte ich eine Speichereinrichtung konstruieren, die die eintreffenden Energien auffängt, bevor sie zur Öffnung des Wurmlochs durch unsere Warptriebwerke geleitet werden, aber damit riskieren wir eine Überlastung. Die beste und sicherste Möglichkeit besteht darin, die Energie direkt vom Sonnenkernaggregat durch unsere Warpgeneratoren zur geplanten Position des Wurmlochs weiterzugeben. Das sollte nur einen minimalen Energieaufbau innerhalb unseres Verteilersystems ergeben und einen möglichen übermäßigen Zustrom vermeiden, den wir nicht halten oder rechtzeitig abbauen können.«

»Ich verstehe«, sagte Picard.

»Zuzüglich zur Gefahr eine Überlastung, Captain, müssen wir den Energiefluß für die Zeitspanne kontrollieren, die zur Öffnung des Wurmlochs benötigt wird, und es bedarf vielleicht eines Großteils des Sonnenenergieausstoßes, um ein kontrolliertes Wurmloch von der Größe, die zur Aufnahme eines Planeten nötig ist, zu öffnen und dann offenzuhalten. Ein unkontrolliertes Wurmloch würde sich wie ein Schwarzes Loch verhalten und das gesamte Sonnensystem destabilisieren.«

»Aber der Versuch, ein Wurmloch zu öffnen, ist unser einziger Ausweg«, sagte Picard.

»Ja«, sagte Data. »Wollen Sie weitermachen?«

»Fahren Sie fort«, sagte Picard.

»Ich werde Sie jedesmal informieren, wenn wir eine Entscheidung treffen müssen«, sagte Data.

»Verstanden«, sagte Picard.

»Der erste Energiefluß trifft ein«, sagte Anita Obrion.

»Er erscheint stabil und handhabbar«, sagte Data.

»Sollen wir mit dem nächsten Schritt weitermachen, Captain?«

»Ja.«

»Zustrom überlastet!« rief Obrion.

»Sofort korrigieren!« befahl Data.

»Ich gleiche aus.«

»Machen Sie weiter«, sagte Data und wartete.

»Gleiche noch immer aus.« Data hörte Obrion erleichtert ausatmen. »Wieder stabil.«

»Verankern Sie diese Grenzen im Programm«, sagte Data. »Captain, sollen wir fortfahren?«

»Wir müssen.« Picards Stimme klang angestrengt. »Machen Sie weiter.«

Data studierte die Instrumente, die nun einen doppelten Zufluß verzeichneten. »Doppelter Zufluß stabil, Captain. Erhöhe nun auf das Fünffache.« Die Flußanzeigen gingen stetig nach oben und zeigten dabei einen vollkommen stabilen Energiezufluß in die Warptriebwerke der *Enterprise*, die nunmehr ihre Energie nicht mehr wie gewohnt aus bordeigener Quelle bezogen, sondern von der nahen Sonne. Data rief sich ins Gedächtnis, daß die Warptriebwerke des Raumschiffes nicht betriebsbereit waren und erst in einigen Stunden wieder hochgefahren werden konnten. Um einen alten Seemannsausdruck zu verwenden: Die *Enterprise* lag gewissermaßen in der Flaute.

»Sollen wir weitermachen, Captain?« fragte Geordi.

Picard antwortete nicht sofort. Data vermutete, daß er auf einen Hinweis von Riker wartete, der in dieser Situation aufgrund seiner Zweifel die Funktion eines Advocatus Diaboli übernommen hatte. Ungeachtet der Ansicht des Commanders würde der Captain seine eigene Entscheidung fällen, aber ein offener Einspruch von Riker würde wenig zur Moral auf der Brücke beitragen, besonders wenn er in gewisser Hinsicht recht hatte.

»Sind Sie sicher?« fragte Picard. »Sind Sie sich beide sicher?«

»So sicher, wie wir es sein können«, gab Geordi zur Antwort. »Wir müssen jetzt handeln – die geschätzte Zeit für den Novaausbruch wird rapide kürzer.«

»Dann werden wir weitermachen«, sagte Picard, und Data erkannte aus dem Klang seiner Stimme, daß Riker keine Einwände erhoben hatte. »Wir können es genausogut auch jetzt versuchen. Machen Sie es so.«

Data stellte das Programm so ein, daß es stufenweise auf den Energielevel hochschaltete, der für die Öffnung des Wurmlochs benötigt wurde.

Auf der Brücke beobachtete Picard den Hauptbildschirm, der den für das Wurmloch vorgesehenen Raumabschnitt vor dem Planeten zeigte. An jener Stelle zerrten unsichtbare Subraumenergien an der Substanz der Raum-Zeit, um ein kontrolliertes Wurmloch zu öffnen und stabil zu halten, in das Epictetus III im Verlauf seiner natürlichen Umlaufbahn eintreten sollte. Falls der Durchgang störungsfrei verlief und die gegenwärtige Orbitalbewegung des Planeten um seinen Stern fortgesetzt wurde, würden die inertialen und gravitationalen Belastungen einer geringstmöglichen Anstiegskurve folgen, und der Planet würde ohne allzugroßen tektonischen Aufruhr in einen vergleichbaren Orbit um den vierzehn Lichtjahre entfernten Stern eintreten.

Noch war in dem Raumabschnitt vor dem Planeten nichts zu sehen. Picard fielen die fliehenden Unterlichtschiffe ein. Mittlerweile würden sie in der Hoffnung, sich vor der Nova hinter einem der äußeren Systemplaneten verbergen zu können, Kursänderungen vorgenommen haben. Ihre Mannschaften hatten die Warnung erst sehr spät bestätigt, aber sie hatten noch eine Chance.

Picard sah zu William Riker. Der Commander schwieg

und hatte den Blick auf den Schirm gerichtet. Picard war sicher, daß sein Erster Offizier noch immer schwere Zweifel an diesem Plan hegte, aber er verbarg sie gut. An den vorderen Konsolen hatte Miles O'Brien den Platz von Jacques Bulero an der Funktionsstation übernommen, aber Bulero war in der Nähe herumgeschlichen, als stünde er unter dem Zwang, den Fortgang von Datas Tests zu überwachen, bis Picard ihn von der Brücke schickte. Wahrscheinlich war Bulero nun in seinem Quartier und konnte den Blick nicht von seinem kleinen Bildschirm lösen, obgleich sein Dienstplan für ihn eine Ruhepause vorsah. Das traf vermutlich auf jeden Mann, jede Frau und jedes Kind an Bord zu.

»Wir müssen den Energiefluß vom Stern erhöhen«, hörte Picard LaForge mit leichtem Zweifel in der Stimme sagen.

»Ich pflichte Ihnen bei«, sagte Datas Stimme, in der weder Zweifel noch Zuversicht lag.

Auf der Brücke schwiegen alle. Picard beobachtete weiterhin, wartete ab und dachte, daß der gesamte Energieausstöß dieses Sterns vielleicht nicht ausreichte, um ein Wurmloch zu öffnen, das breit und stabil genug für den Eintritt des Planeten war. Genausogut konnte er darauf warten, daß das Grinsen der Edamer Katze vor ihm erschien. Darüber hinaus verkürzte das Anzapfen der Sonne die Zeitspanne bis zum Novaausbruch. Er unterdrückte den Gedanken erst einmal.

»Captain«, sagte Data, »wir sollten den Energiefluß drastisch erhöhen, um das Wurmloch zu öffnen, bevor der Stern in die Nova-Phase eintritt. Ein langsamerer Energieabzug könnte die Öffnung verzögern. Dann hätte der Planet nicht mehr genug Zeit für die Passage durch das Wurmloch. Außerdem bleibt uns vielleicht nicht mehr genug Zeit, um den Warpantrieb wieder anzuwerfen und aus dem System zu fliehen.«

»Können wir den Fluß so weit erhöhen?« fragte Picard. »Das kommt mir ein wenig wie ein Zirkelschluß vor.«

»Wir können jetzt nur noch weitermachen«, sagte Data, »oder alles abbrechen. Wir müssen uns sofort entscheiden. Das Loch muß geöffnet und benutzbar sein, bevor die Nova ausbricht. Das Zeitfenster dafür ist sehr schmal.«

Picard schaute wieder zu Riker und sah, daß der Commander nickte.

»Machen Sie es so!« befahl Picard ohne das geringste Zögern.

Die Unterbringung der Jüngsten, der Säuglinge und Kleinkinder, war am schwierigsten gewesen. Beverly Crusher hatte einige in der Krankenstation aufgenommen; andere hielten sich in den persönlichen Quartieren von Mannschaftsmitgliedern auf, die dienstfrei hatten und deshalb auf sie aufpassen konnten. Die Kinder an Bord des Raumschiffes hatten die jungen Epicteter rasch willkommen geheißen und ihnen dabei geholfen, sich rasch einzuleben. Fast der gesamte verfügbare Wohnraum wurde nun mit den jungen Flüchtlingen von Epictetus III geteilt.

Hastig zusammengebaute Krippen standen zwischen den Biobetten; andere Säuglinge waren in den Gastunterkünften auf den Decks 5 und 6 untergebracht worden. Raymond Tam, ein Medo-Offizier, tröstete ein plärrendes Baby. Er schaukelte den Säugling einige Augenblicke lang sanft, bis das Weinen leiser wurde, und legte das Kind dann in eine Krippe.

Die jüngsten Kinder hatten sich mittlerweile beruhigt und machten nur noch wenig Schwierigkeiten. Andere im Alter zwischen zwei und sechs Jahren konnten mit Spielen oder kurzen Besuchen auf dem Holodeck abgelenkt werden. Die größten Sorgen bereiten Beverly jedoch die älteren, jene, die alt genug waren, um die Gefahr zu begreifen, die ihrer Welt drohte, die erkannten, daß es ihre Familien, Freunde, alle Personen und Orte, die sie geliebt hatten, vielleicht schon bald nicht mehr geben würde. Einige wollten nichts essen, andere erschraken vor jedem, der sich ihnen näherte.

Man hatte den Kindern mit einfachen Worten gesagt, daß es noch eine Chance zur Rettung ihrer Welt gab. Da die Kinder nun an Bord waren, war es unnötig geworden, ihnen Datas Vorbereitungen zu verheimlichen. Beverly hatte erfahren, daß fast alle Kinder sich um die Bildschirme in den Gästeunterkünften, den Quartieren, ja sogar im Gesellschaftsraum gedrängt hatten. Die beiden Mädchen, die sie in ihr Quartier aufgenommen hatte, hatten wie besessen alle Unterhaltungen zwischen Maschinenraum und Brücke verfolgt, bis Beverly die Krankenstation aufsuchte. Ihr sanftes Drängen, sich doch auszuruhen, hatten sie ignoriert, und sie brachte es nicht übers Herz, darauf zu bestehen, daß sie sich den Schlaf nahmen, den sie so dringend benötigten.

Sie sah kurz zu ihrem Büro hinüber. Drei Kinder warteten dort; sie mußten wegen verstauchter Knöchel und Handgelenke behandelt werden. Sie hatte sie nicht von dem Bildschirm loseisen können.

Am anderen Ende des Raums wechselte eine Krankenschwester einem Baby die Windeln. Die meisten Kleinkinder würden bald aufwachen. Raymond Tam stand am Nahrungsmittelreplikator und forderte Flaschen mit Babynahrung an. Beverly gesellte sich zu ihm und half ihm dabei, dankbar für jede Aufgabe, die sie, wie kurz auch immer, von dem Wissen ablenkte, daß so viele Leben nunmehr in der Hand einiger weniger Offiziere der *Enterprise* lagen, und alles Gute, was sie hier tun mochte, vergebens war, falls sie versagten.

An der Konsole im Maschinenraum gab Geordi wie an einem Musikinstrument den Tastenbefehl für einen erhöhten Energiefluß ein und wartete auf das Urteil seiner Monitore. Einen Augenblick lang kam er sich vor wie ein Klavierspieler an Bord der *Titanic*. Er spürte, wie ihm der Schweiß auf der Stirn ausbrach, und hoffte, daß seine Mannschaftskameraden es nicht bemerkten.

Die Instrumente verzeichneten einen stetigen Energiefluß ohne den geringsten gefährlichen Ausschlag. Er sah kurz auf das Wanddisplay des Warpantriebs. Die Warpgeneratoren beherrschten den Energiefluß vollendet.

»Puh«, sagte Geordi und hörte, wie die anderen Ingenieure laut und erleichtert aufatmeten.

Wie still es doch ist, dachte Czeslaw Peladon, als er von seiner Terrasse auf das Meer hinaussah. Der Himmel war bläulich grau, etwas trüber als gewöhnlich, kein Lüftchen regte sich, die Sonne war eine flache weiße Scheibe hinter Wolken, aber solche Tage hatte er schon erlebt. Diesen unterschied von den anderen eine so tiefgreifende Stille, daß er mit Leichtigkeit den Wellengang am Ufer und die leisen Schreie der Furela-Vögel hören konnte, die über den Sand huschten. Epira war fast völlig leer, die Menschen warteten in ihren nutzlosen Zufluchtsstätten.

Eigentlich hatte er keinen Grund, in seinem Haus zu bleiben. Kurz vor Picards Ankündigung hatte er eine Nachricht an Krystyna geschickt. Die Unterlichtschiffe – auch jenes, auf dem sich sein Sohn befand – hatten die Warnung erhalten und suchten nun verzweifelt Sicherheit hinter den äußeren Planeten. Es gab hier nichts mehr für ihn zu tun, aber er konnte sich nicht zum Gehen aufraffen.

Ein Captain auf einem Unterlichtschiff hatte Zeit gefunden, Peladon eine Subraumnachricht zu schicken. Er vermutete, daß die Kommunikationssysteme der *Enterprise* sie automatisch an seinen Fernkommunikator weitergeleitet hatten.

»Was zur Hölle haben Sie sich eigentlich dabei gedacht?« hatte der Captain gesagt. »Sie haben uns doch gesagt, daß wir fliehen müssen! Und Sie haben gesagt, die Anweisung von Ihnen und den beiden anderen Ministern wäre vom Rat autorisiert worden! Rettet die Besten unserer Welt, haben Sie gesagt, haltet die Erinnerung an unsere Welt lebendig. Wir werden es wohl kaum schaffen, Peladon, aber vielleicht haben wir den Tod verdient. Zumindest wissen wir, daß auch Sie sterben werden.«

Der Mann wußte, daß die Besatzungen der Unterlichtschiffe eine Chance erhalten hatten, sowohl ihre Haut als auch die ihrer Passagiere zu retten. Peladon und seine beiden Ministerkollegen hatten ihnen sogar gesagt, sie sollten heimlich ihre Familien an Bord holen, um sicherzustellen, daß sie es sich nicht anders überlegten. Die Mannschaften hatten einerseits wohl Vermutungen über die Hintergründe angestellt, andererseits aber auch jeden Gedanken daran verdrängt, und machten ihm nun ihr eigenes Vorgehen zum Vorwurf. Sie wollten sich von ihrer Handlungsweise distanzieren und sich auf die Zeit vorbereiten, da sie sich vor anderen rechtfertigen mußten – falls sie überlebten. Doch die Worte des Captains hatten ihn trotzdem getroffen.

Peladons Nachricht an seine Enkelin war länger gewesen. »Krystyna, ich glaube, du hast immer die Wahrheit über mich gekannt, ob du es dir nun eingestehen wolltest oder nicht. Du bist zu klug, um nicht erkannt zu haben, was ich bin. Ich habe immer für mich selbst gelebt. Wenn etwas von mir ein großes Opfer verlangte, wenn es mich teuer zu stehen kam, meinen Sinn für das Praktische beleidigt hat, fand ich immer Gründe, es nicht zu tun. Ob es um meine Arbeit ging, den Dienst im Rat, um mein Privatleben – was auch immer ich für andere tat, ich habe stets dafür gesorgt, daß es auch mir und denen Nutzen brachte, die mir am nächsten standen.

Und als unsere Welt ihre größte Krise erlebte, stellte ich meinen Sohn Casimir vor alle anderen, und wärest du hier gewesen, wärest du mit ihm auf dieses Schiff gegangen. Mich überraschen nur die plötzlichen Skrupel, die mich davon abhielten, selbst das Schiff zu besteigen.

Du hattest recht, von hier fortzugehen, mein teures Kind, die Entscheidung zu treffen, für andere zu leben, statt nur für dich selbst. Jetzt kann ich dankbar dafür sein, daß du mich lieben konntest, ohne meinem Beispiel zu folgen.«

Seine Nachricht an Krystyna, dachte er, war die eines Sterbenden.

Es war jetzt wirklich an der Zeit, sein Haus zu verlassen, den Flitzer zu besteigen und zu der Stätte zu fliegen, an der seine Assistenten auf ihn warteten. Sie erwarteten, daß er nutzlose, aber hehre Phrasen aussprach, um sie zu bewegen, sich tapfer dem Tod zu stellen. Peladon ging an den Rand der Terrasse, lehnte sich gegen das efeubewachsene Geländer und sah zur verhangenen Sonne auf.

Worfs Sohn Alexander hatte die Kinder zu ihr gebracht. Guinan lächelte ihnen zu und sagte einen Augenblick lang gar nichts, bis ein kleines Mädchen das Lächeln vorsichtig erwiderte.

»Sie haben Angst«, sagte Alexander. Sein kleines Gesicht sah genauso wild aus wie das seines Vaters. Guinan war sicher, daß Alexander sein Bestes getan hatte, um die Kinder aufzuheitern, aber vielleicht war der junge Klingone etwas zu resolut für sie. »Ich habe ihnen gesagt, daß sie bei Ihnen nicht mehr solche Angst haben werden.«

Es waren sechs, zwei Mädchen und vier Jungen, die

etwa in Alexanders Alter waren und allesamt sehr verängstigt dreinblickten. Im Gesellschaftsraum auf dem zehnten Vorderdeck waren noch andere Kinder. Einige davon saßen an der Bar mit Kindern von der *Enterprise*, andere an Tischen, wieder andere starrten aus den großen Fenstern hinaus, als hofften sie darauf, noch einen Blick auf ihren Planeten zu erhaschen. Guinan hatte ihnen Eisbecher und andere Leckereien angeboten und ihnen zugehört, als sie von den Eltern sprachen, die sie vermißten, und den Freunden, die sie zurückgelassen hatten. Viele Eisbecher waren noch unberührt, aber einige Kinder nippten mittlerweile an den ihren.

»Mein Vater ist jetzt auf eurer Welt«, sagte Alexander. »Er fürchtet sich nicht, also solltet ihr euch auch nicht fürchten. Mr. Data und die Ingenieure arbeiten schwer – das würden sie doch nicht tun, wenn sie nicht einen ziemlich guten Plan hätten. Und wenn mein Vater wieder auf die *Enterprise* kommt, könnt ihr alle nach Hause gehen.« Guinan glaubte, einen Funken Mitgefühl in Alexanders dunklen Augen zu sehen.

»Ich habe trotzdem Angst«, sagte ein Junge.

Guinan kniete sich hin und nahm die Hände des Jungen. »Es ist in Ordnung, wenn man Angst hat«, sagte sie. »Ich habe auch Angst. Sogar Alexander hat wahrscheinlich ein bißchen Angst.«

Alexander sah sie finster an, stritt ihre Worte jedoch nicht ab.

»Wir müssen jetzt versuchen«, fuhr Guinan fort, »nicht zu zeigen, wieviel Angst wir haben.«

Der Junge rieb sich die Augen und versuchte dann, ein Lächeln zustande zu bringen.

Auf der Brücke spähte Picard auf die vorgesehene Position des Wurmlochs und sah nichts, nicht einmal die kleinste Verzerrung der Hintergrundsterne.

Er starrte weiterhin auf den Bildschirm, weil er es für

seine Pflicht hielt, nach Anzeichen für ein sich bildendes Wurmloch Ausschau zu halten, bis er spürte, daß jemand sich ihm näherte.

»Sir«, sagte eine Stimme neben ihm. Picard drehte sich um und sah Fähnrich Veronica Sorby mit einem kleinen Tablett in der Hand. »Sie haben seit Stunden nichts mehr gegessen«, fuhr der Fähnrich fort. »Ich habe mir die Freiheit genommen, Ihnen etwas zu bringen.« Er bemerkte, daß Riker gerade aufstand; er hielt eine Tasse in der Hand und beobachtete den Bildschirm. Vermutlich hatte er Sorby mit dem Essen zu ihm geschickt.

Picard streckte sich und merkte plötzlich, wie schmerzhaft sich seine Schultern verspannt hatten. Dann nahm er ihr das Tablett ab. »Danke, Fähnrich.«

Sorby hatte ihm Earl-Grey-Tee und ein Baguett mit Salat und Käse gebracht. Picard biß in das Baguett und merkte überrascht, wie hungrig er war. Rasch schlang er es hinunter und trank im Stehen den Tee, während er auf den Schirm starrte und dort noch immer nur schwarze Leere sah. Er konnte den Blick nicht vom Schirm wenden. Schließlich, sagte er sich, bekommt man so ein Ereignis ja nicht oft zu sehen. Er wollte den Augenblick nicht verpassen. Er konnte es sich nicht leisten, ihn zu verpassen. Die Last der Entscheidung, die er bald treffen mußte, lag nun noch schwerer auf ihm.

»Der Energiefluß steigt stetig an, Captain«, sagte Datas Stimme.

»Die Entwicklung zur Nova geht mit gleicher Geschwindigkeit wie gehabt voran«, ergänzte LaForge. »Unsere Bemühungen haben offenbar noch keinen großen Eindruck gemacht.«

Eine kleine Schonfrist, dachte Picard, als er sich wieder setzte, aber die Nova würde nicht mehr lange auf sich warten lassen.

Und dann sah er, wie das Sternenlicht waberte, als die unsichtbare Energienadel der *Enterprise* ein Loch in die

Raum-Zeit stach. Sterne am Rand des wachsenden unsichtbaren Ungeheuers leuchteten wie Lichtschnüre auf und schienen dann zu erlöschen. Direkt vor ihnen wurde der Himmel aufgerissen.

Picard verspürte sekundenlang Unruhe, als suchten ihn Ängste aus der Kindheit heim.

»Die Entwicklung zur Nova verläuft jetzt schneller«, sagte Data, »aber das Wurmloch ist noch nicht groß genug, um den Planeten aufzunehmen.«

Hinter Picard schnappte ein Offizier nach Luft. Jetzt gab es kein Zurück mehr, dachte er. Epictetus III war auf Kollisionskurs mit dem Loch, wie groß es auch sein mochte. Die Sonne wurde zur Nova, und der *Enterprise*, rief er sich unbehaglich ins Gedächtnis, standen nur die Impulstriebwerke zur Verfügung.

»Der Planet ist noch zwei Stunden vom Wurmloch entfernt, Captain«, sagte LaForge. »Wir haben keine andere Wahl, wir müssen die Energiezufuhr auf volle Kapazität erhöhen, oder Epictetus III kommt nicht durch.«

Keine Wiedergeburt für diese Welt, dachte Picard angespannt, keine Flucht an einen sicheren Ort, wenn das Loch nicht größer wird.

»Die Wurmlochöffnung erweitert sich«, verkündete Data plötzlich. Seine Stimme klang schärfer als üblich. »Das Gebilde scheint jedoch nicht stabil zu sein. Es oszilliert nach rechts und links. Und das Loch ist noch immer nicht groß genug.«

»Wird es groß genug werden?« fragte Picard.

»Wir führen noch immer Energie zu«, sagte LaForge, »aber je größer das Wurmloch wird, desto mehr Energie ist nötig, damit es auch nur um ein paar Meter wächst. Ich berechne jetzt die Wachstumsrate.«

Noch eine Stunde und fünfzig Minuten, stellte Picard fest und fragte sich, ob dies wohl sein letzter Einsatz werden würde. »Data, wie lange noch bis zum Ausbruch der Nova?«

»Schwer zu berechnen, Captain.«

Wenn sie den Planeten retten konnte, dachte Picard, war der Verlust der *Enterprise* kaum der Rede wert. Doch für die Eltern, die ihre Kinder der Obhut der *Enterprise* übergeben hatten, sah die Sache sicher anders aus. Er hatte das Gefühl, daß sich die Anzahl der Dilemmata mit jedem Schritt gnadenlos vermehrte, und fragte sich, ob sie irgendwann einen Punkt erreichen würden, der Entscheidungen völlig unmöglich machte.

»Die Oszillation des Wurmlochs verlangsamt sich«, sagte Geordi. »Es verbreitert sich weiterhin.«

Picard wartete gespannt und hatte das Gefühl, daß nunmehr alle Entscheidungen gefallen waren.

Ponselle beobachtete Asela, wie sie die Konsolen musterte, die die beiden Offiziere der *Enterprise* zurückgelassen hatten. »Die Entwicklung zur Nova schreitet schneller voran«, murmelte sie. »Das zeigen die Messungen hier an. Was hat die *Enterprise* vor? Wieso zieht sie unserer Sonne soviel Energie ab? Ich verstehe das nicht. Dadurch wird die Entwicklung zur Nova doch nur beschleunigt.«

Hakim Ponselle starrte auf die graue Wand. Die Schatten des Sonneninneren tanzten noch immer darüber wie damals, als Samas Rychi und er die Kammer zum ersten Mal betreten hatten. Asela hatte diesem Schattenspiel nichts entnehmen können, aber die Anzeigen auf den Konsolen studiert, die Bedeutungen der Werte erkannt und schließlich die Erkenntnis gewonnen, daß das Raumschiff der Sonne Energie abzapfte.

»In dieser Anlage müssen doch noch andere Meßgeräte sein«, sagte sie, »oder irgendwelche Aggregate. Die Alten sind doch bestimmt nicht vor einer Nova gewarnt worden, indem sie auf eine Wand glotzten! Da muß es doch noch etwas anderes geben, das ihnen den unmittelbar bevorstehenden Ausbruch einer Nova anzeigen konnte.«

»Vielleicht konnten sie aus diesen Bildern etwas herauslesen, das wir nicht nachvollziehen können«, sagte Ponselle. »Vielleicht sind die Anzeigen und Meßwerte genau vor uns, und wir können sie nur nicht als solche erkennen. Zu schade, daß Samas und ich jetzt nicht mehr genügend Zeit haben werden, um sie zu entdecken.«

»Wo ist Samas denn überhaupt? Er läßt sich wirklich Zeit.«

In diesem Augenblick hörte Ponselle Stimmen, dann Schritte. Er fuhr herum, lief zum Bogen vor der Kammer und sah, daß Samas Rychi die Rampe herunterkam.

»Samas«, rief Ponselle, als er zu seinem Freund ging. »Gut, daß du es vor dem Ende noch hierher geschafft hast.« Rychi packte ihn an den Ellbogen und umarmte ihn rasch. In all den Jahren ihrer Bekanntschaft war Rychi noch nie derart aus sich herausgegangen. Sein Freund hatte sich verändert.

»Komm lieber mit nach oben und hilf uns«, sagte Rychi.

Ponselle lief mit ihm die Rampe hinauf. »Wir haben zwar einige Museumsstücke eingepackt, mußten aber zu viele zurücklassen.«

»Ihr hättet sie nicht mitbringen sollen«, sagte Ponselle. »Warum habt ihr euch die Mühe gemacht?«

»Sie haben genauso große Chancen, die Sache hier zu überstehen, wie an jedem anderen Ort.«

»Weder hier noch anderswo werden sie die Nova überstehen«, sagte Ponselle, als sie die nächste Rampe erreichten, »und wir auch nicht. Asela hat die Ausrüstung studiert, die die beiden *Enterprise*-Offiziere hiergelassen haben. Es ergibt keinen Sinn, aber sie behauptet, daß das Raumschiff Energie von unserer Sonne abzapft...«

»Ich wußte es«, sagte Rychi leise. »Ich dachte mir schon, daß Captain Picard einen ganz bestimmten Grund dafür hatte, uns zu raten, unsere Städte zu verlassen. Der Gedanke ließ mich einfach nicht los, und dann wurde mein Gefühl immer stärker, daß wir alles, was wir mitnehmen können, in diese Anlage bringen müssen. Ich frage mich, welchen Plan er wohl ausgebrütet hat.«

Sie erreichten den Vorraum. Zwei weitere Archäologen hatten bereits eine Kiste durch den Eingang geschoben. Ponselle folgte Rychi hinaus. Fünfzehn Flitzer waren gelandet; andere Archäologen luden Kisten und Schachteln von ihren Fahrzeugen. Der Himmel war so wolkenlos blau wie immer, und die Sonne stellte sich wie sonst auch zu dieser Tageszeit als gleißende weiße Scheibe dar.

»Das hätte ich beinah vergessen.« Rychi schob die Hintertür seines Flitzers auf und langte nach einer kleinen Schachtel. »Bevor ich hierherflog, habe ich noch bei eurem Haus vorbeigeschaut. Ich dachte, vielleicht möchtest du ein Erinnerungsstück haben.«

Ponselle war gerührt. »Das wäre wirklich nicht nötig gewesen, Samas.«

»Ich wußte nicht, was ich dir mitbringen sollte, also habe ich nur einen Gegenstand ausgewählt – den, den das Museum dir geliehen hat. Den Anhänger, den du vor zehn Jahren bei der Anlage nördlich von Austra gefunden hast. Das werde ich nie vergessen. Als du ihn entdeckt hast, kamst du mir vor wie ein Kind.«

Ponselle nahm Rychi den Kasten ab und klappte ihn auf. Darin lag eine polierte Metallscheibe an einer dünnen Kette. Die Scheibe war gelb, heller noch als Gold, fast so hell wie die Mittagssonne. In ihrer Mitte war das Symbol eines Sterns eingraviert, und darum herum Ellipsen, die von unterschiedlich gefärbten Edelsteinen geschmückt wurden. Diese Abbildung der Alten war verhältnismäßig leicht zu deuten gewesen, wenngleich Ponselle noch immer nicht wußte, ob der Gegenstand für zeremonielle Zwecke bestimmt oder nur ein Schmuckstück gewesen war.

Der Stern war ihre Sonne, der blaue Edelstein war Epictetus III, und die übrigen Steine stellten die anderen Planeten ihres Systems dar, eines Systems, das es bald nicht mehr geben würde. Ponselle berührte den Anhänger vorsichtig, dann schloß er den Kasten. »Danke, Samas«, sagte er.

Fast alle archäologischen Stätten von Epictetus III befanden sich auf dem Südkontinent Themis. Für Worf und seine Gefährten hatte diese spezielle Information eine ganz bestimmte Bedeutung erlangt. Die Menschen von Boreas waren in eine der beiden einzigen Anlagen evakuiert worden, die je auf ihrem Kontinent Metis entdeckt worden waren, wobei die am Rand des Dryon-Waldes fast dreitausend Kilometer östlich von Boreas lag. Die andere befand sich nordöstlich der Stadt.

Die Wiederbelebung der beiden Männer, die vom Phaserfeuer niedergestreckt worden waren, und der Transport der Kinder zur *Enterprise* hatten etwas Zeit gekostet. Die fünf Eltern daran zu hindern, ihren Zorn an den beiden ehemaligen Geiselnehmern auszulassen, hatte noch mehr Zeit beansprucht. Als die drei Angehörigen der Sicherheitskräfte von Ministerin Dydion die beiden Männer übernommen hatten und das Außenteam endlich zum Verlassen der Stadt bereit war, war ihre Zeit abgelaufen.

Die fünf Eltern hatten sich zerstreut und rannten nun durch die Straßen zu ihren Häusern und den Flitzern, die dort standen. Dydions Assistenten waren mit den Sicherheitskräften und den beiden Gefangenen zu einem größeren Flitzer gegangen. Worf, Ganesa und

Parviz Bodonchard saßen nun in Ministerin Dydions Flitzer und flogen zur Anlage nordöstlich von Boreas.

Dydion beugte sich in ihrem Sitz vor und studierte die Bordanzeigen. »Sie hätten zu ihrem Schiff zurückbeamen können«, sagte sie, »und nun ist es außer Reichweite. Sie hätten nicht bleiben müssen.«

»Dafür war keine Zeit«, sagte Ganesa.

»Keine Zeit?« Dydion schüttelte den Kopf. »Zeit ist jetzt unsere geringste Sorge. Für uns gibt es kaum eine Chance, selbst wenn wir vor dem Ausbruch der Nova die Anlage erreichen. Warum blieben Sie? Warum haben die anderen Sie nicht an Bord gebeamt?«

»Wir haben jetzt die gleiche Chance wie Ihre Bevölkerung«, sagte Worf. Vielleicht nahm die Frau jetzt an, daß sein klingonischer Stolz ihn zum Bleiben veranlaßt hatte, Ganesa geblieben war, weil sie ihre Heimatwelt nicht verlassen wollte, und Bodonchar sich aus Solidarität zu seinen Kollegen entschlossen hatte, bei ihnen zu bleiben. Er hätte Ministerin Dydion gern gesagt, daß sie vielleicht eine bessere Chance hatten, als ihr bewußt war, schwieg jedoch und fragte sich, ob Data und LaForge ihre Tests erfolgreich abgeschlossen hatten.

Unteroffizier Bodonchar hatte ihren tragbaren Fernkommunikator mitgebracht. Durch die transparente Kuppel des Flitzers sah Worf auf die verkarstete Landschaft unter ihnen. Die Steilhänge waren gezeichnet von bunten Mineralien, die in Streifen an die Oberfläche traten, und die schroffen Hügel waren mit Felsen übersät, die wie Edelsteine funkelten. Dieses Land besaß eine ureigene Schönheit. Aber die Passage des Planeten durch das Wurmloch im Flitzer oder in einem Versteck in diesem felsigen Land abzuwarten, hätte bedeutet, den Tod herauszufordern. Selbst ein Beben von geringer Stärke konnte Steine und Felsen über die Hügel und Hänge schleudern.

»Da ist sie«, sagte Dydion. »Ich sehe sie schon.« In

der Ferne fingen am oberen Rand eines Steilhangs Metalloberflächen das Sonnenlicht ein. Worf sah nach Westen; am Horizont machte er noch immer das Meer aus. Falls ein Wurmloch geöffnet wurde und der Transit des Planeten sich extrem stürmisch gestaltete, war es durchaus möglich, daß eine Flutwelle den Steilhang erreichte. Er nahm zwar nicht an, daß sie über den Klippenrand hinwegfegen konnte, aber ausschließen konnte er es nicht. Es ließ sich einfach nicht vorhersagen, wie stark die tektonischen Bewegungen und seismische Verzerrungen waren, die der Transit des Planeten auslösen würde.

Es war auch nicht wichtig. Sie würden es hier durchstehen müssen.

»Riker an Worf«, sagte eine Stimme aus dem Fernkommunikator.

Worf beugte sich dichter an das Gerät. »Hier Worf.«

»Das Wurmloch hat sich geöffnet«, sagte Riker. »Aber es ist nicht groß genug, um Epic III aufzunehmen, jedenfalls noch nicht. Hoffentlich haben Sie einen Unterschlupf gefunden.«

»Wir sind auf dem Weg zur Anlage nordöstlich von Boreas«, entgegnete Worf. »Wir sollten in etwa fünf Minuten dort eintreffen.«

»Gut. Der Captain hat seine endgültige Entscheidung noch immer nicht getroffen. Riker Ende.«

Worf lehnte sich zurück. Dorcas Dydion sah ihn fragend an. Er wandte den Blick ab.

Jetzt konnte er die Grube auf dem Steilhang erkennen. Die Ausgrabungen hatten Krater rings um die drei rechteckigen Monolithen hinterlassen. Im silbrigen Metall an den Gebäudeseiten waren Bilder von Langbooten mit entrollten Segeln und Raumschiffen eingraviert.

»Beeindruckend«, sagte Worf.

»Eigentlich handelt es sich um eine kleinere Anlage«, sagte Ganesa. »Die bei Nicopolis und Austra bestehen jeweils aus etwa fünfzig Gebäuden, die noch viel größer sind als die hier, und jene Anlagen sind noch nicht mal völlig freigelegt worden.«

Als der Flitzer sich in die Grube senkte, zeigte sich, daß es sich bei den Gebäuden um massive Bauten handelte, die fast drei Kilometer vom Boden aufragten. Ministerin Dydion schaltete den Flitzer auf Handsteuerung und landete neben einer Rampe, die zur Seitenwand eines Monolithen führte.

Sie stiegen schnell aus. Der Flitzer mit Dydions Assistenten, den drei Sicherheitskräften und ihren Gefangenen senkte sich in die Grube. Drei weitere Flitzer mit den fünf Erwachsenen, die sich bei den Kindern aufgehalten hatten, kamen gleich hinter ihnen.

Als die anderen Flitzer in ihrer Nähe landeten, folgten Worf und seine Kameraden Dydion die Rampe hinauf. »Wie kommen wir hinein?« fragte Bodonchar.

Dydion blieb stehen, streckte eine Hand nach der glatten metallenen Oberfläche aus und strich leicht mit den Fingern darüber. Vor ihnen öffnete sich ein Eingang und wurde immer größer, bis er zwanzig Meter hoch und fast genauso breit war. Sie betraten einen gewaltigen Gang, der nur von einer Reihe kleiner Leuchtkugeln erhellt wurde. Sie waren wahrscheinlich von den Archäologen zurückgelassen worden, die diese Anlage betreut hatten.

An beiden Seiten des Korridors standen Reihen monumentaler Metallskulpturen von Wesen, die bemerkenswert humanoid und gleichzeitig außerordentlich fremdartig aussahen. Worf blickte zu einem der Gesichter hinauf. Der Stolz und die Verachtung in den leicht verschleierten Augen und den geschwungenen Mündern enthüllten eine Arroganz, die die der überheblichsten bekannten Intelligenzwesen noch übertraf. Wäre er kein Klingone gewesen, hätte er sich angesichts ihrer Haltung klein und schwach gefühlt, wie ein Geschöpf, das auf ewig der Gnade weitaus höherer Mächte ausgeliefert war.

Und hoch über ihnen waren noch weitere Reihen dieser Skulpturen auszumachen, die bis in den Himmel zu reichen schienen.

Nichts konnte sie berühren. Das schienen die Bilder sagen zu wollen. Sie kündeten von Wesen, die alle Naturkräfte unter ihren Willen zu zwingen vermochten. Worf starrte auf die Reflexionen der Bilder in der spiegelgleichen Bodenfläche und hoffte, daß die uralten Monumente dieses Volkes den Gewalten trotzen konnte, die über sie hereinbrechen würden.

»Das Wurmloch ist noch immer nicht groß genug, um den Planeten aufzunehmen«, sagte Data.

Miles O'Brien hatte sich über seine Konsole gebeugt; Veronica Sorby saß kerzengerade an der Steuerung. Auf der Brücke war außer dem unregelmäßigen Piepsen der Instrumente und Konsolen kein Laut zu hören. Picard war klar, daß in gut einer Stunde Wurmloch und Planet miteinander kollidieren würden. Jetzt konnten sie nichts mehr tun, nur noch den Warpantrieb der *Enterprise* neu starten und fliehen, sobald Epictetus III in das Wurmloch eintrat – falls die Nova ihnen überhaupt soviel Zeit ließ.

»Das Wurmloch scheint sich noch immer auszudehnen«, sagte LaForge, »wenn auch nur langsam. Vielleicht reicht es, Captain. Wir könnten den Energiezufluß erhöhen, aber dann riskieren wir den Verlust der derzeitigen Stabilität.«

»Wir erwarten Ihren Befehl«, sagte Data. »Was sollen wir tun?«

Picard sah zu Iris Liang hinüber. In den grünen Augen der Wissenschaftsoffizierin lag mühsam gebändigter Schrecken. Riker saß steif auf seinem Platz und äußerte seine Zweifel lediglich durch ein leichtes Kopfschütteln.

»Erhöhen Sie die Zuflußrate«, sagte Picard. »Tun Sie alles, damit das Wurmloch groß genug für den Eintritt des Planeten wird.« Die Entscheidung war gefallen. »Ich werde jetzt eine Durchsage machen, die auf den Notruffrequenzen an jeden Fernkommunikator und jedes Kom-Gerät auf Epictetus III geschickt wird, das Subraumnachrichten empfangen kann.« Vielleicht hatten die Leute, die in den Städten geblieben waren, doch noch Zeit, sich in Sicherheit zu bringen.

Auf dem Bildschirm wartete das fast unsichtbare Wurmloch auf den Planeten. Unter Picards Blicken trieb Epictetus III langsam von links heran, ein lebendes Juwel, das einem kosmischen Ungeheuer als Opfer dargeboten wurde.

»Eine Botschaft von der *Enterprise*«, sagte Bodonchar. Worf war sofort an der Seite des Unteroffiziers, verdrängte jedoch das Gefühl der Hoffnung.

Er kniete neben dem Fernkommunikator nieder. »Captain Picard von der U.S.S. *Enterprise* an Epictetus III.« Mittlerweile hatten sich auch die anderen um Worf und Bodonchar versammelt. Am Klang der Stimme des Captains erkannte Worf, daß die Entscheidung gefallen war.

»Es ist uns gelungen, vor der Umlaufbahn Ihres Planeten ein Wurmloch zu öffnen«, fuhr Picard fort. »Ihr Planet wird in genau einer Stunde in dieses Wurmloch eintreten und in einem Planetensystem in vierzehn Lichtjahren Entfernung in einem Orbit wieder auftauchen, der sich in sicherem Abstand von der Sonne des Systems befinden sollte. Wir hoffen, auf diese Weise nicht nur Ihr Leben, sondern auch Ihren gesamten Planeten retten zu können. Ich muß Sie warnen: Der Durchgang wird nicht sanft vonstatten gehen, und Erdbeben, Flutwellen und andere seismische Störungen werden auftreten. Die meisten von Ihnen werden jedoch überleben, falls Sie die nötige Vorsicht walten lassen. Vergessen Sie nicht, Sie können die Passage überstehen. Eine Nova hätte Ihnen nicht die geringste Chance gelassen. Diejenigen unter Ihnen, die keine Evakuierungsstätte aufgesucht haben, sollten sich sofort dorthin begeben. Falls Sie innerhalb einer Stunde keine Anlage erreichen können, entfernen Sie sich zumindest von der Küste.«

»Dann brauchen wir nicht über die Rampen in die unteren Ebenen hinabzusteigen«, murmelte Dorcas Dydion, und Worf erkannte, daß sie diese betäubende Neuigkeit noch zu verdauen versuchte. »Wir müssen uns nicht unter der Erde verkriechen und auf die Nova warten. Wir werden ihr ganz und gar entfliehen.«

»Darauf hoffen wir, ja«, sagte Worf, dem die bevorstehenden Gefahren bewußt waren.

Dydion umklammerte Ganesas Arm. »Sie wußten darüber Bescheid. Sie müssen es die ganze Zeit gewußt haben.«

»Ja«, sagte Ganesa. »Aber wir hatten den Befehl, Schweigen zu bewahren.«

»Wir waren nicht sicher«, sagte Worf, »ob unser Plan gelingen würde.«

»Ich verstehe.« Dydion ließ Ganesas Arm los und setzte sich neben Worf. »Ich kenne mich in der Politik ein wenig aus. Ich vermute, Starfleet Command und der Föderationsrat haben Ihren Captain angewiesen, nichts zu versprechen, was er nicht halten kann – natürlich zum Besten der Föderation.«

»Vielleicht kann er es auch jetzt nicht halten«, brummte ein Assistent.

»Aber jetzt haben wir eine echte Chance«, sagte Ganesa. »Unsere ganze Welt hat eine Chance.«

»Ich wiederhole«, sagte Picard. »Wer sich im Küstenbereich befindet, sollte sich sofort landeinwärts begeben.« Worf wollte gar nicht daran denken, wie nah sie der Küste noch waren. »Falls Sie keine Evakuierungsstätte erreichen können, begeben Sie sich auf freies Gelände, warten Sie dort ab und bleiben Sie in Ihrem Fahrzeug. Begeben Sie sich nicht in die Nähe von Berghängen; dort könnte es zu Erdrutschen kommen.«

Worf stand auf. »Diese Nachricht wird jetzt wiederholt«, sagte Picard. Dydion legte die Hände aneinander und beugte sich tiefer zum Fernkommunikator hinab. »Captain Picard von der U.S.S. *Enterprise* an Epictetus III. Es ist uns gelungen, vor der Umlaufbahn Ihres Planeten ein Wurmloch zu öffnen...«

»Ich wiederhole, wer sich im Küstenbereich befindet, sollte sich sofort landeinwärts begeben.« Das war Captain Picards Stimme. Troi holte langsam Luft; ihr Kopf schmerzte. »Falls Sie keine Evakuierungsstätte erreichen können, begeben Sie sich auf freies Gelände, warten Sie dort ab und bleiben Sie in Ihrem Fahrzeug. Begeben Sie sich nicht in die Nähe von Berghängen; dort könnte es zu Erdrutschen kommen.«

Was war hier los? Troi versuchte das Pochen in ihrem Kopf zu ignorieren. »Diese Nachricht wird jetzt wiederholt«, fuhr der Captain fort. »Captain Picard von der U.S.S. *Enterprise* an Epictetus III. Es ist uns gelungen, vor der Umlaufbahn Ihres Planeten ein Wurmloch zu öffnen...«

Jetzt sprachen andere und übertönten Picards Worte. Eine Stimme klang wie die von Chang. Er erteilte einen Befehl, trug jemandem auf, einen anderen festzuhalten.

»Setzen Sie sich einfach hin«, sagte Chang, »und bewahren Sie Ruhe. Haben Sie verstanden? Hier werden wir in Sicherheit sein, wahrscheinlich viel sicherer als an fast jedem anderen Ort. Wir können jetzt nur noch warten.«

Troi hörte das leise, hohe Sirren eines Tricorders. Sie wurde gescannt. Sie schlug die Augen auf und sah

Fähnrich Chang, der sich über sie beugte. Neben ihm stand Teodora Tibawi.

»Mit Ihnen ist alles in Ordnung«, sagte Chang, als er seinen Tricorder einsteckte.

»Ich habe einen harten Schädel«, sagte Troi, als sie sich langsam aufsetzte. Ihr Hinterkopf pochte noch immer. »Wie lange war ich weg?«

»Ich bin nicht sicher. Ich habe der Zeit keine große Beachtung geschenkt.«

Vorsichtig tastete Troi ihren Kopf ab und zuckte zusammen. Sie wollte sich hinlegen und ausruhen; die Anstrengungen der letzten Tage machten sich nun bemerkbar. Sie sah sich um und entdeckte Kwame Landon, der mit gesenktem Kopf und im Schneidersitz neben dem Wassertank auf dem Boden saß. Ein anderer Mann hockt in der gleichen Haltung neben ihm; hinter ihnen standen zwei Männer, schienen sie zu bewachen.

»Was ist passiert?« fragte Troi.

»Professor Landon hat unsere Prinzipien verletzt«, sagte ein junger Mann neben ihr, »und Gastprofessor Dixon-Martins hätte Sie nicht schlagen dürfen.« Er deutete in Landons Richtung. »Mit Hilfe Ihres Begleiters konnten wir sie überwältigen. Sie meditieren jetzt über ihre empörenden Taten. Es war falsch, diese Kinder als Geiseln zu nehmen – das wissen wir jetzt. Als wir Captain Picards Nachricht hörten, wurde uns klar, daß er uns von Anfang an retten wollte und die Nereiden gar nicht vernachlässigt hatte. Professor Landon hätte diesen Befehl niemals geben dürfen. Es war falsch, Sie zu verletzen.«

»Das ist nicht unsere Art«, ergänzte Ashley Harris. »Wir üben keine Gewalt aus.«

Troi empfing einige Gefühle von ihnen. Es schien ihnen wirklich leid zu tun, aber sie spürte auch, daß sie sich Sorgen machten, was nach einem geglückten Wurmlochtransit ihrer Welt mit ihnen geschehen würde.

Die Komplizenschaft mit Erwachsenen, die das Leben von Kindern bedrohten, war auf den meisten Welten ein schweres Vergehen; ihre epictetischen Mitbürger würden sie wahrscheinlich hart bestrafen. Sie fühlte ihre Angst und erkannte ihre abwartende Spannung, sobald sie Chang ansahen. Der Fähnrich hatte ihren Anführer überwältigt; und führerlos würden sie sich zumindest vorerst von Chang leiten lassen.

»Diese Nachricht wird jetzt wiederholt. Captain Picard von der...« Chang beugte sich zum Fernkommunikator hinab und dämpfte die Lautstärke.

Teodora ließ sich auf die Fersen nieder. »Ihnen wird doch nichts passieren, nicht wahr?« Sie zeigte auf den Wassertank. »Den Nereiden, meine ich.«

»Natürlich nicht«, sagte Chang; seine Stimme klang mittlerweile leicht verbittert.

»Wenn der Plan funktioniert, werden die meisten Nereiden in den Meeren überleben«, sagte Troi. Die Nereiden im Tank stiegen noch immer auf und tauchten wieder ab, ohne ihre Bewegungen im geringsten zu variieren.

»Geht es Ihnen jetzt besser?« fragte Harris.

»Ich glaube schon«, sagte Troi.

»Wir sind Ihnen wirklich dankbar, daß Sie hier sind und sich für uns eingesetzt haben«, sagte Harris. »Es ist beinahe wie ein Wunder. Ich war so sicher, daß wir...« Troi spürte die heftigen Emotionen in Harris; die unerwartete Begnadigung schien sie offenbar noch stärker aus dem Gleichgewicht gebracht zu haben. »Vielleicht sollte ich Ihnen und Fähnrich Chang mehr vom Tireos-Institut zeigen.«

Troi wollte schon ablehnen, entschied sich dann jedoch dagegen. Selbst wenn die schlimmsten Ängste dieser Menschen beschwichtigt waren, waren sie doch noch immer sehr verunsichert und instabil. »Na schön.«

Harris führte sie durch eine Tür in einen kleinen

Nebenraum, wo man durch ein ovales Sichtfenster ins Meer sehen konnte, dann in ein Besprechungszimmer und einen Aufenthaltsraum. Kwame Landon und einige seiner ersten Helfer, erklärte Harris ihnen, hatten die Einrichtung der Universität von Nicopolis abgekauft, als deren Ozeanographen sie zugunsten einer moderneren Anlage in der Nähe der Stadt aufgegeben hatten. Professor Landons Erleuchtung über die wahre Natur der Nereiden war offensichtlich in eben diesem Besprechungszimmer über ihn gekommen. Troi sah davon ab, Harris zu fragen, ob seine Erleuchtung auch nur von dem Hauch eines Beweises gestützt wurde.

Als sie wieder in den großen Raum zurückkehrten, waren weitere Personen eingetroffen. Troi vermutete, daß sich nun fast alle vierzig Institutsangehörigen hier aufhielten. Weitere Männer und Frauen kamen auf sie zu, nannten ihre Namen und ihre akademischen Titel und brachten Entschuldigungen für die Handlungen von Professor Landon und Gastprofessor Dixon-Martins vor.

»Bitte verzeihen Sie uns«, sagte ein blonder junger Mann mit dem Titel eines Assistenzprofessors.

»Wir wollten nur unsere Brüder und Schwestern aus dem Meer retten«, murmelte eine ältere Frau, die sich Professorin nannte.

»Gewalt ist nicht unsere Art«, sagte ein muskulöser Mann, der sich als Dozent Paulo Wiegand vorgestellt hatte.

»Unsere beiden fehlgeleiteten Kollegen werden über ihre Übertretungen nachdenken«, sagte Gastprofessorin Gena Huong leise, »und Ihnen dann selbst sagen, wie sehr sie sie bereuen.«

Troi ertrug die gemurmelten Bekundungen des Bedauerns, die sich in Inhalt und Aussage kaum voneinander unterschieden, mit aller Geduld, die sie aufbringen konnte. Diese Leute waren unvernünftig, verblendet und verängstigt, aber sie wahrten die Beherrschung. Deanna wollte nichts tun, was sie verärgerte.

Drei Personen verließen den Raum und kamen mit Tabletts voller Speisen und Getränke zurück, die sie vor Troi und Chang auf dem Boden abstellten. »Diese Nahrung stammt aus dem Meer«, sagte eine junge Frau zu ihr. »Wir essen keine Fische, kein tierisches Fleisch und ganz bestimmt nichts, was mit den Nereiden auch nur entfernt verwandt ist, aber dieses Gemüse und die Früchte kommen aus unseren Meeren.« Troi starrte auf die blättrigen grünen Pflanzen und die bunten Früchte auf ihrem Tablett, hatte aber keinen Appetit.

Chang aß ebenfalls nichts. »Wenn das alles hier vorbei ist«, sagte Teodora zu ihm, »kannst du vielleicht eine Weile auf Besuch bleiben. Deinem Captain macht das doch nichts aus, oder? Vielleicht willst du dich eines Tages sogar auf Dauer hier niederlassen.«

Die junge Frau, dachte Troi, hatte weder von ihrer Lage, noch von den möglichen Konsequenzen der schlecht durchdachten Vorgehensweise ihrer Gruppe, ja nicht einmal von Changs zunehmend offenkundiger Gereiztheit eine Vorstellung.

»Ich hätte verständnisvoller sein sollen, Jun-shing«, fuhr Teodora fort. »Ich hätte Starfleet nicht zwischen uns treten lassen dürfen. Du spürst es doch auch, nicht wahr? Sonst wärest du ja jetzt nicht hier.« Chang sah kurz zu Troi, runzelte die Stirn und verdrehte leicht die Augen. Troi versuchte, eine ausdruckslose Miene zu wahren.

»Riker an Troi.« Die Stimme erklang aus dem tragbaren Fernkommunikator neben Chang. »Der Eintritt in das Wurmloch steht unmittelbar bevor.«

»Noch immer hier«, sagte Troi und beugte sich zum Fernkommunikator. »Noch immer in Sicherheit.« Es brachte jetzt nichts, wenn sie ihre geringfügige Verletzung oder Changs kurzen Kampf mit Landon und seinem Komplizen erwähnte.

»Wir werden Sie sofort zurückbeamen, sobald es vorbei ist und wir wieder in Transporterreichweite vorstoßen können. Riker Ende.«

Teodora hob eine Hand an ihre Wange. Entsetzen hatte sich auf ihr Gesicht gelegt. Die Wirklichkeit der ihnen bevorstehenden Risiken war endlich zu ihr durchgedrungen.

Chang streckte einen Arm aus und ergriff Trois Hand.

10

Auf dem Bildschirm glitt der grünblaue Planet wie ein imposantes Schiff des Lebens auf die Öffnung des Wurmloches zu. Picard beugte sich angespannt in seinem Sessel vor; er hielt den Atem an, als könne er den Eintritt verpassen.

»Wir halten es fest und stabil«, sagte LaForge. »Das Wurmloch ist nun groß genug!« Seine Stimme schwankte, als könne er nicht glauben, daß alles wie geplant verlief.

Picard spürte Hoffnung in sich aufwallen, als er auf den Schirm starrte. Allerdings wußte er auch, daß jetzt schon winzige Veränderungen der Geschwindigkeit des Planeten tektonische Platten verschoben, Bruchlinien öffneten und schlossen und Wassermassen in Bewegung setzten, die zu ungeheuren Wellen anschwellen konnten. Atmosphäreschichten bewegten sich entgegen ihrem üblichen Wärmefluß, und polare Eisfelder brachen auf. Der Planet war keine starre Kugel, sondern ein zerbrechliches elastisches Gebilde aus Kruste und Mantel, flüssigem und festem Kern, das sich mit sechzehnhundert Stundenkilometern drehte und mit mehr als einhunderttausend auf das Loch zubewegte. Die kleinsten Veränderungen in diesen Bewegungen würden Leben kosten. Ein Planet war keine *Enterprise*, die die Gravitation und die unerwünschten Wirkungen von Trägheit und Beschleunigung beherrschte.

»Es funktioniert«, sagte Riker und stand auf. »Es funktioniert tatsächlich.«

»Wir haben Epic III in der Tasche«, sagte LaForge.

Das klang schon eher nach Geordi. Picard hätte vor Erleichterung fast aufgelacht. Miles O'Brien streckte einen Arm aus und klopfte Veronica Sorby auf den Rücken; sie stieß ein kehliges Lachen aus. Die neuerliche Welle der Hoffnung, die über die Brückenmannschaft hinwegzuspülen schien, war fast greifbar und erfüllte sie alle mit neuer Energie und Entschlossenheit.

Dann sah er, wie etwas über einen Teil der Nordhalbkugel des Planeten, gerade oberhalb des Nordkontinents und unterhalb der Polarkappe, zu schneiden schien, als sei der Planet ein Apfel, den man mit zweihundert Kilometern pro Stunde gegen eine Klaviersaite geschleudert hatte.

Einen Augenblick lang begriff Picard nicht, was er da sah. Dann wurde ihm klar, daß es der schmale Rand des Wurmlochs war, so dünn, daß man ihn nicht sehen konnte, fein genug, um Adern aufzutrennen. Jede Zelle, die dieser Grenze im Weg stand, würde sie bis hin zum allerkleinsten Blutplättchen in zwei Hälften schneiden. Das Ereignis vollzog sich blitzschnell und erinnerte ihn an den alten Trick, bei dem ein Tischtuch unter Tellern, Gläsern und silbernem Besteck hervorgezogen wurde.

»Nein!« rief Riker, als der kleine Abschnitt von Epictetus III sich von dem Rest des Planeten trennte und über dem Wurmloch die Umlaufbahn fortsetzte.

»Das Loch...«, sagte LaForge gequält. »Es zuckte plötzlich nach unten. Da konnten wir nichts mehr machen...«

Vielleicht ist kein großer Schaden entstanden, sagte Picard sich und griff damit nach einem Strohhalm. Auf Epictetus III würden Luft- und Wassermassen die Wunde bereits versiegeln und sich dann in gewaltigen vulkanischen Dampfausbrüchen erheben. Aber das abgetrennte Stück hatte weit entfernt von den Bevölkerungszentren des Planeten gelegen und damit weit weg von jenen Anlagen, in denen die Menschen Zuflucht gesucht hatten. Die meisten Epicteter konnten die zusätzlichen seismischen und atmosphärischen Störungen überleben, die diese unvorhergesehene Verletzung verursachte.

Während er noch den Schirm beobachtete, wurde der kleine umgedrehte Teller aus Ozean und Meeresboden, dem die Schwerkraft des Planeten so plötzlich genommen worden war, von allem befreit, das nicht niet- und nagelfest war. Eis- und Wassermassen, Steine und Erde, kleine und kleinste Teilchen, die kaum zu sehen waren, hoben sich anmutig vom Teller und ließen nur die blanke Kruste zurück. Die Stücke bildeten unzählige Milliarden winziger Kugeln, deren Oberflächen verdampften. Der Dampf kristallisierte und wurde zu Billiarden funkelnder Lichter, zu einem gewaltigen Schneesturm im Weltraum.

»Captain!« rief Iris Liang hinter ihrer Station. Picard hörte die Verzweiflung in ihrer Stimme, sprang auf und drehte sich zu der Wissenschaftsoffizierin um. »Die Sensoren zeigen eine Anlage auf dem Fragment an«, fuhr sie fort. Er drehte sich wieder zum Schirm um, konnte durch den Blizzard aber nichts erkennen. »Örtlichkeit verifiziert«, murmelte Liang, aber da hatte Picard die furchtbare Wahrheit schon erraten. »Es ist das Ozeanographische Institut Tireos.«

»Notruf trifft ein«, rief ein anderer Offizier.

Riker setzte sich auf seinen Platz und beugte sich vor. »Es ist Troi«, sagte er, »sie ruft um Hilfe. Sie und Chang befinden sich auf dem Fragment.«

Picard drehte sich der Magen um. »Troi!« rief er, als das Wurmloch Epictetus III verschluckte. »Troi! Chang!« Doch er bekam keine Antwort.

Chang hatte Trois Hand losgelassen. Teodora flüsterte ihm etwas zu. Plötzlich spürte Troi, daß sie wie von einem riesigen Gummiband vorwärts geschleudert wurde.

Sie flog am Tank vorbei. Undeutlich nahm sie wahr, daß andere hilflos gegen die Wände prallten. Sie erhaschte einen Blick auf einen dicken Wasserstrahl, der aus dem Tank schoß. Mit einem ekelhaften Krachen schlugen die zwei Nereiden gegen die Wand. Jemand schrie, aber der Schrei brach ab. Troi riß die Arme hoch, als sie gegen die Wand prallte, und hörte dumpfe Aufschläge, als es anderen neben ihr genauso erging.

Einen Augenblick lang fürchtete sie sich vor der kleinsten Bewegung. Dann wurde ihr allmählich klar, daß sie noch immer an der Wand lag, gar nicht auf den Boden gefallen war – und daß sie im Wasser lag.

Jemand weinte; sie hörte lautes Stöhnen und versuchte zu begreifen, was passiert war. Dann sah sie eine Armeslänge entfernt den tragbaren Fernkommunikator. Sie robbte darauf zu, griff in der Hoffnung nach dem Gerät, daß es noch funktionierte, und berührte die Sendetaste.

»Troi an *Enterprise*, Troi an *Enterprise* – wir brauchen Hilfe! Wir wissen nicht, was hier los ist. Hören Sie mich? Wir brauchen Hilfe! Troi Ende.«

Der Fernkommunikator schwieg. Sie hakte seinen Tragegurt über eine metallene Wandstrebe und fragte sich, warum das Gerät und sie selbst noch auf der Wand lagen und nicht auf dem Boden. Weit über ihr sah sie die gegenüberliegende Wand, die darauf beharrte, jetzt die Zimmerdecke zu sein. Sie richtete sich auf und sah, daß auf der Wand, auf der sie saß, mehrere Personen lagen, davon zahlreiche aufeinander. Der Wassertank lag auf der Seite, die blutüberströmten Nereiden waren anscheinend tot. Überall lagen Kissen verstreut.

Einige Leute setzten sich auf. Troi begriff, daß das Tireos-Institut eine inertiale oder gravitationale Veränderung erlitten hatte. Sie konnte jetzt eine schwache Schwerkraft spüren. Als sie sich aufrappelte, sah sie, daß Teodora zu Chang kroch.

»Jun-shing, Jun-Shing«, stöhnte Teodora; sie sah zu Troi auf. »Helfen Sie ihm.«

Troi kniete neben Chang nieder und griff nach ihrem Tricorder, nahm aber nichts mehr von ihm wahr – keine Empfindungen, keine Emotionen, nicht das geringste Lebenszeichen. Sie stellte den Tricorder auf medizinische Abtastung ein, fuhr damit über seinen Körper und wußte gleichzeitig, daß die Geste nutzlos war.

»Teodora«, sagte sie schließlich, »er ist tot.«

Teodora schrie auf. Troi ergriff sie an den Schultern und hielt sie fest. Teodora schrie erneut. Troi tastete sie rasch ab und steckte dann den Tricorder ein. »Hören Sie mir zu!« Sie packte Teodora am Arm. »Sie haben nur einige Prellungen. Sie müssen mir bei den anderen helfen. Haben Sie mich verstanden?«

Teodora nickte; sie zitterte am ganzen Körper.

»Kommen Sie mit.« Troi stand auf und zog die Frau auf die Beine. Langsam krochen sie die Wand entlang zu einer Gruppe von vier Personen, die offenbar unter Schock standen und deren Emotionen im Aufruhr waren; ein Mann sah Troi mit einem wilden, fast wahnsinnigen Blick an.

»Sie haben gesagt, es wäre alles in Ordnung«, murmelte Gena Huong und schüttelte dabei den Kopf. »Sie haben gesagt, es wäre alles in Ordnung.«

Troi untersuchte die vier rasch mit ihrem Tricorder; ein Mann hatte Prellungen erlitten, ein anderer eine Gehirnerschütterung, eine Frau hatte zwei gebrochene Rippen. »Die Rippen der Frau müssen verbunden werden«, sagte Troi zu dem unverletzten Mann, »zwei davon sind gebrochen. Wissen Sie, wie man das macht?«

»Ja«, antwortete der Mann.

»Nehmen Sie Ihr Hemd als Verband.« Troi führte Teodora zur nächsten Gruppe. Die Leute lagen aufeinander, und sie nahm nichts von ihnen wahr. Erneut holte sie den Tricorder hervor, um die Todesfälle zu verifizieren.

Ashley Harris gehörte dazu; sie hatte sich das Genick gebrochen. Paulo Wiegands Leiche lag neben der von Harris. Kwame Landon war tot; seine Leiche lag nicht weit von den Überresten seiner geliebten Nereiden.

Troi fuhr mit ihrer grimmigen Aufgabe fort und scannte jede Person im Raum, ob lebend oder tot. Teodora folgte ihr, knüpfte Schlingen für verletzte Arme und stopfte Kissen unter gebrochene Beine. Von den zweiundvierzig Personen im Raum waren zehn tot, drei bewußtlos, und der Rest hatte Verletzungen davongetragen, die von leichten Prellungen bis zu gebrochenen Gliedmaßen reichten.

Es hätte viel schlimmer kommen können, sagte sich Troi. Sie hatten Glück gehabt, daß die einzigen Möbel im Raum aus Kissen bestanden hatten und niemand von dem Wassertank zerschmettert worden war. Dann fiel ihr wieder ein, daß Fähnrich Chang Jun-shing tot war.

»Was ist passiert?« rief eine Frau.

»Ein Erdbeben«, sagte ein bärtiger Mann. »War es ein Beben? Was geschieht mit uns?«

»Es war kein Beben«, erwiderte Troi; zumindest davon war sie überzeugt. »Irgendwie haben wir einen Großteil unserer Schwerkraft eingebüßt.«

»Ich fühle mich tatsächlich viel leichter«, sagte eine junge Frau. »Wie kann das sein?«

»Die Schwerkraft hier ist kaum höher als auf einem großen Asteroiden«, sagte ein älterer Mann. »Aber das ist doch unmöglich… wie könnte der ganze Planet…«

»Ich weiß es nicht«, sagte Troi.

»Irgend etwas ist passiert«, sagte der Bärtige. »Der Plan hat nicht funktioniert, nicht wahr? Der Plan Ihres Captains hat nicht funktioniert, und jetzt…«

»Bleiben Sie bitte ruhig«, beharrte Troi. »Im Augenblick befinden Sie sich alle in Sicherheit.« Sie bezweifelte, daß das stimmte. »Ich werde versuchen, einen

Blick nach draußen zu werfen. Warten Sie hier und rühren Sie sich nicht von der Stelle. Ich habe einen Notruf an die *Enterprise* abgeschickt, also wird Captain Picard bereits wissen, daß wir hier sind. Ich verspreche Ihnen, er wird uns helfen.« Doch sie wußte, daß sofortige Hilfe vom Raumschiff nicht wahrscheinlich war.

Sie fand heraus, daß sie an der Wand des kreisförmigen Raums entlangkriechen konnte, wenn sie sich in der niedrigen Schwerkraft nur ganz vorsichtig bewegte. Es schien, als sei das Institut auf die Seite gelegt worden. Sie erreichte den Zugang zu dem kleinen Raum mit dem breiten Fenster; die Tür war verschlossen. Troi befürchtete schon, daß der Türmechanismus nicht mehr funktionierte, doch als sie die Tür mit dem Fuß berührte, glitt sie auf.

Sie streckte sich an der Wand aus und spähte durch die Türöffnung. Von hier aus konnte sie das ovale Aussichtsfenster sehen; es zeigte anstelle eines Meeresbodens eine schneedurchpeitschte Wüstenlandschaft. Eine schwache Sonne versuchte, durch den Blizzard zu leuchten, und sie schien allmählich heller zu werden. War die Nova schon ausgebrochen und hatte die Meere davongefegt? Was konnte die Schwerkraft von Epictetus III auf die eines Asteroiden reduziert haben? Es ergab überhaupt keinen Sinn.

Dann fiel ihr eine mögliche Antwort ein. Sie befand sich nicht mehr auf dem Planeten selbst, sondern auf einem Fragment, das irgendwie von ihm losgerissen worden war. Der Schneesturm war ein Kometenkopf, und das Institut befand sich nunmehr im Zentrum des neuen Kometen.

Troi fühlte sich schwach, als sie vom Durchgang zurückkroch. Sie holte tief Luft und spürte, wie ihre Lungen sich mühten. Dann sah sie auf die Anzeigetafel neben der Tür. Die Werte bestätigten ihre Vermutung: Die Station verlor Luft.

Sie ging wieder zu den wartenden Überlebenden und nahm Teodora beiseite. »Sagen Sie jetzt nichts«, murmelte Troi, »und zeigen Sie keine Reaktion auf meine Worte. Aus der Station strömt Luft. Wahrscheinlich verfügen Sie über Nottanks. Trifft das zu?«

Teodora nickte. »Bei unserer Tauchausrüstung haben wir auch einige Sauerstofftanks für unsere...«

»Kommen Sie an diese Tanks heran?« unterbrach Troi sie.

»Ich glaube schon. Sie werden in einem Lagerraum verwahrt.« Teodora ergriff Trois Ärmel. »Das Notluftsystem sollte sich doch einschalten.«

»Wenn es nicht beschädigt ist.« Troi warf einen kurzen Blick auf die anderen. »Sie kennen diese Leute besser als ich, Teodora. Suchen Sie drei oder vier aus, deren Verletzungen nicht allzu schlimm sind und die nicht in Panik geraten werden, und holen Sie mit ihnen die Tanks. Ich werde wieder die *Enterprise* rufen.«

»Glauben Sie, daß...?«

»Holen Sie einfach nur die Tanks!«

Teodora entfernte sich. Troi ging zum Fernkommunikator und fragte sich, ob ihre erste Botschaft die *Enterprise* erreicht hatte, ob diese durchkommen würde, ob die *Enterprise* sie zu rufen versuchte und nicht erreichen konnte.

Sie drückte auf die Sendetaste. »Troi an *Enterprise*, Troi an *Enterprise*. Wir brauchen Hilfe.« Sie sah zu Chang, der in der Nähe lag, und spürte, wie sich ihr die Kehle zuschnürte. »Troi an *Enterprise*.« Tränen stiegen ihr in die Augen, aber sie war noch immer zu betäubt, zu erschüttert, um zu weinen.

»Der Planet ist auf seinem Weg«, sagte Riker während er den Schirm ansah. Epictetus III war im schwachen Leuchten des Wurmlochs verschwunden. »Hoffentlich schaffen sie es zu ihrer neuen Sonne.« Er beugte sich über die Kontrollen. »Riker an Troi, Riker an Troi.«

Picard biß die Zähne zusammen. Der Planet mochte mittlerweile alle erdenklichen Katastrophen durchmachen, und sein Schiff befand sich noch immer in Gefahr. Data hatte nüchtern festgestellt, daß sie sowohl den Planeten als auch die *Enterprise* verlieren konnten. Picard wußte, daß das schlimmste Szenario noch immer möglich war.

»Troi an *Enterprise.*« Ihre Stimme, so schwach sie auch klang, schien die Brücke auszufüllen.

»Deanna!« rief Riker. »Können Sie mich hören?«

»Bestätige... glaube, der Fernkommunikator war leicht beschädigt. Wir befinden uns in dem, was mal der Unterwasserstützpunkt des Tireos-Instituts war. Wir haben fast keine Schwerkraft. Was ist passiert?«

»Ein kleines Stück von Epictetus III wurde vom Rand des Wurmlochs abgeschnitten«, erwiderte Picard. »Sie befinden sich auf diesem Stück. Ist der Stützpunkt noch luftdicht?«

»Nein... verlieren langsam Luft... Verwenden Nottanks von der Tauchausrüstung, aber die halten nicht länger als zwei oder drei Stunden für uns alle. Zweiunddreißig Überlebende, drei davon schwer verletzt und bewußtlos, zwölf weitere mit Knochenbrüchen. Captain Picard... Will...« Trois Stimme erstarb kurz. »Unter den Toten ist auch Fähnrich Chang.«

Die Nachricht traf sie wie ein Schlag. Rikers Gesicht verzerrte sich; Picards Hände umklammerten die Lehnen seines Sessels. In all den Jahren als Captain eines Raumschiffs war der Schmerz darüber, jemanden zu verlieren, der unter seinem Kommando stand, nicht geringer geworden.

»Es tut mir leid«, sagte Riker, und Picard wußte, daß Riker gerade daran dachte, daß er Chang für das Außenteam ausgesucht und mit Troi zur Unterwasseranlage geschickt hatte, obwohl er als Commander das Außenteam hätte leiten sollen. Er lebte noch, weil Picard ihm befohlen hatte, an Bord zu bleiben.

»Data«, sagte Picard, »Sie haben mitgehört. Was können wir tun?«

»Ich weiß es nicht, Captain«, erwiderte Data. »Die Nova wird in knapp zwei Stunden ausbrechen. Wir haben nicht mehr genug Zeit, um den Warpantrieb neu zu starten und zu fliehen. Daher bleibt uns keine andere Wahl, als Epictetus III durch das Wurmloch zu folgen, und das können wir nur, wenn wir sofort die Impulstriebwerke starten.«

Picard runzelte die Stirn. »Können wir nahe genug an das Fragment heranfliegen, um die Überlebenden an Bord zu beamen, und es dann noch in das Wurmloch schaffen?«

»Wir können auf eine Entfernung von knapp vierzigtausend Kilometern gehen«, sagte Data, »Counselor Troi und ihre Begleiter erfassen und dann einen Eintrittskurs auf das Loch setzen. Aber bei einer verfügbaren Zeitspanne von lediglich zwei Stunden bedeutet das, hart am Wind zu segeln, wie Sie es wohl nennen würden.«

»Haben wir Impulskraft?« fragte Picard.

»Mittlerweile, ja«, entgegnete LaForge.

»Fähnrich Sorby«, sagte Picard zu dem Offizier am Befehlsstand, »Sie sind angeblich eine gute Pilotin.«

»Eine der besten, die je von der Starfleet-Akademie kamen.« Die junge Frau beugte sich über ihre Konsole. »Wenn ich das so sagen darf.«

»Sie haben jetzt die Chance, den Beweis zu liefern«, sagte Picard. »Folgen Sie diesem Fragment und bringen Sie uns so schnell wie möglich in Transporterreichweite und dann wieder weg.«

»Ja, Sir. Kurs wird berechnet und eingegeben.«

Picard sah Riker an. »Nummer Eins, gehen Sie in den

Transporterraum auf Deck Sechs und bereiten Sie die Aufnahme der Überlebenden vor.«

Riker hatte sich schon erhoben und ging zum Turbolift. »O'Brien, kommen Sie mit«, rief er. »Liang, Sie übernehmen.« O'Brien schoß von seinem Sessel hoch und folgte Riker zur Tür, während Liang zu seiner Station eilte.

»Halten Sie durch, Troi«, sagte Picard, »und machen Sie sich zum Beamen bereit. Wir holen Sie dort heraus!«

»Es wird alles gut«, sagte Troi mit bemüht fester Stimme zu den Leuten, die mit ihr hier gefangen waren. »Sie holen uns hier heraus. Mit Ausnahme dieses Fragments ist Ihre Welt in das Wurmloch eingetreten. Man wird uns an Bord beamen, und dann fliegen wir mit der *Enterprise* hinterher.« Bevor die Nova ausbricht, fügte sie stumm hinzu.

Teodora und ihre drei Begleiter hatten nur genug Sauerstofftanks für zehn Personen gefunden. Leichtverletzte teilten sich die Luft mit ihren schwerer verletzten Kameraden. Teodora kniete neben den drei Bewußtlosen, hielt ihnen abwechselnd die Maske auf das Gesicht und tastete sie wieder mit Changs Tricorder ab. Troi holte leicht japsend Luft; das Atmen fiel ihr zunehmend schwerer. Ein Mann gab eine Atemmaske an sie weiter; sie sog etwas Sauerstoff ein. Bald würde sich der Druckverlust durch Schwindelanfälle bemerkbar machen. Ihr Blut würde wie Mineralwasser zu sprudeln beginnen.

»Sie da«, sagte Troi und deutete auf zwei Männer. »Verlegen Sie die Leute mit den Beinbrüchen dorthin.« Sie zeigte auf die Menschen, um die Teodora sich kümmerte. »Captain«, fuhr sie fort und beugte sich über den Fernkommunikator, »wir müssen die am schwersten verletzten Personen zuerst hinaufbeamen. Sie sind etwa sieben Meter von mir entfernt. Fähnrich Chang…« Sie schluckte heftig. »Fähnrich Changs Leiche ist in ihrer Nähe. Sie können sie über seinen Kommunikator erfassen.«

»Transporterraum«, erklang Rikers Stimme. »Riker hier, und ich habe O'Brien bei mir. Können Sie durchhalten, bis wir näher dran sind?«

»Ja«, sagte Troi. Sie benötigte ihre gesamte Willenskraft dafür.

»Ganz ruhig«, sagte Picard, als sich die *Enterprise* dem Bruchstück näherte. Sie hatten fast eine Stunde lang beschleunigen müssen, um das Fragment von Epictetus III auf der anderen Seite des Wurmlochs zu erreichen. Der kleine Splitter des Planeten hatte sich mit über fünfundneunzigtausend Stundenkilometern entfernt, und ursprünglich war die *Enterprise* fast neunhunderttausend Kilometer von ihm entfernt gewesen.

»Data«, sagte Picard, »ich gehe davon aus, daß das Loch bei unserer Rückkehr zum Eintritt noch offen ist.«

»Es müßte so lange bestehen«, erwiderte Data aus dem Maschinenraum, »aber wir halten es nicht mehr offen und stabil, indem wir die Energie des Sonnenkerns hinzufügen. Es läßt sich unmöglich vorhersagen, wann es zerfallen wird.«

Immer neue und größere Risiken, dachte Picard, zuzüglich zu denen, die wir bereits eingehen. Es war undenkbar, Troi im Stich zu lassen, mochte vielleicht aber notwendig werden. Sie selbst würde ihm auftragen, lieber das System zu verlassen, statt das Schiff einer allzu großen Gefahr auszusetzen.

»Der Warpantrieb ist noch immer nicht bereit«, sagte er.

»Frühestens in zehn Stunden«, bestätigte LaForge. »Zu spät, um der Nova zu entkommen.«

»Fähnrich Sorby«, sagte Picard, »wie lange noch?«

»Wir sind fast da.«

Als der von Nebel und Dunst verschleierte Kern des

Kometen auf dem Bildschirm größer wurde, dachte Picard an Segelschiffe, die Walen folgen, und fragte sich, wie es Epictetus III während des Wurmlochtransfer erging. Vielleicht war der Planet schon auf der anderen Seite, vielleicht aber auch nicht; in einem Wurmloch lief die Zeit anders ab. Ihm wurde klar, daß auch er die Zeit zu dehnen versuchte, da das Aufblühen einer Nova nicht exakt vorhergesagt werden konnte; ein Fehler von nur fünfzehn Minuten konnte sich für sein Schiff als fatal erweisen.

Das war schon beängstigend genug, aber noch mehr befürchtete er die Möglichkeit, daß Epictetus III nicht in einen passenden Orbit um den Zielstern eingeschwenkt war, sondern irgendwo im interstellaren Raum dahintrieb und bereits seine Wärme verlor. Die Bewohner des Planeten starrten vielleicht schon in einen schwarzen Himmel ohne Sonne und wußten, daß sich die Luft innerhalb weniger Wochen abkühlen und verflüssigen würde. Oder der Planet war vielleicht zu nah an der Zielsonne herausgekommen, vielleicht sogar mit ihr kollidiert; oder die Achsenneigung von Epictetus III hatte sich verändert. Die möglichen Fehlschläge waren gleichzeitig alptraumhaft und dramatisch, aber sie hatten das Risiko eingehen müssen. Er fragte sich, ob dieser Mangel an Alternativen ihm wirklich ein Trost sein konnte, falls der Verlust an Leben zu groß wurde.

»Captain«, sagte Data da, »hier ist meine Anwesenheit nicht mehr erforderlich. Ich lasse alles in Geordis fähigen Händen und bitte um Erlaubnis, auf die Brücke kommen zu dürfen.«

»Erlaubnis erteilt.« Picard zwang sich, das Reich der bloßen Möglichkeiten aus seinem Bewußtsein zu verbannen, und konzentrierte sich auf die Wahrscheinlichkeit, auf das, was sie geplant hatten – daß Epictetus III und seine Bewohner zumindest die Nova überstehen würden, auch wenn der Planet später evakuiert werden mußte, sobald weitere Raumschiffe in Marsch gesetzt werden konnten.

Auf dem Schirm sah er, wie die *Enterprise* sich drehte und das Fragment mit dem Heck voran überholte, während die Impulstriebwerke das Schiff abbremsten, um es über dem Bruchstück nahezu zum Stillstand zu bringen. Auf diese Weise konnten die Überlebenden an Bord gebeamt werden, und das Schiff konnte sofort wieder Kurs auf das Wurmloch nehmen und beschleunigen. Die sich ankündigende Nova war nun rechts von ihm, ihr zunehmend greller Schein erhellte allmählich den Rand des Bildschirms.

Am unteren Rand des Monitors tauchte das Fragment auf. Durch den Schnee wurden kleine Oberflächenausschnitte sichtbar. Unter Picards Blicken brach weiterer Schnee in gewaltigen Wehen aus Schächten im ehemaligen Meeresboden hervor.

Data entstieg dem Turbolift, eilte zu seiner Brückenstation und löste Iris Liang ab.

»Wir sind bei fünfunddreißigtausend Kilometern«, sagte er.

Picard berührte seinen Kommunikator. »Picard an Riker. Erfassen Sie Troi und beamen Sie die Überlebenden an Bord!« Dann beugte er sich vor und spähte auf das schneebedeckte Krustenstück, das alles war, was von Epictetus III in diesem Sonnensystem übriggeblieben war. Die Eisgeysire spuckten noch immer auf eigenartig festliche Weise.

Als Riker im Transporterraum auf Deck Sechs eintraf, hatte gerade Lieutenant Jake Dane gemeinsam mit Lieutenant Jane Webber Dienst. Miles O'Brien ging an das Schaltpult, um die Operation zu überwachen. Riker stieß einen erleichterten Seufzer aus; falls irgend etwas schiefging, standen ihm alle drei Offiziere zur Verfügung.

Aber mit dem Transporter durfte nichts schiefgehen. Er wollte einfach nicht glauben, daß etwas schiefgehen konnte.

»Wir haben die Koordinaten«, sagte Webber. Ihr australischer Akzent schlug stärker durch als gewöhnlich. In diesem Augenblick betrat Beverly Crusher mit dem Notarztteam den Raum, das Riker angefordert hatte.

Der Commander tippte auf seinen Kommunikator. »Deanna!« sagte er.

»Ja«, antwortete ihre Stimme noch schwächer als zuvor. »Ihr müßt... Luftdruck abgesackt... kritischer Bereich... Holt die Leute um Chang zuerst an Bord.«

»Ich hab' sie«, brummte Dane. Seine schlaksige Gestalt beugte sich über die Konsole. »Wir beamen Counselor Troi herauf – gleich haben wir sie hier.«

»Überlebende an Bord, Captain«, verkündete die Stimme von Jane Webber, »und auf dem Weg in die Krankenstation.«

»Lieutenant Commander Troi ist nicht bei ihnen«, ergänzte Jake Dane, »aber wir holen sie sobald wie möglich heraus.«

Das überraschte Picard nicht. Troi war vermutlich im letzten Augenblick beiseite getreten, weil sie mit der letzten Gruppe an Bord transferiert werden wollte. Die *Enterprise* näherte sich noch immer dem Fragment, bis sie den kleinsten geplanten Abstand von knapp fünfzehntausend Kilometern erreicht hatte. Dann konnten sie auch die Nottransporter mit kurzer Reichweite einsetzen, falls die Haupttransporter ausfielen. Alle würden sicher an Bord gelangen. Er wußte, daß schon jetzt alle zwei Minuten sechs Menschen eintrafen.

Dann dachte Picard an das Außenteam-Mitglied, das sie verloren hatten. »Nummer Eins«, sagte er, »sorgen Sie dafür, daß Fähnrich Changs Leiche an Bord gebracht wird, sobald alle Überlebenden in Sicherheit sind. Er war ein guter junger Offizier und soll eine anständige Bestattung bekommen.«

»Ja, Sir«, sagte Rikers Stimme leise. Vielleicht sollte Changs Leiche auf Epictetus III die letzte Ruhe finden, auf jener Welt, die sein Raumschiff gerettet hatte – falls der Planet es überstanden hatte. Picard hoffte, daß Worf, Mehta und Bodonchar nicht sein Grab teilen mußten.

Er wartete und starrte zum Bild des Fragments auf dem Schirm, bis die Stimme von Lieutenant Webber erklang: »Webber an Brücke – alle Überlebenden an Bord, Captain, Lieutenant Commander Troi eingeschlossen!«

»Wir haben auch Fähnrich Chang an Bord geholt«, sagte O'Brien leise.

Picard lehnte sich zurück und beobachtete, wie der Steuerbordschirm die drohende Nova kurz einfing. Dann sah er zur ehemaligen Umlaufbahn von Epictetus III zurück, wo das Wurmloch wartete.

»Volle Kraft voraus!« befahl er.

11

Der Boden bewegte sich unter Worf, dann kam er ihm entgegen; der Klingone prallte mit seinen Armen auf.

Er lag auf der spiegelnden Oberfläche und fühlte, wie der Boden erzitterte. Ein schweres Beben, dachte er, und es schlug nah genug bei Boreas zu, um einen Großteil der Gebäude in der Stadt einstürzen zu lassen.

Das Zittern ließ nach. Ganesa lag neben ihm; er rappelte sich auf und half ihr hoch. Dorcas Dydion saß bei Bodonchar. Die Kapuze ihres Mantels war heruntergerutscht, und sie hatte die Arme fest um die Beine geschlungen; sie war offensichtlich verängstigt, aber unverletzt. Die anderen sahen zu den riesigen fremden Skulpturen hoch, als wollten sie zu ihnen beten.

»Das war schlimm«, sagte schließlich einer von Dydions Assistenten. »Ich habe noch nie ein so starkes Beben erlebt.«

Worf wurde klar, daß der Planet sich inzwischen im Wurmloch befinden mußte. Er ging zum Sockel der nächsten Statue, betrachtete sie und scannte sie dann mit dem Tricorder. Das Bauwerk schien vom Beben unberührt zu sein; seine flüchtige Untersuchung hatte noch nicht einmal einen kleinen Riß ergeben. Trotzdem fragte er sich, wann die Belastung für das Gebäude zu groß werden würde.

»Worf«, rief Ganesa, und dann hob sich der Boden, warf ihn wieder nach vorn. Dieses Beben, so wurde ihm klar, würde noch schlimmer sein als das erste.

Als die *Enterprise* sich dem Bereich näherte, den man den ›Rücken‹ des Wurmlochs nennen mußte – womit jener Teil gemeint war, in den man nicht eindringen konnte –, stellte Picard sich den stationären Bruch als Loch in der endlosen Wand der Raum-Zeit vor und fragte sich, was passieren würde, wenn etwas von dieser Seite auf die Anomalie prallen würde. War dort irgend etwas?

Er wartete, während das Schiff auf die Öffnung des Wurmlochs zuflog.

Dann stellten die Impulstriebwerke wie geplant ihre Tätigkeit ein, und das Raumschiff drehte sich um einhundertachtzig Grad dem Schlund des Wurmlochs entgegen. Die bedrohliche Sonne, die von Minute zu Minute heller wurde, raste über die Mitte des Sichtschirms und verschwand, wobei sie ein elektrisches Flackern an der linken Seite des Schirms hinterließ.

»Captain!« rief LaForge aus dem Hauptmaschinenraum. »Das Wurmloch oszilliert!«

Picard spannte sich in seinem Sessel an. »Kommen wir noch hinein?« fragte er, ohne den Blick vom Schirm abzuwenden.

Data sah auf seine Konsole und dann zum Sichtschirm der Brücke. »Ich bin nicht sicher«, antwortete er. Am Rand des Wurmlochs flackerten Sterne und dehnten sich zu Schlieren, als wolle jemand die kosmische Szenerie umdekorieren.

Commander Riker kam auf die Brücke zurück und eilte zu seinem Platz. »Es könnte ein Fenster geben«, fuhr LaForges Stimme fort, »in dem die Bewegung des Wurmlochs uns nicht erfaßt, wenn sie nicht zu stark ausfällt.«

»Ich scanne«, sagte Data.

»Ich scanne ebenfalls«, rief LaForge. »Ja... wenn die Oszillation nicht zunimmt, kommen wir zumindest hinein.«

»Ich stimme zu«, sagte Data.

»Ist das Wurmloch noch immer durchgehend intakt?« fragte Picard. »Ich würde es nur ungern noch einmal mit Energie versorgen.«

Es dauerte einen Moment, dann sagte LaForge: »Um sicherzugehen, sollten wir vielleicht noch einmal Energie hineinschießen, ganz einfach, um zu gewährleisten, daß es offenbleibt – nicht nur für uns, sondern auch für den Planeten. Was meinen Sie, Data?«

»Ich bin ziemlich sicher«, murmelte Data, »daß der Planet bereits herausgekommen ist.«

»Das vermute ich auch«, gab LaForge zurück. »Das Wurmloch macht einen einigermaßen stabilen Eindruck, soweit wir es von hier aus feststellen können, aber ich habe keine Ahnung, wie lange es sich hält. So etwas hat noch niemand versucht.«

Picard stand auf, ging zum Bildschirm und sah sich dann auf der Brücke um. »Also, fliegen wir durch? Hat jemand von Ihnen Einwände?«

»Ich nicht«, sagte Veronica Sorby und sah zu ihm auf.

»Fliegen wir durch«, sagte Iris Liang, und die anderen Wissenschaftsoffiziere nickten zustimmend.

»Natürlich müssen wir das.« Riker runzelte die Stirn. »Haben wir denn eine Wahl?« fuhr er fort. »Das Wurmloch oder die Nova, aber was bringt es, wenn das Loch instabil geworden ist?«

Data wandte sich um und sah von Riker zu Picard. »Wenn das Wurmloch tatsächlich auf ganzer Länge stabil ist«, sagte er, »wäre eine neuerliche Anzapfung der Sonnenkernenergie in diesem fortgeschrittenen Stadium der Nova wahrscheinlich sinnlos. Aber wenn dem nicht so ist, bleibt uns vielleicht keine Zeit, um es zu stützen. Zumindest hätten wir keinen Nutzen davon, denn damit würden wir die Entwicklung zur Nova noch stärker beschleunigen. Sie könnte uns einholen, bevor wir den Zapfvorgang abbrechen und in das Loch fliegen können. Wenn wir jedoch sofort hindurchgehen, werden wir wahrscheinlich auf der anderen Seite herauskommen.«

»Aber in welchem Zustand?« fragte Picard.

»Das läßt sich schwer vorhersagen, Captain«, erwiderte Data. »Wie schon bei Epictetus III besteht gegenwärtig die wichtigste Überlegung darin, daß wir überleben, auf welche Weise auch immer.«

»Dem stimme ich zu«, sagte Riker. »Eine kleine Chance ist besser als keine.«

Picard musterte die beiden Offiziere gründlich, aber offensichtlich hatten sie nichts weiter zu sagen. Er wußte, was Data ausdrücken wollte: Die *Enterprise* könnte so schwer beschädigt hinauskommen, daß sie das Schiff aufgeben und Notevakuierungsmaßnahmen einleiten mußten, um alle Besatzungsmitglieder nach Epictetus III zu bringen – vorausgesetzt, der Planet war noch vorhanden und in annehmbarem Zustand, ihre Shuttles waren nicht zu schwer beschädigt und die Transporter funktionierten noch. Dann mußten sie von dort aus Hilfe anfordern. Ein beschädigtes, vielleicht nicht reparierbares Raumschiff, Evakuierung in eine wahrscheinlich instabile planetare Umgebung – das gefiel ihm überhaupt nicht, aber Data hatte recht: Das Überleben an sich hatte oberste Priorität.

Picard hörte, wie sich der Turbolift zischend öffnete. Er drehte sich um und sah, daß Deanna Troi auf die Brücke kam und ihren Platz zu seiner Linken im Befehlsbereich einnahm. Auf ihrer Stirn war ein blauer Fleck, ihre Uniform war schmutzig und wies Risse an Schultern und Knien auf, und ihr Gesicht war angespannt. Sie hatte sich nicht ausgeruht, sich nicht einmal die Zeit genommen, ihre Uniform zu wechseln, sondern war für den Fall, daß sie gebraucht wurde, auf die Brücke gekommen. Plötzlich empfand er Stolz auf sie und auf seine ganze Mannschaft.

»Ich dachte, Sie wären auf der Krankenstation, Counselor«, sagte Picard, »oder ruhten in Ihrem Quartier.«

»Dr. Crusher hält mich für diensttauglich«, sagte Troi leise, »und ich wollte hier sein.«

»Willkommen zurück.« Picard wandte den Blick von Troi ab; er erkannte ihr Bedürfnis, auf ihrem Posten zu sein, um das Unternehmen bis zum Ende durchzustehen. Vermutlich war er nicht mehr in der Lage, seiner Mannschaft etwas abzuschlagen.

»Geordi«, sagte Picard, »wie lange noch, bis wir wieder warpflugfähig sind?«

»Sieben oder acht Stunden«, antwortete LaForge.

»Können wir das verkürzen?«

»Höchstens um eine oder zwei Stunden.«

»Vielleicht sollten wir abwarten«, sagte Riker, »und erst durch das Wurmloch gehen, wenn es absolut notwendig ist. Die Nova könnte sich verzögern…« In Picards Ohren klang das nicht sehr überzeugend.

»Das wäre möglich, Captain«, sagte Data, »aber dann könnten wir uns dem noch höheren Risiko eines zerfallenden Wurmlochs ausgesetzt sehen, einem, aus dem wir nie wieder herauskommen.«

»Aber das Wurmloch ist vielleicht schon unpassierbar geworden«, gab Picard zurück, womit er Rikers nächste Bemerkung bewußt vorwegnahm.

»Wir müssen es auf jeden Fall riskieren«, sagte Lieutenant Commander Liang. »Der Novaausbruch steht unmittelbar bevor.«

»Die Nova wird jetzt wirklich heiß«, sagte LaForge aus dem Maschinenraum. »Ich glaube, sie explodiert gleich.«

»Mr. Data«, sagte Picard, »eine eindeutige Empfehlung, bitte.«

Datas gelbliche Augen blickten ihn ruhig an. »Ich bin der Ansicht, daß wir gerade noch genug Zeit haben, um das Wurmloch mit mehr Energie zu versorgen, ob es sie braucht oder nicht, und hineinzukommen, bevor die Nova zuschlägt.«

Picard nickte. »Wir ergreifen noch diese Sicherheitsmaßnahme und fliegen dann hindurch.«

Riker warf ihm einen Blick zu, aber Picard konnte seinen Ausdruck nicht deuten.

»Ich stimme zu«, sagte Troi, und Riker sah etwas entspannter aus.

Auf dem Sichtschirm oszillierte das Wurmloch noch immer. Es schwärzte einen Teil des Sternenhimmels und verwischte an seiner Kante Sterne zu Linien. Vielleicht habe ich schon einen Planeten in sein Verderben geschickt, sagte sich Picard. Man würde ihm keine Vorwürfe machen, aber er trug die Verantwortung dafür; wollten sie nicht Millionen Epicteter ohne den Versuch einer Rettung sterben lassen, hatte es keine Alternative gegeben. Ein makaberer Trost, dachte er, wenn sowohl der Planet als auch die *Enterprise* verlorengingen.

»Geordi«, sagte er, »öffnen Sie den Energiekanal zum Sonnenkern und wiederholen Sie die Prozedur zum Öffnen des Wurmlochs.«

»Ja, Captain. Automatische Wiederholung jetzt.«

Während Picard wartete, langten unsichtbare Finger in das Wurmloch. Energien, die aus der herannahenden Raserei der Nova abgezogen wurden, spielten mit dem Bühnenaufbau des Universums, rissen die Szenerie entzwei, um den Befehlen des gefährdeten intelligenten Lebens zu gehorchen.

»Geordi«, sagte Picard und beugte sich vor, »wenn wir nicht länger warten können, schneiden Sie die Zufuhr ab.«

»Das wäre wohl jetzt, Captain.«

»Die Wellenfront der Nova ist auf dem Weg«, sagte Data, »und erreicht uns in...«

»Impulsantrieb – volle Kraft voraus!« befahl Picard;

er schaute in die Schwärze des Wurmlochs und sah Gasflammen und Schutt hineingleiten.

»Wir gehen rein«, kündigte Geordi an, während das Wurmloch wuchs und den Bildschirm ausfüllte. Data und Sorby beugten sich an ihren Konsolen vor. Dann verschwand das Bild auf dem Hauptschirm. Picard hatte das Gefühl, als hinge das Schiff plötzlich bewegungslos in einer unendlichen Dunkelheit, gefangen in einer festen schwarzen Substanz.

Plötzlich verspürte er einen heftigen Ruck und griff nach den Sessellehnen.

Zwei Ingenieure wurden zu Boden geschleudert. LaForge drehte sich zu ihnen um, bemerkte, daß beide wieder aufstanden und offenbar unverletzt waren, und wandte sich erneut der Displaykonsole vor ihm zu.

»Das Wurmloch hat gezuckt, Captain«, sagte Geordi. »Unser Pech, daß wir die Öffnung bei einem wirklich großen Zucken passiert haben.« Er sah von der Anzeigekonsole zu dem Statusmonitor an der Wand auf. Lichter blinkten am Heck des Aufrisses der *Enterprise* und teilten ihm die schlechten Neuigkeiten mit, noch während akustische Meldungen hereinkamen. »Wir haben den Rand gestreift.«

»Schadensbericht!« sagte Captain Picard.

»Es hat unser Heck beschädigt«, antwortete LaForge. »Wir haben drei Bussard-Warpfeldspulen und unseren Torpedowerfer achtern verloren.«

»Lebenserhaltung nicht betroffen«, sagte Anita Obrion.

»Reines Glück«, sagte LaForge. »Das heißt, wir können den Schaden noch ignorieren.« Er mußte nicht hinzufügen, daß der Verlust sie einiges kosten konnte, wenn sie später auf den Warpantrieb zurückgreifen mußten, falls sie überhaupt aus dem Wurmloch herauskamen.

Die Sonne war untergegangen, und nun waren auch die Sterne verschwunden. Der Himmel war verblichen und von einer schwarzen Gruft ersetzt worden, die hartnäckige Flammen nährte. Die Lichter Epiras gingen an, kleine Juwelen, umgeben von Dunkelheit.

Czeslaw Peladons Terrasse grollte unter seinen Füßen; er hörte, wie der Boden ächzte. Die Furela-Vögel waren normalerweise nachts draußen am Strand, huschten zwischen den muschelförmigen Lampen umher und suchten nach Krümeln, die die Tagesbesucher zurückgelassen hatten. Aber sie waren davongeflogen, als der Himmel schwarz geworden war. Sogar der Ozean hatte sich zurückgezogen, war nach Osten geflohen und hatte gestrandete Fische zurückgelassen.

Die Stille der verlassenen Stadt senkte sich wieder auf ihn nieder. Es war Zeit für ihn, sein Haus zu verlassen, zu der Stätte westlich von Epira zu gehen, der Stätte, die vielleicht doch kein Massengrab werden würde. Es gab jetzt für sie alle eine Chance; seine Welt konnte der Nova entkommen. Vielleicht brauchte Krystyna ihn später, falls es ihre Eltern nicht schafften. Seine Assistenten würden nach Captain Picards völlig unerwarteter Ankündigung versuchen Ordnung zu halten und sich fragen, wo er war.

Und dann überkam ihn ein schrecklicher Gedanke: Die Unterlichtschiffe würden, falls sie überlebten, ein heldenhaftes Denkmal seiner Tat werden, aber nur, wenn seine Welt unterging; und tief in ihm hörte er, umgeben von einer Armee von Schamgefühlen, wie sich eine Stimme genau das wünschte, selbst wenn es seinen Tod bedeutete. Er würde sein Leben nur dann in Ungnade beenden, wenn seine Welt überlebte. Vielleicht hatten Captain Picard und seine Mannschaft ihm die letzte Chance zum Ruhm genommen.

Peladon zwang sich zum Aufstehen. Er ging ins Haus; die Dunkelheit schien ihm zu folgen und die

Lampen darin schwächer leuchten zu lassen. Er stieg die Treppe zum Garten hinab, wo sein Flitzer ihn erwartete. Der Boden erbebte wieder; dieses Beben war näher gewesen.

Aus dem Osten vernahm er ein Geräusch, das singende Geräusch einer fernen, unmenschlichen Stimme, die ein und denselben Ton hielt. Er stieg in den Flitzer. Als er das Kontrollpult berührte, bewegte sich der Boden erneut. Sein Flitzer stieg rasch in die Höhe. Er schlug einen westlichen Kurs ein, wendete dann, weil er noch einen letzten Blick auf die Stadt werfen wollte, und fragte sich, während er sehr tief heranflog, ob er Epira jemals wiedersehen würde.

Das singende Geräusch war jetzt näher, wuchs zu einem Brüllen an. Lichtstreifen schossen über den schwarzen Himmel und erhellten den Ozean unter ihm. Da sah Peladon die Wand, eine schwarze Wand aus Wasser, die Epiras höchste Gebäude überragte, eine so hohe Wand, daß er die Oberkante nicht sehen konnte. Der Ozean hatte sich zu einem Wall aufgetürmt.

Die Flutwelle stürzte sich mit einem ohrenbetäubenden Heulen auf Epira. Peladon schlug auf das Kontrollpult, wußte aber, noch während sein Flitzer in die Höhe schoß, daß er es nicht mehr über den Steilhang aus Wasser schaffen würde. Die Welle stand in der Luft und war noch immer weit davon entfernt, sich zu brechen, ein glitzernder schwarzer Spiegel aus gefrorener Zeit…

…und er glitt in ihn hinein.

»Hecksicht«, befahl Picard.

Der Bildschirm schaltete gerade noch rechtzeitig um, um ihm etwas zu zeigen, das ihn an schwarze Fensterläden erinnerte, die sich hinter dem Schiff schlossen und das brodelnde elektrische Glühen der Nova abschnitten, während die *Enterprise* hinter die kosmische Bühne schlüpfte.

»Wir scheinen glatt durchzukommen«, sagte Data nach einem Moment. »Ich registriere keine Ausbuchtungen oder Asymmetrien in dem Feld um uns. Wir haben offenbar genug Platz.« Datas letzte Worte klangen wie eine schlechte und zu langsam abgespielte Aufnahme.

Gut, dachte Picard, zumindest etwas klappt, aber seine Gedanken schienen träge und gedehnt. Zeitverzerrung, sagte er sich. Auch wenn Hawking dem damals widersprochen hatte, der Physiker des zwanzigsten Jahrhunderts hatte offensichtlich etwas übersehen. Dann erstarrte Picards Geist, und seine Gedanken hielten an...

Der Himmel war dunkel, doch er flackerte, als wütete ein Feuer hinter einem schwarzen Vorhang. Dalal Mehta saß mit seinen Eltern im Flitzer, beobachtete den Himmel und spürte, wie der Boden unregelmäßig erzitterte.

Sie waren bei den letzten gewesen, die die Stadt verlassen hatten, und folgten dem Schwarm der Flitzer zu der uralten Stätte im Norden der riesigen flachen Ebene. Dalals Mutter hatte sich geweigert, Hierapolis zu verlassen, bevor sie drei Nachbarsfamilien überzeugt hatte, sie zu begleiten.

»Was hätte es schon ausgemacht, wenn sie zu Hause geblieben wären?« sagte Dalals Vater, als sie endlich in ihrem Flitzer waren. »Das Aufsuchen der Ausgrabungsstätten wird wohl niemanden retten.«

»Starfleet hat etwas vor«, antwortete Dalals Mutter. »Ich glaube, die Starfleet-Offiziere haben noch andere Gründe für diese Evakuierung. Ich kenne doch meine Tochter – Ganesa hat uns etwas verheimlicht. Sie wollte uns etwas sagen, konnte es aber nicht – da bin ich sicher.« Sie schniefte. »Ich habe ein Gespür für so etwas.«

Die Mehtas hatten ihren Flitzer gelandet, nur um sich am Ende einer langen Schlange von Evakuierten mit Rucksäcken wiederzufinden, die sich langsam auf die riesige Grube der Ausgrabungsstätte zubewegten. Mehrere Assistenten von Minister Nowles leiteten die Menschen an und beruhigten diejenigen, die den ängstlichsten Eindruck machten. Ab und zu blieben Leute stehen und weigerten sich, die massiven Rampen in den Krater mit den metallischen Monolithen hinabzusteigen. Andere Assistenten führten sie zur Seite, um sie zu beruhigen und Verzögerungen zu vermeiden.

»Kein Grund zur Eile«, sagte ein Assistent zu den Mehtas. »Wir haben genug Zeit, um alle in Sicherheit zu bringen.« Dalal wußte, daß sie unbedingt eine Panik vermeiden mußten. Seine Eltern hatten Rohin Nowles oft als Windbeutel und Zyniker beschimpft, aber hier hielten der Minister und seine Assistenten Ordnung.

Und dann wandten ganze Wellen von Leuten sich plötzlich von der Grube weg und bewegten sich auf das Feld der Flitzer zu, wobei sie die hinter ihnen Stehenden zurückschoben. Dalal bemühte sich, auf den Füßen zu bleiben, während sich Leute um ihn drängten. Jemand rief etwas, und dann kam ein Ratsadjutant mit einem Geräuschverstärker auf die Menschenmenge bei den Mehtas zu. »Eine Nachricht!« rief der Adjutant und hob die Verstärkungsscheibe über seinen Kopf. »Eine Nachricht von der *Enterprise*«, und dann hörten Dalal und Hunderte andere um ihn von ihrer wundersamen Chance auf Rettung.

Die Mehtas, die sich nicht durch die Massen drängen konnten, die von der Stätte fortströmten, waren zurück zu ihrem Flitzer gegangen und warteten dort ab. Jetzt haben wir eine Chance, dachte Dalal. Er klammerte sich an diesen Gedanken und erinnerte sich an den Abend, an dem seine Eltern ihm mühsam beigebracht hatten, daß eine Nova ihre Welt bald zerstören würde und sie und alle, die sie kannten, zum Tode verurteilt waren. Sie waren mit ihm aufgeblieben, beantworteten seine Fragen, beruhigten ihn, hielten ihn fest, als er vor Angst weinte. Ihr ruhiger Mut hatte es etwas leichter gemacht, das hohle, bedrohliche Gefühl in ihm nicht zu beachten und die immer wieder auftretenden Panikanfälle zu überwinden, die ihn zu überwältigen drohten. Jetzt gab es wieder Hoffnung.

Der Boden erzitterte schon seit einiger Zeit, dann bebte er unter ihnen. Dalal griff nach dem Arm seines Vaters. Die Ebene schlug Wellen, als hätte die Oberfläche sich plötzlich verflüssigt. Dalal umklammerte die Armlehnen und verspürte Übelkeit; er wünschte sich, daß die rollende, wellenartige Bewegung aufhörte.

Er rief »Vater!«, und das Wort verfing sich in seiner Kehle. Dann kam es als langes, tiefes Knurren hervor. Der Boden wogte jetzt langsamer, er hob sich und fiel wieder, und plötzlich konnte Dalal sich nicht mehr bewegen.

Die Luft war schwer. Er fühlte, wie sie langsam in seine Lungen strömte – und dann, als die Zeit wieder in Fluß kam, flogen von dem Grasland nahe ihres Wagens Tausende von Mansis aus dem hohen Tarendragras auf. So weit er im weichen gelben Licht der Flitzer sehen konnte, schwebten Millionen der winzigen Lebewesen in der Luft, und dann flatterten sie plötzlich zu Boden.

Dalal öffnete die Tür neben sich, lehnte sich hinaus und langte rasch nach den Mansis, die in seiner Nähe heruntergefallen waren, aber ihre Flügel waren bereits im Tode ausgestreckt, und die leuchtenden Blau-, Gelb- und Rottöne verblichen, noch während er zusah.

Rychi hatte Captain Picards Ankündigung über seinen Kommunikator gehört, als er gerade sein Büro unter der Plastinkuppel verlassen wollte. Danach gesellten sich die Archäologen außer Ponselle zu Asela Ibanez in der Kammer mit den grauen Wänden und sahen zu, wie die Sonnenverbindung abgetrennt wurde, als ihre Welt in das Wurmloch eintrat. Das flackernde Licht und die

Schatten auf der Wand verschwanden plötzlich. Das einzige Licht in der Kammer kam nun von ein paar glühenden Leuchtkugeln in der Nähe des Türbogens.

Das Gerät, das die Nova im Zaum gehalten hatte, war von derselben Nova zerstört worden.

Asela und die anderen unterhielten sich noch immer murmelnd über die uralte Technologie. Rychi verließ die Kammer und ging die Rampen zum Flur hinauf, wo Hakim Ponselle bei der offenen Tür saß. Es gab draußen nichts mehr zu sehen außer einer alles verschlingenden Schwärze, aber Ponselle schien entschlossen, trotzdem dort Wache zu halten.

»Die Nova könnte schon begonnen haben«, sagte Rychi, als er sich neben den älteren Mann setzte. »Die Schatten auf den Wänden unten sind jetzt weg. Asela sagte vorhin, falls zwei Starfleet-Offiziere sich einen Plan ausdenken können, den ganzen Planeten in Sicherheit zu bringen, hätte ein uraltes Volk mit einer der unseren weit überlegenen Technologie auch darauf kommen können. Wenn sie also wußten, daß eine Nova kommt… warum haben sie den Planeten dann verlassen? Warum haben sie ihn nicht mitgenommen?«

»Wir wissen nicht, ob sie ihn freiwillig verlassen haben«, sagte Ponselle. »Wir können nur mit Sicherheit sagen, daß die Alten plötzlich verschwunden sind.«

Rychi dachte über die Gravuren nach, die er gesehen hatte, all die Bilder und Artefakte, über denen er in Museen und an Ausgrabungsstätten gebrütet hatte. Die Schiffe tauchten in der fremden Kunst immer wieder auf, und doch schienen einige Abbildungen mehr als nur Schiffe zu zeigen. Stiche, die er auf die jüngste Epoche der antiken Zivilisation datiert hatte, hatten Gefährte gezeigt, die dermaßen mit Personen und Vorräten gefüllt waren, ja sogar mit Tieren und Bäumen, daß es sich um seetüchtige Archen zu handeln schien; einige hatten mehr wie Inseln denn wie Schiffe ausgesehen. Inseln, die auf der hohen See fahren, dachte er, und tatsächlich hatten einige der alten Karten Inseln an Orten gezeigt, wo jetzt keine mehr zu finden waren. Diese Karten hatten außerdem nicht miteinander übereingestimmt; keine davon zeigte die Inseln an denselben Stellen. Ein Ozean, der über neunzig Prozent der Oberfläche von Epictetus III einnahm, nur zwei vergleichsweise kleine Kontinente, Inseln, die zu wandern schienen…

»Auf diesem Meer zu segeln«, hörte sich Rychi laut sagen, »sich überhaupt eine gewisse Strecke vom Land zu entfernen, muß für sie anfangs unglaublich beängstigend gewesen sein.«

»Damit sagst mir nichts Neues«, murmelte Ponselle.

»Weit auf das Meer hinauszusegeln, sich weit vom Land zu entfernen, und dann die Rückkehr zu schaffen… das wäre schon eine große Leistung gewesen«, fuhr Rychi fort. »Sie hätten keinen Ort zum Anlegen gehabt, hätten entweder umkehren oder weitersegeln müssen, bis sie die Welt praktisch umrundet hatten. Sie hätten eine Menge mitnehmen müssen. Vielleicht reichten sogar die großen Schiffe nicht mehr aus. Vielleicht sind ihre Schiffe zu Inseln geworden.«

»Samas, was willst du damit…«

»Hör zu.« Plötzlich flammte die Erkenntnis mit der brennenden Gewalt einer Nova in Rychis Geist auf. »Ihre Schiffe, ihre seetüchtigen Gefährte – sie waren mehr wie Archen oder auch seetüchtige Habitate. Das mußten sie auch sein – die Erfahrung hatte sie gelehrt, daß viele Schiffe nie zurückgekehrt waren, und aufgrund ihrer Expeditionen mußten sie irgendwann festgestellt haben, daß es zwischen Metis und Themis keinen Platz zum Anlegen gab. Nach einer Weile waren sie wahrscheinlich auf lange Reisen vorbereitet, auf ein jahrelanges Verweilen auf dem Meer – vielleicht für immer.«

»Ich verstehe noch immer nicht...«

»Hakim, ich glaube, sie haben ihre Kontinente schließlich zugunsten des Meeres aufgegeben. Vielleicht zuerst nur ein paar, dann folgten andere ihrem Beispiel, schließlich alle, und darum betrachten wir hier ihre Stätten und glauben, daß sie plötzlich von dieser Welt verschwunden sind.«

Ponselle rieb sich den grauen Bart. »Erzähl mir nicht, daß du den Unsinn vom Tireos-Institut geschluckt hast.«

»Ich spreche nicht von den Nereiden«, sagte Rychi. »Die Ureinwohner dieser Welt könnten auf dem Meer gelebt haben, auf Inselhabitaten, und dann haben sie diesen Planeten aufgegeben, ebenso wie sie schon früher das Land aufgegeben hatten. Sie könnten mobile Habitate gebaut haben, um durch den Ozean des Alls zu segeln – vielleicht sind sie jetzt eine mobile Kultur, die nicht mehr auf Planeten angewiesen ist. Ihre früheren Erfahrungen auf diesem Meer könnten sie auf diese Art der Existenz vorbereitet haben.«

»Da magst du vielleicht recht haben.« Ponselle beugte sich sichtlich erregt vor. »Vielleicht – aber was hat dann dieser Ort hier zu bedeuten?«

»Sie müssen ihn errichtet haben, bevor sie das Land zugunsten der See aufgaben«, antwortete Rychi, »als sie eine Sonnenverbindung brauchten, die sie vor der Nova warnte. Aber du hast immer gedacht, daß die Anlage vielleicht mehr ist als nur eine Art Alarmanlage. Vielleicht war sie das auch. Sie brauchten ihren Planeten nicht mehr, also haben sie ihn einem zukünftigen Volk hinterlassen. Und vielleicht haben sie diese Installation in der Hoffnung zurückgelassen, daß eventuelle Siedler verstehen konnten, was die Sonnenverbindung darstellt. Damit konnten ihre Nachfolger auch entdecken, wie man das Sonnenkernaggregat benutzt, um den Stern zu kontrollieren, ja vielleicht sogar genug Energie bereitzustellen, um den Planeten zu bewegen.«

»Könnte sein«, sagte Ponselle, »aber du traust ihnen ganz schön viel Edelmut zu.«

»Und wenn die Alten dieser Welt das Land zugunsten des Meeres aufgegeben haben«, fuhr Rychi fort, »werden sie von ihrer Heimat auf dem Meer ins All gegangen sein. Dort könnten wir weitere Ruinen finden, jüngere Stätten – im Meer.«

»Wenn wir lebend durch dieses Wurmloch kommen«, sagte Ponselle.

Lichter flammten über den Himmel, erstarben und füllten dann wieder den Himmel. Rychi verengte die Augen, dann sah er vier Lichtstreifen, die sich in seine Richtung bewegten.

Flitzer, erkannte er und kam auf die Beine. Vielleicht waren die Leute darin in die Wüste geflohen, um den Tod zu erwarten, und hatten dann die Nachricht von der *Enterprise* gehört. Sie würden jetzt Unterschlupf suchen in dem Wissen, daß sie überleben konnten, und diese Stätte war hier der einzige Schutz, der sich bot.

Ponselle stand rasch auf. »Hakim«, sagte Rychi, »bleib hier im Eingang stehen – wir müssen ihn offenhalten, damit sie ihn sehen können.«

»Aber du weißt nicht, wie viele Flitzer denen noch folgen werden.«

»Wir werden so viele Leute wie möglich aufnehmen«, sagte Rychi.

Die Flitzer kamen näher, dann landeten sie mehrere hundert Schritte entfernt. Noch immer zuckten Blitze über den Himmel. Als die Fremden aus ihren Flitzern stiegen, schienen sie sich unzusammenhängend und ruckartig zu bewegen.

»Kommt hierher«, rief Rychi, »hier herein!« Und dann sah er andere Flitzer hinter ihnen – zehn, zwölf, vielleicht noch mehr. Ein paar hatten die Innenbeleuchtung eingeschaltet, und er konnte sehen, daß sie dichtgedrängt mit Passagieren besetzt waren. Vielleicht hatten sie nicht genug Platz für alle.

»Kommt hierher!« rief er wieder. »Bewegung!« Der Wind über der Wüste verstärkte sich. Normalerweise wehten die heftigsten Winde, jene, die den Sand zu riesigen Trichtern aufwirbelten, aus dem Osten oder Westen. Dieser Wind kam aus dem Norden, aber er wußte, daß ein großer Sturm bevorstand.

»Beeilt euch!« brüllte Rychi. Er wußte, daß ein Flitzer keinen Schutz vor einem solchen Sturm bot; ein Sandtornado konnte ihn hochheben und davonfegen. Zwei Erwachsene und zwei Kinder rannten an ihm vorbei, gefolgt von einer weiteren Familie. »Beeilung!«

Sandschleier wurden vom Wind aufgewirbelt und verhüllten die am weitesten entfernten Flitzer. Die Leute in ihnen konnten vielleicht nicht mehr den matt erhellten Eingang sehen, in dem Ponselle stand. Rychi verließ den Eingang und lief zum nächsten Flitzer, drückte die Tür auf und schaltete sowohl das Licht in der Kabine als auch das Lichtband an, das sich um die Außenseite des Fahrzeugs zog. Dann eilte er zum nächsten Flitzer. Der Wind kam in Böen und riß ihn fast von den Füßen. Als er die Innen- und Außenlichter von fünf Flitzern eingeschaltet hatte, war der Himmel völlig dunkel, und Sand peitschte ihm ins Gesicht. Dann fühlte er Regen, einen heißen, schwarzen, stechenden Regen.

Er taumelte zurück zum Eingang, geführt von den Lichtern. Ponselle fing ihn auf und hielt ihn fest. Der Wind kreischte. Die beiden Männer warteten, während noch mehr Leute sich einen Weg durch den wirbelnden Sand zu dem Platz am Eingang kämpften, der von den Flitzern erhellt wurde.

»Samas!« schrie Ponselle durch den Wind. »Wir müssen zumachen!« Rychi wartete, er wollte den Eingang nicht verlassen, bis er sicher war, daß keine Leute mehr draußen waren.

Schließlich zog Ponselle ihn hinein; die Tür schlug hinter ihm zu. Das Heulen des Windes hörte abrupt auf, wurde vom Wimmern der Kinder und dem Keuchen und Flüstern der Erwachsenen abgelöst. Leute saßen entlang der Rampe und in dem Flur, der zu Rychis improvisiertem Büro führte.

»Ich habe bemerkt, daß einige von euch Rucksäcke hereingetragen haben«, sagte Ponselle. »Ich hoffe, daß darin Essen und Wasser sind. Wir sollten besser Inventur machen – wir müssen hier vielleicht eine Weile aushalten. Dann…«

Eine unsichtbare Hand schleuderte Rychi auf den Boden. Menschen schrien und riefen, während sich der Boden schüttelte. Rychi hörte ein tiefes, lautes Klingen, als sei die fremde Station zu einer Glocke geworden, die von einem Riesen geläutet wurde. Er beschwor den Gedanken, daß das Gebäude halten würde; jeder durchgeführte Scan hatte die Bestätigung erbracht, daß es sogar schwersten Erdbeben widerstehen konnte. Es mußte einfach halten. Er bedeckte den Kopf mit den Armen und wartete, daß das Schütteln aufhörte.

Worf wußte nicht, wie lange das dritte Beben gedauert hatte. Es war sogar noch schlimmer als die beiden ersten gewesen; es hielt so lange an, bis er schon dachte, daß es nie mehr aufhörte. Das fremde Monument, das ihn und seine Kameraden beherbergte, brach vielleicht doch noch über ihnen zusammen und wurde ihnen zum Grab.

Dann war der Boden plötzlich ruhig. Worf setzte sich auf und stellte fest, daß er sich nicht mehr bewegen konnte. Er konnte den Kopf nicht mehr drehen, nicht mal mehr atmen.

Ihm gegenüber kauerte Ganesa, die sich unbeholfen

mit einem Arm aufgestützt hatte, als sei sie bei dem Versuch erstarrt, sich zu erheben. Worf erkannte, daß genau dies der Fall sein konnte, daß das Wurmloch, durch das sie reisten, ihre Zeitwahrnehmung verlangsamte. Unteroffizier Bodonchar war in Ganesas Nähe kriechend erstarrt. Die anderen Menschen in seinem Blickfeld bewegten sich ebenfalls nicht.

Seine Gedanken schienen in normalen Intervallen zu kommen. Vielleicht wurden Menschen anders beeinträchtigt, oder vielleicht blieben die Synapsen, die Hirnaktivität und das Nervensystem von der Zeitverzerrung unbeeinflußt. Vielleicht wäre eine Beeinträchtigung seiner Gedankenabläufe diesem Gefühl vorzuziehen, sein Körper sei ein Gefängnis. Eine geistige Ewigkeit könnte vergehen, während er hier mit Gedanken saß, die hektisch durch einen Körper rasten, der in einem endlos verlängerten Augenblick gefangen war.

Sie hatten nur daran gedacht, den Planeten durch das Wurmloch zu schicken und sicherzustellen, daß die *Enterprise* nicht von der Nova erwischt wurde. Worf stellte sich plötzlich ein Epictetus III vor, das auf seinem Orbit um die neue Sonne kreiste, aber mit Bewohnern, die durch die Zeitverzerrungen, die sie erlitten hatten, verrückt geworden waren.

Worf rang um die Kontrolle über seine Gedanken. Den Abstieg in den Wahnsinn wollte er nicht zulassen, nicht einmal wenn er hier eine subjektive Ewigkeit lang sitzen mußte.

Dann sah er, wie Ganesa sich ganz langsam bewegte und zu einer sitzenden Haltung aufrichtete. Sie öffnete den Mund, und ein tiefes Grollen kam heraus. »Wooooorrrrffff…«

Plötzlich hörte er ein Rauschen, und dann stellte er fest, daß er sich normal bewegen und aufstehen konnte. »Worf«, sagte Ganesa wieder. »Sind Sie in Ordnung?«

»Ja.« Worf schüttelte sich, dann half er ihr auf die Beine.

Bodonchar stand jetzt aufrecht und hielt einer von Ministerin Dydions Adjutantinnen den Arm hin. Die Adjutantin stand auf, schob aber sofort seinen Arm beiseite und rief: »Ich muß hier raus!« Der muskulöse Unteroffizier packte die Frau; sie wand sich in seinem Griff. »Woher wissen wir, daß das Gebäude nicht zusammenbricht und uns begräbt? Ich muß hier raus!«

»Sie sind hier sicherer«, sagte Ministerin Dydion und trat rasch auf die Frau zu. »Wenn dieses Gebäude nicht sicher wäre, hätte das letzte Erdbeben es bestimmt zum Einsturz gebracht.«

»Ich kann hier nicht bleiben!«

»Sie wissen nicht, was da draußen los ist«, rief Dydion zurück.

»Das ist mir egal!« schrie die Frau. »Ich halte es nicht mehr aus!«

»Sie müssen, Sie törichte Frau«, sagte Worf mit seiner tiefsten Stimme. »Wir fliegen vielleicht noch immer durch das Wurmloch.«

Die Frau klammerte sich an Dydion. Sie schien sich vor Worf zu fürchten. Gut, dachte er; wenn die Vernunft versagte, trug Angst oft dazu bei, die Ordnung wiederherzustellen. »Wegen der Beben ist es draußen vielleicht noch gefährlicher«, fuhr er fort. »Einen Schritt nach draußen, und ein neues Beben könnte einen Felsen lösen, der Sie zerquetscht. Eine Flutwelle könnte unterwegs sein oder bereits zugeschlagen haben – dieses Gebäude könnte sogar schon unter Wasser stehen.«

»Bis wir sicher sind, was da draußen los ist«, sagte Ganesa, »sind wir besser dran, wenn wir hier warten.«

»Wie wollen wir das denn herausfinden?« fragte einer der beiden Gefangenen aus dem Tireos-Institut. Ein Mitglied der Sicherheitskräfte bedeutete ihm ärgerlich zu schweigen. »Früher oder später müssen wir unser Glück draußen versuchen.«

»Vielleicht scheuchen wir dich als ersten raus«, antwortete einer der fünf Eltern bei ihnen, »dich und deinen Komplizen. Wenn ihr beide nicht draufgeht, wissen wir…«

»Das reicht!« rief Dydion. »Das führt doch zu nichts!« Als wolle der Boden ihre Worte unterstreichen, erzitterte er leicht unter ihnen.

»Wir werden wissen, daß wir nicht mehr in Gefahr sind, sobald die *Enterprise* sich meldet.« Worf wies auf den Fernkommunikator, den Bodonchar vorher hereingetragen hatte.

Die Epicteter schienen für den Augenblick beschwichtigt zu sein. Bodonchar ließ die Frau los, die er zu beruhigen versucht hatte, und ging zu Worf. »Vielleicht sollten wir versuchen, die *Enterprise* jetzt schon zu rufen«, sagte der Unteroffizier leise. »Vielleicht erfahren wir dann, wie lange wir hier drinnen ausharren müssen.«

»Ich werde versuchen, mit dem Schiff Verbindung aufzunehmen«, antwortete Worf. »Sie und Fähnrich Mehta beobachten die anderen. Wenn irgend jemand versucht, diesen Ort zu verlassen, betäuben Sie ihn mit Ihren Phasern. Wenn wir Gewalt anwenden müssen, um sie am Leben zu erhalten, werden wir das tun.«

Bodonchar nickte. Worf ging zum Fernkommunikator und verfluchte schweigend die Epicteter als Dummköpfe und Feiglinge. Natürlich nicht alle. Ministerin Dydion hielt gut durch, und auch seine Kameradin Ganesa hatte ihn nicht enttäuscht.

Er kniete vor dem Kommunikator nieder und berührte den Sendeknopf. »Worf an *Enterprise,* Worf an *Enterprise,* antworten Sie.« Nichts, nur ein seltsamer Pfeifton. »Worf an *Enterprise*. Fähnrich Mehta, Unteroffizier Bodonchar und ich sind mit Ministerin Dydion und ein paar von ihren Leuten in Sicherheit. Wir sind in der archäologischen Stätte nördlich von Boreas.« Das Pfeifen wuchs zu einem hohen Jaulen an. »Worf an *Enterprise.*«

Das Schiff war vielleicht zerstört worden. Epictetus III befand sich vielleicht noch immer im Wurmloch oder auf einer Umlaufbahn, die zu nah an der neuen Sonne lag oder zu weit von ihr entfernt war. Falls die *Enterprise* zerstört worden war, gab es keine Rettung für die, die auf diesem Planeten überlebt hatten. Andere Raumschiffe würden sie nicht mehr rechtzeitig für eine Evakuierung erreichen können.

Er würde sich auf das Schlimmste vorbereiten. Mit den Vorräten, die Ministerin Dydion und ihre Assistenten aus den Flitzern herangeschafft hatten, konnten sie eine Weile durchhalten. Danach würden sie sich dem stellen müssen, was auch immer sie dort draußen erwartete, um die Nahrung und das Wasser hereinzuholen, das die fünf Eltern so achtlos in ihren Flitzern zurückgelassen hatten – immer vorausgesetzt, sie fanden die Flitzer überhaupt. Wenn sie dann noch nichts von der *Enterprise* gehört hatten... weiter wollte er nicht vorausdenken.

Er beugte sich über den Empfänger. Er würde die anderen Mitglieder des Außenteams rufen. Eigentlich müßte er Kontakt mit ihnen aufnehmen können, falls sie sich noch auf dem Planeten befanden. »Worf an Troi, Worf an Troi«, sagte er, und fragte sich, warum sie noch keine Verbindung mit ihm aufgenommen hatte. Vielleicht waren Troi und Chang verletzt worden. Oder noch schlimmer, vielleicht hatten die Leute im Tireos-Institut ihnen etwas angetan. Er schluckte die Wut herunter, die bei diesem Gedanken in ihm aufwallte. »Worf an Troi«, wiederholte er, aber es kam keine Antwort.

12

Die Zeit riß ihn mit sich in ihrem Strom und trieb ihn erneut vorwärts. Picard Gedanken waren wieder klar, und er sah sich auf der Brücke um.

Troi nahm einen tiefen Atemzug, lehnte sich in ihrem Sessel zurück und schüttelte den Kopf. Riker kam auf die Füße und wandte sich den Wissenschaftsoffizieren zu.

»Wir sind okay«, sagte Iris Liang.

»Beängstigend«, murmelte Veronica Sorby und sah zu Picard. »So festzustecken – es war sogar noch schlimmer, als tot zu sein, fast, als würde sich der eigene Körper in einen Sarg verwandeln.« Sie erschauerte.

»Captain!« erklang LaForges Stimme aus dem Maschinenraum. »Das Wurmloch kollabiert hinter uns.«

»Voller Impuls«, befahl Picard.

»Wir haben jetzt volle Impulskraft«, sagte Data von seiner Position. »Offensichtlich war unser zweiter Versuch, das Wurmloch zu kontrollieren, nicht ganz erfolgreich. Wir wissen anscheinend nicht genau, welche Energiemenge benötigt wird, um ein Wurmloch in vorhersagbarer Weise zu öffnen und zu kontrollieren.«

»Hat der Planet den Transit geschafft?« fragte Picard.

»Schwer zu sagen, Captain«, antwortete Data. »Er scheint nicht vor uns zu sein.«

»Wird uns der Zusammenbruch einholen?«

»Ich berechne jetzt die Geschwindigkeit des Kollapses«, sagte Data.

Picard wußte, wenn der Kollaps sein Raumschiff einholte, würde es eine kurze Implosion geben, und die *Enterprise* würde einfach aufhören zu existieren, während der Zusammenbruch weiterschwappte. Wenn Epictetus III sich dann noch im Wurmloch befand, würde der Planet dieses Schicksal teilen. Er wollte nicht an die Möglichkeit denken, daß vielleicht alles umsonst gewesen war und er es unmittelbar vor dem Ende erfuhr.

Einige Kinder hatten geschrien, als die zeitliche Verzerrung vorbei war. Mittlerweile kamen sie wieder zur Ruhe; einige wurden von Freunden oder Besatzungsmitgliedern der *Enterprise* besänftigt, andere vielleicht von ihrem Stolz oder ihrer Angst, sich vor Fremden bloßzustellen.

Guinan machte die Runde im Gesellschaftsraum. Sie ging von einer Gruppe zur nächsten, lächelte und versicherte den Kleinen, alles würde in Ordnung kommen, während sie gleichzeitig besorgt darüber nachdachte, was wohl gerade auf dem Planeten geschah. Viele Kinder waren offensichtlich erschöpft, weigerten sich aber noch immer, zum Schlafen zu den ihnen angewiesenen Quartieren zu gehen. Guinan fühlte stärker mit ihnen, als sie es wußten; sie hatte ihre eigene Heimatwelt schon vor langer Zeit verloren.

»Das liegt daran, daß die Zeit in einem Wurmloch anders abläuft«, erklärte ein dunkelhaariges Mädchen einer Gruppe von Kindern. »Darum habt ihr euch so gefühlt, als hätte alles aufgehört.« Sie war ungefähr elf oder zwölf, vermutete Guinan, älter als die anderen. »Macht euch keine Sorgen. Alles kommt in Ordnung, sobald wir auf der anderen Seite sind.«

»Du scheinst einiges über Wurmlöcher zu wissen«, sagte Guinan.

»So viel auch wieder nicht.« Das Mädchen sah zu ihr auf, und der nachdenkliche Ausdruck in den braunen

Augen ließ es älter erscheinen. »Es ist nur... na ja, wenn man zu verstehen versucht, was los ist, ist alles nicht so beängstigend.«

»Ich weiß genau, was du meinst«, sagte Guinan.

»Was wird mit uns passieren?« fragte ein Junge. »Ich meine, wenn wir... wenn unsere Welt nicht...«

»Denk nicht mal dran«, sagte das Mädchen.

»Das ist ein guter Ratschlag«, murmelte Guinan. »Denk nicht mal dran.« Zumindest so lange nicht, bis du mußt, fügte sie stumm hinzu. Sie warf einen Blick auf die Aussichtsfenster und setzte sich dann wieder zu den Kindern.

»Der Zusammenbruch erfolgt langsam«, sagte Data, »also fliegen wir vor ihm her, aber ich kann nicht sagen, ob das so bleiben wird.«

Picard entspannte sich ein wenig. »Wie lange noch bis zum Austritt?« fragte er.

»Unser Zeitgefühl wird noch immer beeinflußt, Captain, daher kann ich auch das nicht sagen.«

»Der Zusammenbruch holt uns langsam ein«, war LaForges Stimme zu hören.

»Captain«, sagte Data, »unsere Geschwindigkeit nimmt jetzt zu.«

Troi, die auf der Kante gesessen hatte, sank in ihren Sessel zurück. Picard seufzte erleichtert auf. »Gut gemacht, Geordi!«

»Danke für das Kompliment, aber das waren wir nicht«, antwortete der Chefingenieur.

»Data?« fragte Picard.

Data beugte sich über seine Konsole. »Ich glaube, ich verstehe jetzt... Das kollabierende Feld des Wurmlochs hinter uns schiebt uns voran, was heißt, daß der Zusammenbruch uns vielleicht nie einholen wird.«

Während Data sprach, sah Picard Lichtblitze auf dem Sichtschirm. Dann erschien plötzlich eine grelle, gelbweiße Sonne, die die Brücke mit Licht überflutete. Picard kniff die Augen zusammen, um sie vor der Helligkeit zu schützen, und entdeckte vor ihnen Epictetus III, der das Licht seines neuen Gestirns einfing.

Ein Ruck erschütterte die *Enterprise*. »Das Wurmloch hat sich hinter uns geschlossen«, sagte Data.

»Die Umlaufbahn des Planeten...«, sagte Picard und hörte die Besorgnis in seiner eigenen Stimme. »Wie ist sie?«

»Ich scanne«, sagte Iris Liang hinter ihm. »Scheint fast wie vorhergesagt zu sein, aber die Achsenneigung weicht um ein Grad ab.«

Nur ein Grad, dachte Picard. Data hatte es fast perfekt berechnet. Er und Geordi hatten sich fast jede Auszeichnung verdient, die Starfleet zu vergeben hatte. Nicht, daß einer von ihnen daran dachte. Die Rettung einer Welt und ihrer Bewohner war ihnen Belohnung genug.

Lange schwiegen alle auf der Brücke, offenbar zufrieden damit, den Bildschirm zu betrachten, während der blauweiß marmorierte Ball von Epictetus III größer wurde. Die obere Hälfte der nördlichen Halbkugel war von einer sich ausbreitenden dunklen Wolkenmasse bedeckt, aber sonst bot der Planet das gewohnte Bild. Schließlich rief Veronica Sorby: »Geschafft!«

Troi lachte.

»Data«, sagte Riker, »ich werde nie wieder an Ihnen oder Geordi zweifeln.«

Data wandte sich in seinem Sessel um. »Dieses Versprechen werden Sie wohl kaum einhalten, Commander«, sagte er ernsthaft. »Das Zweifeln liegt in der Natur des Menschen, und als unser Führungsoffizier gehört es zu Ihren Pflichten, Vorschläge anzuzweifeln und Begründungen zu verlangen.«

Riker grinste. »Würden wir Ihnen zu Ehren eine Party geben, als Dank für alles, was Sie für uns getan haben, würden Sie vermutlich ein literarisches Epos darüber vom Stapel lassen, wie genau Sie zu Ihren Schlüssen gelangt sind, und wir wären nach fünf Minuten eingeschlafen.«

Data runzelte die Stirn. »Bei solchen Gelegenheiten wird oft eine Rede gehalten, aber ich möchte doch hoffen, daß die meine keine Müdigkeit bei den Gästen hervorruft.«

Riker lachte leise. Auf dem Schirm schwoll Epictetus III an; die Offiziere auf der Brücke brachen in Jubel aus.

»Wir treten in die Umlaufbahn ein«, sagte Data.

Im Osten wurde der Himmel heller. Im Westen verbarg eine dunkle Wolkenbank einen Teil des Himmels. Dalal Mehta drückte die Hände an die Glaskuppel des Flitzers und sah hinaus auf die Ebene. Das hohe Tarendragras bog sich im Wind und richtete sich wieder auf, als der Wind langsam erstarb.

»Die Morgendämmerung kommt«, sagte sein Vater leise. »Ich hatte nicht erwartet, noch eine Morgendämmerung zu sehen.«

Dalal hatte eine Weile die Sterne beobachtet. Die Sternbilder waren ihm alle unbekannt. Er suchte den Himmel im Osten ab und sah neue Morgensterne, einen Cluster von acht und eine andere Gruppe, die wie die Verzierung eines kosmischen Fächers aussah. Ein heller Schein über dem Horizont wurde zum Feuer einer aufgehenden Sonne.

Dalal öffnete die Tür und schlüpfte hinaus. Leute standen neben ihren Flitzern und blickten nach Osten zur neuen Sonne. Er atmete tief die Morgenluft ein, und es war, als hätte jemand das Universum wieder eingeschaltet.

»Sie sind durch«, brüllte Parviz Bodonchar, »die *Enterprise* ist durch!«, aber Worf hatte bereits Commander Rikers Stimme über den Fernkommunikator gehört. Mit zwei langen Schritten war er an Bodonchars Seite und kniete neben ihm nieder.

»*Enterprise* an Worf«, sagte Riker.

Worf beugte sich zum Empfänger hinab. »Hier Worf.« Ganesa eilte zu ihm. »Fähnrich Mehta, Unteroffizier Bodonchar und ich sind unverletzt«, fuhr Worf fort. »Wir sind in der Ausgrabungsstätte nördlich von Boreas. Ministerin Dydion und einige ihrer Leute sind hier bei uns – sie sind ebenfalls unversehrt.«

»Wir werden bald nah genug sein, um Sie an Bord zu beamen«, sagte Riker, »aber Sie können die Stätte jetzt ungefährdet verlassen. Epic Drei befindet sich in einem optimalen Orbit – die Achsenneigung weicht lediglich um ein Grad ab. Wir bekommen jetzt Schadensberichte herein – die meisten Städte scheinen durch Erdbeben und Flutwellen schwer beschädigt worden zu sein. Epira und Austra stehen völlig unter Wasser.«

Ganesa entfuhr ein entsetztes Keuchen.

»Fast ganz Boreas scheint von einer Flutwelle getroffen worden zu sein«, fügte Riker hinzu. »Ein Großteil der Stadt ist zerstört worden, aber die Welle ist zurückgegangen. Das gleiche gilt für Nicopolis – eine Flutwelle hat die meisten Gebäude zu Kleinholz verarbeitet, aber ein paar stehen noch. Hierapolis ist außer kleineren Erdbebenschäden fast unversehrt.« Ganesa hob eine Hand zum Mund. »Die Stadt liegt jetzt aber nicht mehr an einem Fluß – der hat ein neues Bett gefunden. Es befindet sich fast zehn Kilometer entfernt. Die archäologischen Stätten scheinen sich gut gehalten zu haben. Offensichtlich steigen die vulkanischen Aktivitäten leicht an, meist entlang der Gräben auf dem Grund des Ozeans. An einigen Orten kommt es zu Nachbeben, aber wenn wir einen vollständigen Scan haben, wissen wir mehr. Die größte Veränderung besteht darin, daß die komplette nördliche Polarkappe zumindest vorübergehend ein Meer aus dampfendem Wasser ist.«

»Wir haben versucht, Counselor Troi und Fähnrich Chang zu erreichen«, sagte Worf, »bekamen aber keine Antwort. Sind sie in Sicherheit?«

»Troi ist an Bord der *Enterprise.* Ein kleines Stück von Epic Drei wurde vom Wurmloch abgeschnitten – dort, wo das Tireos-Institut lag. Wir mußten sehr nah heran, um die Überlebenden an Bord zu beamen, und das erforderte einige rasche Manöver – ich erzähle Ihnen alles, wenn Sie zurück sind.« Riker schwieg kurz. »Wir haben Fähnrich Chang verloren – er ist auf diesem Fragment gestorben.«

»O nein«, murmelte Ganesa. Bodonchar senkte den Kopf.

»Er starb in Ehren«, sagte Worf.

»Seine Leiche ist an Bord.« Riker hielt inne. »Wir versuchen, Sie so schnell wie möglich zurückzuholen.«

»Verstanden«, sagte Worf. »Wie haben genug Nahrung, um einige Tage durchzuhalten.«

»Lassen Sie bis dahin Ministerin Dydion jegliche Unterstützung zukommen.«

»Jawohl, Sir. Worf Ende.«

»*Enterprise* Ende.«

Ministerin Dydion stand in seiner Nähe. Worf erhob sich. »Darf ich Ihren Fernkommunikator benutzen?« fragte sie. »Ich will Kontakt zu meinen Leuten aufnehmen und feststellen, wie es ihnen geht.«

»Natürlich. Unteroffizier Bodonchar wird bei Ihnen bleiben, falls Sie seine Hilfe brauchen. Ich gehe hinaus und sehe nach, ob unsere Fahrzeuge den Transit überstanden haben.«

Worf schaute in die Richtung der anderen und sah, daß Dydions Sicherheitsleute ihre beiden Gefangenen unter Kontrolle hatten. Dann ging er zum Eingang. Die Tür glitt auf; gefolgt von Ganesa trat er hinaus.

Die neue Sonne war aufgegangen, aber im Norden dräute eine schwarze Wolkenbank, und in der Luft lag ein salziger Geruch. Die Flächen zwischen den Monumenten waren mit großen Felsen übersät. Die Archäologen hatten die Ausgrabungsstätte wie eine Tagebaumine ausgehöhlt, und in den Grubenwänden klafften Risse. Ein Flitzer war von einem Felsbrocken zerschmettert worden, aber die anderen schienen unversehrt zu sein.

Ganesa ging zu einem Flitzer. »Steigen Sie ein«, sagte sie. »Wir müssen feststellen, ob wenigstens einer dieser Flitzer noch funktioniert.« Sie glitt in das Fahrzeug; Worf stieg neben ihr ein.

Ganesas Hände huschten über die Armatur. Der Flitzer schoß in die Höhe und aus der Grube; sie brachte ihn hinunter und landete in der Nähe des Steilwandrandes. Unten sah Worf Sand, Wassertümpel, tote Fische und grüne Stricke von Algen, die über den Felsen hingen; eine Flutwelle war bis zum Fuß dieses Steilhanges landeinwärts vorgedrungen.

»Solange mein Volk sein Leben und seine Welt hat«, sagte Ganesa, »können wir alles neu aufbauen.« Wieder berührte sie die Kontrollen; der Flitzer stieg auf, dann senkte er sich langsam zu den anderen Fahrzeuge.

Ministerin Dydion trat hinaus, als die beiden aus dem Flitzer stiegen. Sie sah müde aus, und das lange Haar hing ihr schlaff über die Schultern. »Ich bin zur Ausgrabungsstätte am Dryon-Wald durchgekommen«, sagte sie. »Einige Leute, etwa um die dreihundert, sind in Panik geraten und in den Wald geflohen, aber alle anderen sind in den Monumenten oder in ihrer Nähe geblieben. Es scheint keine Toten gegeben zu haben, außer einigen von denen, die in den Wald gegangen sind – einige Leichen hat man schon gefunden. Nur wenige Verletzte – gebrochene Gliedmaßen, blaue Flecken und so weiter. Wir haben viel Glück gehabt, auch wenn wir fast ganz Boreas verloren haben.«

Worf runzelte die Stirn.

»Ich habe diesen Teil des Berichts Ihres Commanders gehört«, fuhr Dydion fort. »Wir müssen alles neu aufbauen – vielleicht etwas weiter landeinwärts.« Ihr Mund zuckte. »Ich wünschte, Edmond… mein Mann wäre hier, um das zu sehen. Wie sehr ich mir doch wünschte, daß er nicht aufgegeben hätte. Ich wünsche mir das mehr als alles andere.«

Ihr Ehemann hatte sich vielleicht das Leben genommen, aber die Frau hatte nicht seinen Ausweg gewählt, sie war geblieben, um die Sache durchzustehen. Worf konnte sie dafür respektieren. Aber er erkannte auch, daß der Kummer ihre Freude um das Wissen verdüsterte, daß ihre Welt jetzt leben würde.

Ein kurzer Bericht von Minister James Mobutu, der sich bei den Flüchtlingen von Austra aufhielt, hatte bislang rund zehntausend Todesfälle im Süden erwähnt. Nun lauschte Picard einem Bericht von Minister Rohin Nowles, der ihn darüber informierte, daß mindestens tausend Bewohner von Hierapolis tot waren. Nowles erwartete, daß diese Zahl sich noch erhöhen würde, da mehrere tausend Leute die Anweisungen nicht befolgt hatten und offenbar losgezogen waren, um bei den Kuretes-Bergen oder in der Korybantes-Wüste auf den Tod zu warten. Die Wüste und die Berge hatten offenbar Leben gefordert, die von der Nova verschont worden waren. Ein Zeuge hatte im Bergvorland ein unter einer Steinlawine begrabenes Zeltlager entdeckt.

»Es gab außerdem einige schwere Wüstenstürme«, fuhr Minister Nowles fort, »die den Berichten zufolge alle früheren Stürme übertroffen haben.« Sein Gesicht war schlaff vor Müdigkeit; er fuhr sich durch das ergrauende Haar. »Ich bin dankbar, daß die meisten unserer Leute die Ausgrabungsstätten aufgesucht haben, so sinnlos es ihnen zu dem Zeitpunkt auch erschien. Ich denke, daß Rychis Glaube an die alten Stätten weitgehend berechtigt war. Es gibt nicht mehr viel zu sagen, Captain Picard.«

»Wir schicken so bald wie möglich alle Notfallhilfe, die Sie brauchen«, sagte Picard. »Starfleet Command und die Föderation sind über Ihre Situation informiert, und Hilfe ist unterwegs.«

»Wir sind Ihnen dankbar«, sagte Nowles leise, »dankbarer als ich oder sonst jemand das ausdrücken kann oder je können wird.« Sein Bild verschwand.

Picard empfand einen Augenblick der Befriedigung, aber er wußte sofort, daß diese nie zu einem Triumphgefühl anwachsen würde. Es gab zu viele Tote.

Eine weitere Botschaft kam herein: Auf dem Bildschirm erschien das Gesicht von Mariamna Fabre. »Captain Picard«, sagte sie rasch, »wir sind gut durchgekommen, aber mit vielen Verlusten. Es treffen noch immer Berichte ein, aber an der Westküste haben wir bisher fast fünftausend Leute verloren, und weitere Tausende werden noch vermißt. Einige waren Leute, die sich wohl geweigert haben, ihre Häuser zu verlassen, oder sie erst verlassen haben, als es schon zu spät war. Unsere Todesfälle im Westen könnten bis auf fünfzigtausend ansteigen, die Schwerverletzten nicht mitgezählt. Medizinische Teams sind bereits zu mehreren Ortschaften unterwegs.«

»Wir werden einige unserer Leuten auf den Planeten beamen, damit sie Sie unterstützen«, sagte Picard, »sobald wir wissen, welche Art von Hilfe am nötigsten ist.«

»Im Moment wohl Nahrung, Wasser und medizinischer Nachschub«, sagte Fabre. »Wir haben all unsere Leute hier im Westen angewiesen, zunächst dort zu bleiben, wo sie sind.«

Picard war erleichtert, daß die Frau ihre feste, entschlossene Art nicht verloren hatte, und zutiefst dankbar, daß sie überlebt hatte. »Wir werden sofort damit beginnen, replizierte Vorräte zu allen Evakuierungsorten zu beamen«, sagte er.

»Danke.« Fabre lächelte. »Es hätte so viel schlimmer kommen können. Welchen Schwierigkeiten auch immer wir jetzt entgegentreten müssen, wir werden uns alle daran erinnern.«

Picard sah einen Moment zu Boden. Er wußte nicht, was er sagen sollte, und fragte sich, warum ihm angesichts so vieler Toter noch gedankt wurde. Als er den Kopf wieder hob, war das Bild von Ministerin Fabre verschwunden.

»Minister Nowles gab mir einen kurzen Bericht über Ihre Stadt«, rief Rychi den Leuten zu, die sich im Flur der Anlage drängten. »Sie werden noch ein paar Tage hier ausharren müssen, aber zum Glück steht der größte Teil von Hierapolis noch.«

Einige Leute jubelten; die meisten waren still. Vielleicht dachten sie daran, wie leicht sie hätten sterben können, anstatt zu überleben und die Wiedergeburt ihrer Welt sehen zu können.

»Wir haben genug Nahrung und Wasser, um bis dahin durchzuhalten«, fuhr Rychi fort, »und dann sollten Sie auch schon wieder in Ihre Häuser zurückkehren können. Wenn nicht, können wir die *Enterprise* bitten, uns weitere Vorräte herunterzubeamen.« Er hatte entschieden, Captain Picard nicht um Hilfe zu bitten, solange es nicht unbedingt nötig war. Er hatte bereits genug Berichte gesehen, um zu wissen, daß die Bevölkerung an anderen Orten noch viel größere Not litt. »Wenn Sie das Gebäude verlassen, entfernen Sie sich bitte nicht allzu weit von ihm. Das Wetter bleibt wohl noch eine Weile unbeständig – Sie wollen sicher nicht in einen weiteren plötzlichen Sturm geraten.«

Als er seine Rede beendete, standen einige Leute auf und wanderten zur Plastin-Kuppel, um sich an den Latrinen anzustellen. Andere, die offenbar erschöpft waren, benutzten Rucksäcke als Kissen und streckten sich zum Schlafen auf dem Boden aus. Wieder andere gingen zu den Rampen, die sie hinunter zu der Kammer des Sonnenaggregats führen würden. Hakim Ponselle hatte gebeten, alle Vorräte dort abzulegen, damit sie gerecht verteilt werden konnten, und niemand hatte dagegen Einspruch erhoben.

Ungefähr hundertvierzig Leute hatten jetzt in dieser Station Unterschlupf gefunden, ein winziger Bruchteil jener, die sie verloren hatten. Nachdem er kurzen Berichten anderer Minister gelauscht hatte, schätzte Rychi, daß die Zahl der Todesopfer bei mindestens einhunderttausend lag, und diese Einschätzung war wohl noch optimistisch.

Der Eingang öffnete sich; Ponselle kam herein. »Wie sieht es draußen aus?« fragte Rychi seinen Freund.

»Vielleicht siehst du es dir selbst mal an«, gab der Ältere zur Antwort.

Rychi folgte ihm zum Eingang und trat hinaus. Der Himmel wies das gewohnte Mittagsblau auf, die neue Sonne war so hell wie die, vor der sie geflohen waren. Im Süden waren Flitzer über den orangefarbenen Sand verstreut, die meisten von ihnen waren offenbar schwer beschädigt. Er dachte daran, daß sie um Transportmöglichkeiten ersuchen mußten, wenn es soweit war.

Als er sich umwandte, um wieder hineinzugehen, warf er einen Blick nach Osten und erstarrte. Nicht mehr als zwanzig Schritte vor der Anlage hatte sich eine Spalte im Boden aufgetan.

»Das wollte ich dir zeigen«, sagte Ponselle. »Wenn

sich diese Spalte auch nur ein bißchen weiter westlich geöffnet hätte, hätte sie uns verschlungen.«

Rychi erschauerte und ging dann auf den Rand der Spalte zu. Sie war etwa hundert Meter breit und verlief in nord-südlicher Richtung; er konnte nicht sehen, wo sie endete. Er schaute in den Schlund hinab und schätzte, daß er fast einen Kilometer tief war.

»Da haben wir wohl Glück gehabt«, sagte Ponselle, als er an Rychis Seite trat.

Rychi atmete die warme, trockene Luft ein. Seine Welt lebte noch, und nun hatten sie auch die Zeit, mehr über die Geheimnisse ihrer früheren Bewohner zu erfahren. Vielleicht fand er sogar den Schlüssel zu ihrer Schriftsprache.

Ein Gedanke kam ihm. Wenn die Alten diese Welt wirklich verlassen hatten, um interstellare Habitatbewohner und Nomaden zu werden, waren sie vielleicht noch ein letztes Mal zu ihrer alten Welt zurückgekommen, um sie voller Nostalgie zu betrachten. Vielleicht hatten sie Aufzeichnungen über ihre Reisen hinterlassen, über Kontakte mit anderen intelligenten Spezies, vielleicht sogar Berichte über diese Kontakte, die sich als jener Stein von Rosetta erweisen mochten, der es ihm gestatten würde, ihre Schriftsymbole zu verstehen. Und wenn sie das Land zugunsten der Meere verlassen hatten, fanden sie solch ein Artefakt vielleicht im Meer.

Er würde erforschen, was er erforschen konnte, und andere würden auf seiner Arbeit aufbauen. Die Stätten würden noch vorhanden sein, die Monumente, die so viele Leben gerettet hatten.

»Wir haben noch viel Arbeit vor uns«, sagte Ponselle, und Rychi wußte, daß der andere ähnliche Gedanken hegte.

Zwei Mitglieder der Sicherheitsabteilung der *Enterprise* hielten im Flur Wache. Die Tür öffnete sich; Troi betrat

Ganesa Mehtas Quartier. Die unverletzten Frauen aus dem Tireos-Institut waren hier, in Fähnrich Mehtas Quartier, untergebracht worden, und die Männer in Worfs Räumen, nachdem Worfs klingonische Waffen von den Wänden entfernt worden waren.

Die Frauen saßen auf dem Boden, die meisten wirkten müde und unglücklich. Troi fühlte sich ebenfalls erschöpft, und die Neuigkeiten, die sie mitgebracht hatte, würden die Frauen nicht aufmuntern. Sie hatte Commander Riker gebeten, sie besuchen zu dürfen, so ausgelaugt sie auch war. Dies würde ihre letzte Aufgabe sein, bevor sie sich zum Schlafen in ihr Quartier zurückzog.

»Ich habe traurige Nachrichten für Sie«, sagte sie. »Ihr Freund Ford Veniam ist in der Krankenstation gestorben.« Drei Frauen seufzten tief, und sie fühlte ihre Trauer um ihren toten Kollegen. »Sein Leichnam wird so bald wie möglich zum Begräbnis nach Ihren Sitten auf Ihre Welt zurückgebracht. Ihre anderen Freunde befinden sich auf dem Weg der Besserung.«

Teodora Tibawi sah auf. Ihre Schönheit war durch die jüngsten Prüfungen nicht gemindert worden. »Sind wir noch Gefangene?« fragte sie.

»Sie sind keine Gefangenen«, antwortete Troi, obwohl sie es in gewisser Hinsicht schon waren. Commander Riker hatte ihre separate Unterbringung angeordnet. Er wußte, daß die epictetischen Behörden ihre Rückführung erwarteten, damit sie sich einem Prozeß stellten. Außerdem bestand die Möglichkeit, daß einige von ihnen eine Verzweiflungstat begangen oder auf irgendeine Weise zu fliehen versuchten.

»Was wird mit uns geschehen?« fragte Teodora.

»Das kann ich nicht beantworten. Diese Entscheidung werden Ihre epictetischen Mitbürger fällen müssen. Sie werden hier bleiben, bis wir Sie zurückschicken können. Wir wollen zuerst die Kinder nach Hause bringen, also könnte es noch ein paar Tage dauern, aber nicht länger. Bis dahin wird es Ihren verletzten Freunden wieder so gut gehen, daß sie Sie begleiten können.«

Commander Riker war nicht der Ansicht, daß diese Leute viel Rücksichtnahme verlangen konnten. Troi hatte das gefühlt, noch bevor er es bestätigte. »Seien Sie nicht allzu nett zu ihnen«, hatte er gesagt. Sie hatten Beihilfe geleistet, die Kinder als Geiseln zu nehmen, und daß diese Kinder noch lebten und unverletzt waren, war hauptsächlich Glückssache gewesen. Aber Troi spürte die Reue in diesen Frauen; und als sie mit ihr in der Falle gesessen waren, hatten sie durchaus Mut bewiesen. Sie bezweifelte, daß sie je wieder jemanden bedrohen würden.

»Es wird nicht leicht für uns sein«, sagte eine blonde Frau.

»Vielleicht werden Ihre Leute so dankbar sein für das, was geschehen ist, daß sie barmherzig sind und Ihnen verzeihen.« Troi hielt inne. »Ich kann nur eines für Sie tun... einen Bericht an den Ministerrat schicken und ihm mitteilen, daß Sie Ihre Taten wirklich bereuen und Ihr größtes Verbrechen aus allzu großer Leichtgläubigkeit bestand. Vermutlich wäre es hilfreich, wenn ich erwähne, daß niemand von Ihnen versucht hat, mir etwas anzutun.«

»Gibt es weitere Berichte über Todesfälle?« fragte Teodora.

»Die Schätzungen liegen jetzt bei ungefähr einhundertvierzigtausend Toten, und es werden wahrscheinlich noch mehr.« Troi legte die Hände aneinander. »Aber es hätte viel schlimmer sein können.« Es hätten zwanzig Millionen sein können, erinnerte sie sich. »Ich muß Sie jetzt verlassen – ich habe Commander Riker gesagt, daß ich auch mit den Männern sprechen werde.«

Sie wollte schon gehen, als Teodora aufstand und zu

ihr trat. »Lieutenant Commander Troi«, sagte sie, »ich habe eine Bitte an Sie.«

»Und die wäre?«

»Ich möchte bei Jun-shings Begräbnis dabeisein, um ihm die letzte Ehre zu erweisen. Es ist wohl sowieso meine Schuld, daß er tot ist. Vielleicht wäre er nicht im Institut gewesen, wenn...«

Troi nahm Teodoras Hände. Sie spürte die Spannung der Schuld in der Frau. »Fähnrich Chang kannte seine Pflicht, Teodora. Er hätte sich vielleicht sogar freiwillig für diesen Einsatz gemeldet.« Tränen quollen aus den Augen der jungen Frau. »Ich werde sehen, was ich für Sie tun kann«, fuhr Troi fort. »Captain Picard wird nichts dagegen haben, da bin ich sicher. Er hat bereits einige Minister gefragt, ob Fähnrich Chang auf Epictetus III begraben werden kann, und sie meinten, es sei ihnen eine Ehre... »

»Begraben Sie ihn nicht dort.« Teodora entzog Troi ihre Hände und wischte sich die Tränen ab. »Er würde das nicht wollen, das weiß ich. Ich muß jetzt für ihn sprechen. Er hat Starfleet geliebt, nicht diesen Planeten. Er würde im Weltraum bleiben wollen. Begraben Sie ihn nicht in der Erde.«

»Ich werde dem Captain mitteilen, was Sie gesagt haben«, murmelte Troi und dachte an Chang. Sie hatte den jungen Offizier nicht sonderlich gut gekannt, spürte aber instinktiv, daß Teodora recht hatte. »Ich glaube, er wird zustimmen – nein, ich weiß es sogar.«

Eine Nachricht von Worf kam herein, gleich nach einem Bericht von einem Adjutanten Peladons. Keine Rast für die Müden, dachte Picard, während er dem Klingonen zuhörte. Worf, Fähnrich Mehta und Unteroffizier Bodonchar wollten mit Ministerin Dydion zu der Ausgrabungsstätte beim Wald von Dryon reisen. Ihre Assistenten hatten berichtet, daß vorläufige Unterkünfte und sanitäre Anlagen errichtet wurden und die meisten Leute unverletzt waren. Die drei Mitglieder des Außenteams konnten später von dort aus an Bord gebeamt werden.

Picard rieb sich die Augen. Er hatte keine Müdigkeit verspürt, als er die ständig eintreffenden Berichte von Epictetus III entgegennahm und beantwortete, seine Logbucheinträge machte und Vida Ntumbe, Pietro Barbieri und dem Föderationsrat einen vorläufigen Bericht lieferte. Aber die Berichte vom Planeten wurden weniger, und seine Erschöpfung holte ihn langsam ein. Andere Offiziere waren auf die Brücke gekommen, um Fähnrich Sorby und Wissenschaftsoffizierin Liang abzulösen, und er hatte nun ein ziemlich vollständiges Bild von den Zuständen auf dem Planeten.

Der Transit hatte diese Welt fast hundertfünfzigtausend Leben gekostet, und mindestens ebensoviele Menschen hatten schwere Verletzungen davongetragen, aber es wurden bereits Nothospitäler und -unterkünfte errichtet. Innerhalb von zehn ihrer Tage – der epictetische Tag war jetzt ein paar Minuten länger – würden die ersten Starfleet-Frachtschiffe mit Notfallgütern und Personal in die Umlaufbahn des Planeten einschwenken. In wenigen Monaten würden sie mit dem Neuaufbau ihrer verwüsteten und zerstörten Städte schon wesentlich weiter sein…

Aber so viele Leben waren verlorengegangen. Er hoffte, daß diejenigen, die sie betrauerten, und diejenigen, die sich um die Selbstmörder grämten, die alle Hoffnung fahren gelassen hatten, über ihn und seine Offiziere nicht zu streng urteilten.

»Captain?«

Picard fuhr zusammen; Data stand neben ihm. »Captain, Commander Riker hat sich in sein Quartier zurückgezogen, Geordi hat Feierabend gemacht, die anderen auf der Brücke sind abgelöst worden, und ich habe mich davon überzeugt, daß fast alle Kinder, die wir an Bord genommen haben, endlich schlafen. Ich würde Ihnen dringend empfehlen, daß Sie sich ebenfalls etwas Ruhe gönnen.«

»Das werde ich. Sie werden die Dinge hier überwachen müssen.« Data würde sich um die Reparaturen der *Enterprise* und auch um jede wichtige Nachricht kümmern, denn Data wurde niemals müde. »Eine Sache muß ich allerdings noch erledigen.« Er hatte Beverly Crusher versprochen, daß er ihr Bescheid geben würde, sobald er Neuigkeiten über die Unterlichtschiffe hatte, und vor wenigen Augenblicken hatte er die Nachricht erhalten, daß sie den Ausbruch der Nova überstanden hatten.

Er wollte schon die Konsole vor ihm berühren, hielt aber inne. »Mr. Data«, sagte er, »ich möchte Ihre Meinung hören. Was hätten Sie bezüglich der epictetischen Unterlichtschiffe unternommen?«

»Genau das gleiche wie Sie, Captain. Ich habe darüber nachgedacht und bin zu dem Schluß gekommen, daß in Anbetracht der damit verbundenen moralischen Verwicklungen diese Leute von den zwei epictetischen Frachtraumschiffen aufgenommen werden sollten, die noch immer auf dem Heimweg sind. Darum hätte ich, genau wie Sie, eine Subraumbotschaft an die Captains der *Carpathia* und der *Olympia* gesandt, die sie anweist, alle Überlebenden aufzunehmen.«

»Ja«, sagte Picard. »Diejenigen, die geflohen sind, sollten von ihren eigenen Leuten beurteilt werden.« Er konnte den Leuten auf den fliehenden Schiffen noch immer kein Wohlwollen entgegenbringen. Vielleicht war er ungerecht. Wäre Epictetus III verlorengegangen und hätte die *Enterprise* die Rettungsbemühungen um den Planeten ebenfalls nicht überstanden, hätten nur die Leute an Bord der Unterlichtschiffe und der Frachtraumer überlebt. Sicherlich war es besser, wenn wenigstens ein paar überlebten. Einige sollten überleben, um ihrer Welt zu gedenken: Das mußten zumindest einige jener Leute, die in den Unterlichtschiffen geflohen waren, gedacht haben. Vielleicht waren sie nicht alle Feiglinge, die nur ihre eigene Haut retten wollten.

Beverly beschloß, die Subraumbotschaft an Krystyna Peladon aus ihrem Büro abzuschicken und dann wieder in ihr Quartier zu gehen und zu schlafen. Sie überlegte, ob sie nach etwas Ruhe nicht wortgewandter wäre. Doch dann stürzte sie noch mehr Kaffee herunter. Sie würde zuerst die Nachricht abschicken. Krystyna sollte es so schnell wie möglich erfahren.

Sie strich sich über das Haar, um es zu glätten, und beugte sich dann zu dem kleinen Bildschirm vor, der bereit war, ihre Nachricht zu senden. »Krystyna«, sagte sie, »ich schicke diese Mitteilung direkt zu dir und nicht über Wesley. Deine Eltern sind in Sicherheit. Alle Unterlichtschiffe konnten sich vor der Nova abschirmen, indem sie sich hinter mehreren Planeten in eurem äußeren Sonnensystem versteckten – eurem ehemaligen Sonnensystem. Die beiden epictetischen Frachtschiffe werden sie innerhalb der nächsten sechzig Stunden erreichen, alle an Bord beamen und dann nach Epictetus III weiterfliegen.«

Sie hielt inne. Über Krystynas Eltern gab es nicht mehr viel zu berichten. Auf ihrer Heimatwelt würde ihnen kein herzlicher Empfang zuteil werden; es würde Anschuldigungen geben, eventuell Schlimmeres, vielleicht sogar einen Prozeß. Aber vielleicht auch nicht. Es war schwer vorherzusagen, nach allem, was passiert war.

»Das folgende fällt mir schwerer« fuhr Beverly fort. »Captain Picard hat mir auch gesagt, daß dein Großvater nach dem Transit deiner Welt durch das Wurmloch nicht mehr gesehen wurde. Es ist nie an der für ihn vorgesehenen Ausgrabungsstätte aufgetaucht, und die letzte Botschaft, die einer seiner Adjutanten von ihm bekam, wurde aus seinem Haus in Epira abgesandt. Man geht jetzt davon, daß er die Stadt nicht verlassen hat. Krystyna...« Beverlys Hand schloß sich fester um ihre Tasse.

»Krystyna Peladon von der Starfleet-Akademie für Dr. Beverly Crusher« sagte der Computer, und Krystynas Gesicht erschien auf dem Schirm.

»Dr. Crusher«, sagte die junge Frau, »ich habe alles gehört, ich...« Sie trat etwas zurück, und Beverly sah, daß Wesley bei ihr war. »Ich weiß, wie es für meine Eltern sein wird. Sie hätten bleiben sollen, sie...« Krystyna schüttelte ihren blonden Kopf. »Ich habe eine Nachricht von Großvater bekommen. Ich glaube, er hat beschlossen, in seinem Haus zu bleiben, was auch immer geschieht. Nachdem ich seine Botschaft gehört hatte, hatte ich das Gefühl, ich würde ihn nie wiedersehen.«

»Es tut mir leid«, sagte Beverly leise.

»Er hat gesagt, es sei richtig gewesen, daß ich gegangen bin.« Ihre Augen glänzten. »Er gab zu, daß er in vielen Dingen Unrecht hatte. Mein Vater hat immer getan, was Großvater wollte, und nun wird er dafür bezahlen. Im günstigsten Fall werden die Leute ihn und Mutter schneiden – sie werden nicht vergessen.« Sie sah vom Bildschirm fort. »Ich werde einer der besten Starfleet-Offiziere werden. Nur so kann ich die Ehre meiner Familie wiederherstellen.«

Beverly fragte sich, ob Krystyna jemals nach Epictetus III zurückkehren würde. Es würde ihr leichter fallen, dem Planeten fern zu bleiben, und sie würde sich nicht mit der Schande ihrer Eltern und dem Urteil der Leute über die Taten ihres Großvaters auseinandersetzen müssen. Dann hob Krystyna den Kopf, und Beverly sah die Entschlossenheit in ihren Augen, die Kraft in ihrem Gesicht. Sie würde auf ihre Heimatwelt zurückkommen, und Beverly hielt es für wahrscheinlich, daß diese Welt dann auf sie stolz sein konnte.

»Ich komme zu Ihnen, wenn ich Wesley das nächste Mal besuche«, sagte Beverly. Sie beobachtete ihren Sohn, als er seinen Arm um Krystynas Schultern legte. Vielleicht würde sich ihre Freundschaft vertiefen. Wesley hatte Glück, jemanden wie Krystyna Peladon zu haben – falls die Beziehung die Veränderungen in ihr überstand.

13

In seinem Traum sah Picard durch die Teleskope der *Enterprise* auf das Sonnensystem von Epictetus III. Aber das System war vierzehn Lichtjahre entfernt, also sah er die Sonne und ihre Planeten *intakt*, genau, wie sie vor vierzehn Jahren gewesen waren. Das Licht, das er sah, kam zu ihm aus einer Vergangenheit, in der die Bevölkerung von Epictetus III ihr Leben lebte, als sei ihre Welt stets fest und beständig und ihre Sonne eine ewig leuchtende Präsenz an ihrem Himmel.

Er erwachte in dem Augenblick, als er gerade eine nutzlose Warnung durch Zeit und Raum rufen wollte, und wieder wurde ihm der schreckliche Preis für das bewußt, was er und seine Crew getan hatten.

Der Preis, zu dem Epictetus III gerettet wurde, lastete wieder schwer auf Picards Gewissen, als er neben Fähnrich Changs Sarg auf der Shuttlerampe stand. Er hatte in dem jungen Mann etwas von sich selbst gesehen – eines Tages wäre Chang ein hervorragender Offizier geworden. Nun würde seine Familie um einen Mann trauern, dessen leuchtender Stern erloschen war.

Commander Riker stand neben Picard. Troi war mit Teodora Tibawi da, Fähnrich Changs vergangener Liebe. Auch Worf, Ganesa Mehta und Parviz Bodonchar, der nur ein paar Stunden zuvor an Bord gebeamt war, waren gekommen, um dem Toten die letzte Ehre zu erweisen, und hinter ihnen standen die vielen

Freunde, die der junge Offizier während seiner kurzen Dienstzeit auf der *Enterprise* gewonnen hatte. Außer Teodora Tibawi waren alle Trauernden in voller Gala-uniform erschienen.

Picard hatte seine Rede gehalten und Changs gute Leistungen erwähnt sowie die posthume Auszeichnung, die ihm verliehen worden war. Riker hatte erzählt, wie oft Chang ihn beim Poker besiegt hatte, während Troi von dem Mut und der Entschlossenheit gesprochen hatte, die sie in ihm spürte. Sie alle hatten beredsame Worte gesprochen, aber Picard hatte das Gefühl, daß man mehr über einen Mann hätte sagen sollen, der vielleicht eines Tages Captain eines Raumschiffes geworden wäre.

Er wollte sich schon der Operationskontrolle zuwenden, um dem Flugdeckoffizier das verabredete Zeichen zu geben, als ihm die richtigen Worte einfielen. »Fähnrich Chang gemahnt uns daran«, sagte er, »daß wir bereit sein müssen, in Ausübung unserer Pflicht viel zu riskieren, sogar unser Leben. Wenn wir seinen Verlust betrauern, müssen wir uns daran erinnern, daß dieser junge Mann bereitwillig dieses Risiko auf sich nahm.«

Aber seine Worte klangen hohl. Chang hatte sein Leben in Ausübung seines Dienstes riskiert, aber sein Tod war Zufall gewesen; manche hätten seinen Tod sogar sinnlos genannt.

Die Leute, die auf Epictetus III gestorben waren, hatten keine Wahl gehabt. Er hatte ihre Welt gerettet, in dem Wissen, daß einige von ihnen wahrscheinlich dabei sterben würden. Daß sie alle verloren gewesen wären, wenn er und seine Mannschaft nicht gehandelt hätten, schien seine Handlungsweise nicht vollständig rechtfertigen zu können. Er hatte ihr Leben und das seiner Mannschaft aufs Spiel gesetzt, weil er glaubte, daß er nur zwei Möglichkeiten hatte – den Planeten mit einem verzweifelten und risikoreichen Plan zu retten oder fast alle Epicteter mit ihrer Welt zugrunde gehen zu lassen. Aber was, wenn dies nicht die beiden einzigen Möglichkeiten gewesen waren? Was, wenn es da eine dritte Möglichkeit gegeben hätte, oder noch mehr Möglichkeiten, die er und seine Offiziere einfach nicht gesehen hatten? Wäre er nicht auf Datas und LaForges Vorschlag eingegangen, hätte sich vielleicht ein anderer Weg gefunden, um Epictetus III ohne den Verlust so vieler Menschenleben zu retten.

Der Anblick von Fähnrich Changs schwarzem Sarg erinnerte ihn auch wieder daran, wie riskant sein Spiel gewesen war, wie leicht er alles hätte verlieren können. Ein Zucken im Wurmloch hatte ein Stückchen des Planeten abgetrennt, kaum mehr als eine Scheibe, und als Folge war Chang Jun-shing tot. Das Wurmloch hätte Epictetus III in zwei Hälften schneiden oder den ganzen Kontinent Themis und alle Menschen darauf zermalmen können. Er hätte dem Untergang einer Welt zugesehen und gewußt, daß seine Vorgehensweise ihr Ende bedeutet hatte.

Picard fühlte die Verspannung in seinen Schultern, den Klumpen in seinem Magen. Nur verspätete Reaktionen, sagte er sich, jenes Gefühl, das Menschen oft überkam, wenn eine große Gefahr vorbei war und sich die Einsicht einstellte, wie nah sie dem Tod gewesen waren. Es war ganz normal, nach der Krise das Durcheinander von Gefühlen zu spüren, die bislang unterdrückt worden waren.

Als ihm schließlich nichts mehr einfiel, was er über Fähnrich Chang sagen konnte, wandte er sich der Operationskontrolle zu und hob die Hand. Der Sarg setzte sich zum Außenschott der Shuttlerampe in Bewegung. Langsam öffneten sich die Tore und enthüllten die Schwärze des Weltalls, und dann schoß der Sarg vorwärts, um seinen weiten Kometenorbit um die neue Sonne von Epictetus III aufzunehmen.

Worf stand in dem gekrümmten Flur in der Riverside Arena von Hierapolis, nahe dem offenen Haupteingang des Gebäudes. Das braunhaarige Baby in seinen Armen zappelte und griff dann nach der metallenen Kettenschärpe, die er über der Starfleet-Uniform trug. Er betrachtete das Kind stirnrunzelnd. Das kleine Mädchen streckte die Hand nach seinem Bart aus. Draußen, auf den breiten Steintreppen, die den steilen Hügel zur Sportstätte hinabführten, hatten sich bereits Familien versammelt, um ihre Kinder zu Hause willkommen zu heißen.

Er war mit Ganesa Mehta, Fähnrich Hughes Holman und vier anderen Mannschaftsmitgliedern der *Enterprise* heruntergebeamt. Alle trugen Kleinkinder oder Babys auf den Armen. Worf hörte ein leises, hohes Geräusch hinter sich und sah eine glitzernde Lichtsäule, als er sich umdrehte. Kleine Gestalten bildeten sich rasch in der Säule; acht weitere Kinder waren heruntergebeamt worden.

Das Personal der *Enterprise* wollte warten, bis alle Kinder hierher transportiert worden waren, um dann gemeinsam die Sportstätte zu verlassen, aber die erste Gruppe der Ankömmlinge war hinausgerannt, bevor jemand sie aufhalten konnte. Eltern eilten die nächste Steintreppe hinab und mischten sich, Namen rufend, unter die Kinder. Ein junges Paar rannte zu Ganesa; sie schaute auf das Namensarmband am Handgelenk des Kindes, das sie hielt, und übergab das Kind dem Paar.

»Ordnung«, rief Worf, als er nach draußen ging, »wir müssen Ordnung bewahren!« Aber niemand beachtete ihn. Ein rothaariges Mädchen drängelte sich durch die Menge und warf ihre Arme um einen jüngeren rothaarigen Jungen. Ein älterer Junge, der ein Baby hielt, schaute auf das Namensarmband des Kindes, dann überließ er das Baby einem Paar, bevor er zu seinen eigenen Eltern eilte. Bald stand Worf mitten in einer glücklichen Menge von Leuten, die lachten und schrien und Namen riefen.

Das Kind, das er hielt, begann zu zappeln, dann plärrte es los. Jemand zupfte an seinem Ärmel. »Kathryn Henries«, sagte eine Stimme nahe seinem Ellbogen. Worf blickte hinab und sah ein kleines blondes Mädchen, das an der Manschette seiner Uniform zog. »Kathryn Henries«, sagte es wieder. »Ich suche sie, und du hast sie. Ich bin Kristin Henries – sie ist meine Schwester.«

Ein großer blonder Mann und eine kleine braunhaarige Frau standen hinter Kristin Henries; die braunen Augen der Frau glänzten vor Tränen. Worf überprüfte das Namensarmband des Kindes, während das Baby ein durchdringendes Kreischen von sich gab, dann reichte er es der Mutter.

»Danke«, sagte die Frau, und die Schreie des Kindes ließen nach. »Danke, daß Sie sich so gut um sie gekümmert haben.«

Worf wollte gerade erwidern, daß andere sich um sie gekümmert hatten, daß er nur mit dem Kind auf den Planeten gebeamt war, doch die Familie eilte bereits auf die Flitzer zu, die vor der Sportstätte standen.

»Ganesa!« Dalal Mehta bahnte sich einen Weg durch die Menge zu seiner Schwester. »Du hast Urlaub bekommen!«

»Nein«, antwortete Ganesa und umarmte den Jungen. »Ich habe keinen Urlaub, bin noch immer im Dienst.« Sie lächelte. »Aber ich werde etwas Zeit haben, um dich und Mutter und Vater zu besuchen, bevor ich zurückmuß. Und ich werde wahrscheinlich noch bei einigen Hilfsmaßnahmen eingesetzt, also werde ich euch wohl noch öfter sehen.«

»Wir hatten Glück«, sagte Dalal. »Der größte Teil der Stadt ist noch da.«

»Ich weiß.«

»Unser Haus ist überhaupt nicht beschädigt«, fuhr Dalal fort. »Viele Leute aus Hierapolis melden sich freiwillig, um woanders zu helfen, weil hier nicht so viel zu tun ist.« Er reckte den Hals. »Wo ist Zamir? Ich wollte ihn abholen.«

»Er müßte gleich kommen«, sagte Ganesa. Worf wandte sich der Sportstätte zu und suchte nach der gedrungenen Gestalt von Dalals Freund. Die Riverside Arena überblickte nun anstelle des Arion eine weite Fläche aus schilfbedecktem Schlamm.

Eine weitere Gruppe Kinder trat aus der Sportstätte, unter ihnen Zamir Yesed. Worf, der die meisten Leute um ihn herum überragte, hob den Arm und winkte Zamir.

Ein dunkelhaariges Paar rannte plötzlich an ihm vorbei. »Zamir!« rief die Frau. »Zamir!« Die beiden mußten die Eltern des Jungen sein. Worf ging ihnen nach, Ganesa und Dalal folgten ihm dichtauf.

»Zamir«, rief Dalal, als sie nahe genug waren, aber die Yeseds hatten ihren Sohn bereits entdeckt. Zamirs Vater warf seine Arme um den Jungen, und dann umarmte seine schluchzende Mutter gleichzeitig ihren Mann und ihren Sohn.

»Schon gut«, sagte Zamir. »Man könnte ja glauben, ich wäre zehn Jahre weggewesen.« Sein Vater ließ ihn los, aber seine Mutter hielt ihn noch immer fest und umarmte ihn heftig. »Du wirst mich erdrücken, wenn du mich nicht losläßt.« Als Dalal ihn erreichte, gelang es ihm, sich aus den Armen seiner Mutter zu befreien.

»Willkommen zu Haus, Zamir«, sagte Dalal. Er drückte einmal Zamirs Hand, dann ließ er ihn los. Worf nahm an, daß er den Freund nicht mit übertriebenen Gefühlsausbrüchen beschämen wollte.

»Ich bin froh, daß ich zurück bin«, antwortete Zamir. »Ich habe mir Sorgen um dich gemacht, Dalal. Hier unten wird es wohl viel gruseliger gewesen sein.«

Dalal zuckte mit den Schultern. »Es war nicht so schlimm.«

Zamir begrüßte Ganesa und dann Worf und stellte den Klingonen seinen Eltern vor. Sie starrten ihn schweigend an, ganz wie ihr Sohn, als er ihn das erste Mal gesehen hatte. Schließlich fand Yesed seine Stimme wieder. »Wir sollten jetzt nach Hause gehen«, sagte er zu Ganesa. »Zamirs Großeltern sind bestimmt schon ungeduldig – sie warten auf ihn, um ihn willkommen zu heißen und alles über die *Enterprise* zu hören.«

»Ich habe gar nicht so viel davon gesehen«, sagte Zamir, »nur das Holodeck und ein paar Mannschaftsquartiere und diesen Gesellschaftsraum im zehnten Vorderdeck, wo wir Eiscreme bekommen haben. Die meiste Zeit über haben wir Bildschirme beobachtet und Berichte abgehört.«

»Ein Teil unseres Dachs ist zusammengebrochen«, sagte seine Mutter, »ausgerechnet der über deinem Zimmer, aber in ein paar Tagen sind wir mit der Reparatur fertig.« Über ihr Gesicht strömten noch immer Tränen. »Ich bin so froh, daß du zurück bist, mein Schatz. Du kannst dir nicht vorstellen, wie schwer es war, hier unten warten zu müssen, ohne daß wir wußten, was passieren wird.« Sie wischte sich die Augen. »Ich dachte, ich werde verrückt.«

»Ist schon in Ordnung«, sagte Zamir. »Jetzt bin ich hier – alles ist vorbei.« Er schaute rasch hinüber zu Dalal und Worf und rollte die Augen, freute sich aber offensichtlich, seine Eltern zu sehen. »Augenblick, das hätte ich beinahe vergessen.« Er nahm seinen Rucksack ab, öffnete eine Tasche und zog Dalals kleines, rechteckiges Kästchen hervor. »Deine Mansi-Sammlung, Dalal. Ich habe gut darauf aufgepaßt. Sie haben mich und zwei andere Jungen in das Quartier von Leutnant Jensen gesteckt – er ist Biologe, also hat er sich deine Sammlung sehr gern angesehen. Er will hierherkommen, wenn er noch Zeit hat, und selbst nach Mansis suchen.«

»Komm später zu uns rüber, Dalal«, sagte Zamirs Vater, als er seine Frau und seinen Sohn zu den Steinstufen führte. »Ich weiß, daß ihr Jungs euch unterhalten wollt.«

»Gern«, sagte Dalal.

Weitere Leute stiegen mit ihren Kindern im Schlepptau die Steintreppen hinauf, einige Familien fuhren in Flitzern nach Haus. Drei kleine Kinder, zwei dunkelhaarige Jungen und ein Mädchen mit langem braunem Zopf, warteten noch bei Fähnrich Holman. Worf runzelte die Stirn. Viele Eltern und Kinder gingen jetzt, und einige Familien warteten noch am Haupteingang der Sportstätte, aber diese drei Kinder waren noch nicht abgeholt worden.

»Mutter wußte Bescheid«, sagte Dalal zu seiner Schwester. »Sie hat es gesagt, als wir Hierapolis verließen. Sie hat gesagt, daß du uns etwas verheimlichst, daß deine Vorgesetzten etwas planen.«

Ganesa lächelte. »Ich schätze, ich kann sie nicht täuschen.«

»Wir hätten alle sterben können«, flüsterte Dalal, und einen Moment lang erwartete Worf, Tränen in seinen Augen zu sehen, aber der Junge beherrschte sich.

Ein Flitzer landete im Hof neben der Sportstätte. Ein Mann mit ergrauendem Haar stieg aus dem Fahrzeug; Worf erkannte Minister Rohin Nowles. »Fähnrich Mehta«, rief Nowles, als er auf sie zuging, »ich würde gern mit Ihnen sprechen.«

»Natürlich«, sagte Genesa.

»Vielleicht können Sie mir helfen.« Nowles warf einen Blick aus dem Augenwinkel auf Worf. Er wirkte entschieden nervös. Worf wandte den Blick nicht von ihm, bis der Mann sich wieder Genesa zuwandte. »Da Sie selbst sowohl Epicteterin als auch Offizier von Starfleet sind – nun, ich denke, daß Sie bei diesem Problem sehr hilfreich sein könnten.«

Der Minister zog Genesa beiseite; Worf und Dalal blieben in der Nähe. »Ich habe die Liste der Kinder überprüft, die an Bord der *Enterprise* gingen«, fuhr Nowles mit leiser Stimme fort. »Die Eltern von drei Kindern, die Sie von Hierapolis an Bord gebeamt haben, sind bei dem Transit gestorben – das wurde von Zeugen bestätigt. Ich dachte, Sie sollten das so schnell wie möglich erfahren.«

Nowles warf einen Blick auf die drei Kinder, die noch immer darauf warteten, von ihren Eltern abgeholt zu werden. Die drei wurden unruhig, als der Minister sie ansah; sie merkten, daß etwas nicht in Ordnung war. Der ältere Junge sah mit großen, dunklen und ängstlichen Augen zu Fähnrich Holman auf; das Mädchen schlang ihren Arm um den jüngeren Knaben. »Vermutlich handelt es sich bei diesen drei um diejenigen, die ihre Eltern verloren haben.«

»Das sollten wir besser überprüfen«, murmelte Genesa. Worf wartete mit Dalal, während Ganesa mit Nowles zu Holman ging und eine flüsternde Besprechung abhielt.

»Arme Kinder«, sagte Dalal.

»Es ist schwer, Vater und Mutter zu verlieren«, sagte Worf, der an die klingonischen Eltern dachte, die er bei einem romulanischen Angriff verloren hatte, und an die Menscheneltern, die ihn aufgezogen hatten.

Ganesa und Nowles verließen Holman und kamen wieder in den Hof zurück. »Wir müssen sie irgendwo unterbringen«, sagte Nowles, »zumindest, bis wir für sie ein neues Heim gefunden haben. Sie haben den Aufzeichnungen zufolge keine Verwandten in Hierapolis, und bei den ungeordneten Verhältnissen wird es eine Weile dauern, mit Verwandten in anderen Städten Verbindung aufzunehmen.« Er hielt inne. »Und jemand muß ihnen auch sagen, daß ihre Eltern bei einem Erdrutsch in den Kuretes-Bergen gestorben sind.« Es war ganz offensichtlich, daß Minister Nowles den drei Kindern die schlechten Neuigkeiten nicht selbst mitteilen wollte.

»Ich sage es ihnen«, sagte Ganesa.

»Danke, Fähnrich Mehta.«

»Und ich bin sicher, daß meine Eltern mit Freuden bereit wären, diesen Kindern so lange wie nötig ein Heim zu bieten.«

»Ganesa hat recht«, sagte Dalal. »Sie würden sich freuen, sie aufzunehmen.«

»Gut.« Nowles gab einen erleichterten Seufzer von sich. »Nochmals vielen Dank. Ich setze mich mit Ihren Eltern in Verbindung, sobald ich mich über die Verwandten informiert habe. Jetzt werde ich im Riverview Center erwartet.«

Er stieg in seinen Flitzer; Worf beobachtete, wie das Fahrzeug sich vom Boden erhob. Er vermutete, daß Minister Nowles nicht zu den bewundernswerten Vertretern des Volks seiner Freundin Ganesa gehörte.

»Es wird nicht leicht werden«, sagte Ganesa, »diesen Kindern vom Schicksal ihrer Eltern zu berichten.«

»Ich weiß«, sagte ihr Bruder.

»Aber sie hören es besser von euch«, sagte Worf, »als von Minister Nowles.«

»Wegen unserer Entscheidung«, sagte Genesa, »die Captain Picard für notwendig hielt, sind diese Kinder nun Waisen. Ich fühle mich ein wenig verantwortlich für das, was mit ihren Eltern geschehen ist.«

»Sieh es doch mal so«, sagte Dalal. »Wenn die *Enterprise* nichts getan hätte, wären diese Kinder und ihre Eltern tot. Jetzt haben wenigstens die Kinder überlebt, und das ist doch die bessere Alternative, nicht wahr?«

Ganesa lächelte leicht. »Ich versuche, das im Hinterkopf zu behalten.« Sie legte einen Arm um seine Schultern. »Ich sollte jetzt besser gehen und es ihnen sagen. Ich könnte dabei deine Hilfe gebrauchen, Dalal.«

Dalal umklammerte seine Mansi-Sammlung fester. Worf trat zurück. Seine Anwesenheit erschreckte die verwaisten Kinder vielleicht nur noch mehr, wenn sie zum ersten Mal vom Schicksal ihrer Eltern erfuhren. Aber für den Fall, daß er gebraucht wurde, würde er in der Nähe bleiben. Es würde ihnen später vielleicht helfen, mit jemandem zu sprechen, der ebenfalls im Kindesalter zur Waise geworden war.

Worf sah Ganesa und ihrem Bruder nach, während sie auf Hughes Holman und die drei verwaisten Kinder zugingen.

Beverly Crusher war mit Commander Riker und Counselor Troi in die Außenbezirke der Überreste von Nicopolis gebeamt. Nach dem Gespräch mit Mariamna Fabre waren Riker und Troi zu der archäologischen Stätte in den Aureolanischen Hügeln über der Stadt gebracht worden. Dort sollten sie Samas Rychi assistieren, der vor kurzem an der Stätte eingetroffen war, um den Bau vorläufiger Unterkünfte zu überwachen.

Beverly war mit Ministerin Fabre zum Medizinischen Institut von Tarvala gegangen, einem der wenigen Gebäude in Nicopolis, die noch standen. Die Patienten waren jetzt sowohl in Klassenzimmern und Laboratorien wie auch in den Stationen untergebracht, und die epictetischen Hilfsmaßnahmen waren noch nicht vollständig angelaufen. Beverly und ihr medizinisches Team wollten dringend nötige Hilfe zu leisten, bis ein medizinisches Team aus Hierapolis eintraf.

Sie saß mit Raymond Tam in einem der Aufenthaltsräume und machte eine kurze Pause, bis sie weitere Patienten untersuchen und behandeln konnte. Das medizinische Institut von Tarvala lag auf einem steilen Hügel im Süden der Stadt, und das breite Fenster in der Lounge bot einen Blick über den größten Teil von Nicopolis. Früher mußte es ein schöner Ausblick gewesen sein, dachte Beverly, ein Blick auf eine anmutige, halbmondförmige Stadt, die einen blaugrünen Ozean überblickte. Jetzt war der Ozean trübe und braun, das Wasser schlammig und der Strand mit toten Fischen übersät. Nicopolis war zu einem Irrgarten aus kanalisiertem Schwemmland geworden, der von Gebäudeteilen, gebrochenen Balken, weggespülten Findlingen, zerbrochenen Möbeln und schlanken entwurzelten Bäumen übersät war.

»Ich wünschte«, sagte eine Stimme, »daß Sie Nicopolis vorher gesehen hätten.« Beverly sah auf, als Mariamna Fabre sich auf den Stuhl neben ihr setzte.

»Ich habe mir einige Bilder angesehen, bevor ich herkam«, sagte Beverly. »Ich weiß, was Sie verloren haben.«

Ministerin Fabre sah müde aus. Sie hatte Beverly und ihr Team willkommen geheißen, sie zu den Stationen gebracht, auf denen sie am dringendsten gebraucht wurden, und dann ihre eigene Arbeit getan. Zusätzlich zu den häufigen Besprechungen mit ihren Ministerkollegen über Hilfsmaßnahmen und Pläne zum Wiederaufbau half sie auch noch bei der Versorgung der Patienten hier. Beverly hatte herausgefunden, daß Mariamna Fabre eine Schwesternausbildung abgeschlossen hatte, bevor sie entschied, sich mit Musiktheorie und Komposition zu befassen. Nun kamen ihre medizinischen Fähigkeiten zur Geltung.

»Ich habe vor ein paar Minuten mit Captain Picard gesprochen«, sagte Fabre. »Ich habe mir gedacht, daß er wissen sollte, was der Ministerrat bezüglich all jener Leute beschlossen hat, die mit den beschlagnahmten Unterlichtschiffen geflohen sind.«

»Das interessiert mich ebenfalls«, sagte Beverly.

»Mich auch«, sagte Raymond Tam. »Was haben Sie entschieden?«

»Wir werden sie nicht vor Gericht stellen. Ich bin mir sowieso nicht sicher, wessen wir sie anklagen sollten. Pflichtvergessenheit? Desertion? Verrat? Diebstahl von Regierungseigentum?« Ministerin Fabre schüttelte den Kopf. »Wir müßten wahrscheinlich nachträglich eine Straftat erfinden, und den meisten von uns gefällt diese Vorstellung nicht – es wäre ein Präzedenzfall. Einige von ihnen haben Kinder – man kann Leuten, die die Möglichkeit ergriffen haben, die ihren vor dem scheinbar sicheren Tod zu retten, ein gewisses Mitgefühl nicht ganz verweigern. Einige von ihnen könnten vermutlich behaupten, daß sie gar nicht genau wußten, was sie da taten, daß sie glaubten, der Rat hätte ihren Flug genehmigt und sie auf irgendeine legale Weise ausgewählt. Und bevor wir sie verurteilen, müßten einige von uns tief in sich gehen. Wir müßten uns fragen, ob wir bei vergleichbarer Gelegenheit nicht das gleiche getan hätten.« Sie lehnte sich in ihrem Sessel zurück. »Also haben wir entschieden, gar nichts zu unternehmen. Wir haben auch ohne Beschuldigungen, bei denen nichts herauskommt, schon genug zu tun. Auf jeden Fall sind zwei der Minister, die die Unterlichtschiffe beschlagnahmten, tot, und der dritte ist aus dem Rat ausgetreten.«

Beverly nippte an ihrem Tee. Die Leute aus dem Tireos-Institut hatten nicht soviel Glück gehabt. Die beiden Männer, die in Boreas die Kinder als Geiseln genommen hatten, würden mit Sicherheit hart bestraft werden, während die anderen aus dieser Gruppe wohl mit Bewährungsstrafen davonkamen. Vielleicht hatte es das den Ministern erleichtert, wegen der viel größeren Gruppe, die in den beschlagnahmten Schiffen geflohen waren, nichts zu unternehmen. Die Leute vom Tireos-Institut gaben bessere Sündenböcke ab, denn sie waren eine kleine Gruppe, die in weiten Kreisen als verblendet angesehen wurde. Die Entscheidung der Minister war eine praktische Lösung, selbst wenn Beverly Zweifel hinsichtlich ihrer Gerechtigkeit hegte.

»Das Leben hier wird für diese Leute sowieso schwer«, fuhr Fabre fort. »Viele werden sie ächten. Jeder wird wissen, daß sie weglaufen sind.«

Beverly dachte an Krystyna Peladon, die fast das gleiche gesagt hatte. Es würde andere neben ihr geben, die versuchen würden, die Entehrung ihrer Eltern wiedergutzumachen. »Vielleicht liegt darin genug Gerechtigkeit«, sagte Beverly.

»Übrigens«, fuhr Fabre fort, »mache ich mir über Captain Picard Gedanken. Ich kenne ihn wahrscheinlich nicht so gut wie Sie, aber... er kommt mir etwas abwesend vor.«

»Abwesend?« fragte Beverly.

»Sorgenvoll. Verstört. Ich weiß nicht recht, wie ich es ausdrücken soll. In Anbetracht dessen, was wir alle durchgemacht haben, ist es nicht überraschend, und ich bin sicher, daß es nichts Ernstes ist. Sein Rat war sehr nützlich bei der Lösung einiger Probleme, und er ist, wenn ich das sagen darf, ein äußert charmanter Mann. Aber ab und zu bemerke ich einen entrückten Ausdruck in seinen Augen.«

Beverly hatte es auch schon wahrgenommen. Mariamna Fabre besaß Menschenkenntnis. Beverly nahm an, daß Captain Picard noch mit den von ihm getroffenen Entscheidungen zu kämpfen hatte, aber sie wußte, daß er schließlich eine Lösung für das finden würde, was ihm zu schaffen machte. Hätte sie ernsthafte Bedenken bezüglich seines Geisteszustands gehegt, so hätte sie – als einzige Offizierin an Bord der *Enterprise*, die die entsprechende Befugnis besaß – ihn vom Dienst suspendiert. Commander Riker, der Jean-Luc Picard besser als jeder andere kannte, wäre nicht von seiner Seite gewichen, um nach Epictetus III zu beamen, wenn er Zweifel an der Fähigkeit des Captains gehabt hätte, seine Pflicht zu erfüllen. Picard hätte sie enttäuscht, wäre er von den Dilemmata unberührt geblieben, vor die sie Epictetus III gestellt hatte.

»Ich kenne Captain Picard schon länger«, sagte Beverly. »Mein verstorbener Mann hat unter ihm gedient. Einst habe ich Captain Picard für den Tod meines Mannes die Schuld gegeben, aber schon seit langem weiß ich es besser. Ich denke, Sie haben viel Glück gehabt, daß die *Enterprise* als erstes Schiff bei Ihnen eintraf, als Ihre Welt bedroht war.«

»Das glaube ich auch.« Fabre lächelte. »Ich hätte mir nie vorstellen können, auf solch eine Weise gerettet zu werden.«

14

Sie sind früh hier, Captain«, sagte Guinan. – Picard nahm an der Bar Platz. »Ich dachte, ich komme mal vor dem Dienst vorbei.«

»Was kann ich Ihnen anbieten?«

»Vielleicht eine Tasse Kaffee«, erwiderte er.

»Espresso? Cappuccino? Riloreanischer Kaffee mit Schlagsahne?«

»Nur einfacher schwarzer Kaffee – heiß.«

Guinan ging den Tresen entlang, um den Kaffee zu holen. Zehn-Vorne war nahezu leer; fast jedes Mannschaftsmitglied, das nicht für Technik, Wartung, Lebenserhaltung oder Kinderbetreuung gebraucht wurde, befand sich beim Hilfseinsatz auf Epictetus III. Die von Starfleet versprochenen Raumschiffe würden innerhalb weniger Tage in diesem System und im Orbit sein; bis dahin würden Geordi und sein Ingenieursteam die *Enterprise* völlig repariert haben.

Guinan stellte einen Becher Kaffee vor ihn. »Wenn genug Zeit bleibt«, sagte sie, »würde ich gern eine der archäologischen Ausgrabungsstätten von Epic III besuchen, bevor wir das System verlassen. Das heißt, wenn ich nicht im Weg stehe.« Ihr Lächeln wurde breiter. »Diese Gebäude faszinieren mich. Ich würde sie gern von nahem sehen.«

»Glauben Sie, Ihr Volk könnte mit den Ureinwohnern des Planeten Kontakt gehabt haben?« fragte Picard.

Guinan blickte ihn unter halb gesenkten Lidern an

und sah noch geheimnisvoller aus als sonst, und er wußte, daß sie seine Frage nicht beantworten würde.

»Guinan«, fuhr er fort, »ich frage mich ständig, ob wir alles getan haben, was möglich war.«

»Sie haben alles getan, was Ihnen möglich war.«

»Aber ich frage mich, ob wir nicht etwas anderes hätten tun können, etwas, das wir einfach übersehen haben. Ich nehme an, daß ich eine vollkommene Lösung wollte, die niemandem geschadet hätte.«

»Vollkommenheit«, sagte Guinan, »ist etwas, das ein intelligentes Lebewesen nicht von sich verlangen sollte. Verlange Vollkommenheit, und du verdirbst vielleicht das, was möglich ist.«

Picard nickte. »Sie haben natürlich recht.« Er nippte an seinem Kaffee. »Wir sind nicht allmächtig, das können wir nicht erwarten. Und doch… als so viele Leben auf dem Spiel standen, hätte uns das Universum vielleicht einen Moment der Vollkommenheit gönnen können.«

Guinan stützte ihre Arme auf den Tresen. »Was Vollkommenheit betrifft – es ist nicht immer offensichtlich, wie sie aussehen sollte.« Er hatte denselben Gedanken gehabt, bevor sie die Worte aussprach. Ihre Hand drückte einen Moment lang sanft die seine, dann ließ sie sie los.

Picard hielt sich in seinem Bereitschaftsraum auf und war gerade mit einem Eintrag in das Logbuch beschäftigt, als sein Kommunikator eine Nachricht von Riker anzeigte.

Er berührte die Konsole. »Hier Picard.« Ein Bild erschien auf dem kleinen Schirm vor ihm. Commander Riker saß neben Samas Rychi – offenbar in einem Plastin-Zelt – auf einem Klappbett.

»Captain«, sagte Riker, »fast alle Bewohner des Großraums Nicopolis sind jetzt in vorläufigen Unterkünften untergebracht und haben genug Wasser und Nahrung. Diejenigen, für die noch keine Zelte oder Kuppeln zur Verfügung stehen, bleiben vorerst in den Monumenten – wir haben Klappbetten und Latrinen aufgestellt. Professor Rychi hat vor einer Weile mit Ministerin Dydion gesprochen. Sie hat ihm mitgeteilt, daß ihre Leute Unterkünfte in der Nähe von Boreas – den Überresten von Boreas – aufstellen werden. Aber die meisten Flüchtlinge werden vorläufig an ihren jeweiligen Evakuierungsstätten bleiben.«

»Im Wald von Dryon ist das Klima milder«, fügte Rychi hinzu. »Also sind sie besser dran, wenn sie in der Nähe der Monumente bleiben, bis weitere Unterkünfte gebaut werden können.«

»Ich werde in knapp einer Stunde wieder an Bord sein«, sagte Riker, »würde aber gern mit einigen unserer Ingenieure hierher zurückkommen, um festzustellen, was wir für die Leute im Norden tun können.«

»Sehr gut, Nummer Eins«, sagte Picard. »Nehmen Sie die Ingenieure, die Geordi entbehren kann. Er ist sowieso fast fertig mit den Reparaturen.«

Riker nickte. »Sobald ich an Bord bin, komme ich auf die Brücke und gebe Ihnen einen vollständigen Bericht, bevor ich wieder zurückbeame. Die Dinge laufen besser als erwartet.«

»Captain Picard«, sagte Rychi, »ich hoffe, Sie werden Zeit haben, zumindest eine unserer Ausgrabungsstätten zu besichtigen, bevor Sie das System verlassen.«

»Ich werde mir die Zeit nehmen«, erwiderte Picard. »Ganz bestimmt.«

»Und wenn hier alles wieder normal ist, müssen Sie zurückkommen und eine Weile bleiben. Ich glaube, wir können Ihrer Crew dann einen unterhaltsamen Landurlaub versprechen, besonders wenn Sie während unserer Kunstfestspiele kommen. Minister Mobutu sagte mir, daß die Bewohner von Austra ihre Stadt genauso aufbauen, wie sie vorher war – vielleicht mit ein paar Verbesserungen.«

»Wir werden ganz bestimmt zurückkommen«, sagte Picard. Vielleicht würde er dann, wenn er diese Welt wieder blühen sah, endlich mit seiner Entscheidung Frieden schließen. »Und natürlich möchte ich dann noch mehr von Ihren Ausgrabungsstätten sehen.«

»Ich werde Sie persönlich führen«, sagte Rychi. »Diese uralten Stätten haben viele Leben gerettet. Ohne sie hätten wir Millionen verloren.«

Rychi hatte sich verändert. Er war nicht mehr der abwesende, etwas schwache Mann, an den sich Picard von seiner ersten Diskussion mit dem Ministerrat erinnerte. Dieser Mann wäre Rychi vermutlich geblieben, wäre er nicht durch das Leid seiner Welt gereift. Vielleicht, dachte Picard, lohnte es sich, daran zu denken, wann immer er sich fragte, ob er das Richtige getan hatte.

»Ich muß jetzt gehen«, sagte Rychi. »Ich muß mich mit den Städteplanern treffen, dann mit dem Direktor unserer Notfalldienste, und sobald sich die Dinge beruhigen, sollte der Rat nach Ansicht von Rohin Nowles über eine Namensänderung des Planeten beraten.« Rychi lächelte. »Er hält es nicht für passend, daß wir den Namen Epictetus III beibehalten, da unser altes Planetensystem nicht mehr existiert und wir in diesem System von der Sonne aus der zweite Planet sind. Andere werden zweifellos das Argument vorbringen, daß wir unseren alten Namen als Verbindung zu unserer Vergangenheit behalten sollten. Ich werde dankbar sein, wenn sich alles soweit beruhigt hat, daß so eine alberne Debatte zu einem wichtigen politischen Thema geworden ist.«

Picard lachte, und das Lachen fiel ihm so leicht wie schon seit Tagen nicht mehr.

Rychi verabschiedete sich; Riker wiederholte, daß er in einer Stunde an Bord sein würde, dann beendete er die Verbindung. Picard saß eine Weile an seinem Tisch und fühlte, wie seine dunkleren Gedanken zurückkehrten.

Er wollte die Arbeit an seinem Logbuch gerade wieder aufnehmen, als der Türmelder darauf bestand, daß jemand den Bereitschaftsraum betreten wollte.

»Herein«, sagte Picard leise.

Data tat wie geheißen, und die Tür glitt hinter ihm zu. »Es war schön, Sie heute auf der Brücke zu sehen, Captain. Sie wirkten seit langem wieder ausgeruht.«

Picard antwortete nicht.

»Ich wollte Ihnen sagen, daß die epictetischen Frachtschiffe *Carpathia* und *Olympia* in vier Tagen in diesem System eintreffen werden. Ihre Captains haben gerade die Subraumbotschaft gesendet, daß alle, die von Epictetus III geflohen sind, an Bord und damit in Sicherheit sind.«

Picard nickte, verharrte jedoch in Schweigen.

»Ich habe darüber nachgedacht, was mit den alten Epictetern geschehen sein könnte«, fuhr Data fort. »Falls Sie es hören möchten...«

»Ja, natürlich, Data. Fahren Sie fort.«

»Das wesentliche Element meiner Theorie entstammt dem, was wir mit ihrer Sonne gemacht haben – Abzug von Energie. Ich schließe daraus, daß sie dies auch getan haben. Als ihr Stern dann instabil wurde, stabilisierten sie ihn so lange, bis sie sich von ihrem planetengebundenen Leben befreien konnten. Genauer ausgedrückt – sie haben ihre Sonne benutzt und dann weggeworfen. Vielleicht haben sie nicht erwartet, daß ihre Sonne sich über einen leicht variablen Zustand hinaus entwickeln könnte. Sie glaubten vielleicht, sie beherrschen zu können. Und vielleicht wäre ihnen das auch gelungen, hätten sie nicht, wie ich vermute, ein Interesse an mobilen Habitaten entwickelt. Aber nachdem sie das System verlassen hatten, verfiel der Sonnenkernstabilisator allmählich – was die Zeichen von Instabilität in diesem Stern erklärt.«

»Sehr scharfsinnig, Data«, sagte Picard und versuchte, mehr Interesse zu zeigen.

»Insgesamt, Captain«, fuhr Data fort, »bin ich der Ansicht, daß die Operation gut verlaufen ist.«

»Ja, das glaube ich auch.« Picards Antwort kam schärfer, als er beabsichtigt hatte. »Schließlich leben die meisten Patienten noch. Doch es sind so viele tot, Data, zu viele – jedes Leben ist eine zerstörte Welt, ein Geist, der nie zurückkommen wird.«

Data runzelte leicht die Stirn. »Darf ich darauf aufmerksam machen«, sagte er, »daß wir alles taten, was in so kurzer Zeit möglich war? Es lag nicht in unserer Macht, mehr zu tun. Wir konnten nicht verhindern, was Schwerkraft und Trägheit mit einer planetaren Geologie anstellen, als wir Epictetus III durch das Wurmloch führten. Uns wurde eine Möglichkeit geboten…«

»Data, Sie sind die Verkörperung der Rationalität«, sagte Picard ungeduldig. »Das ist Ihre grundsätzliche Lebensweise, Sie wurden so entworfen. Sie können die Unruhe nicht kennen, die ich wegen der Toten verspüre. Oh, wir waren zweifellos schlau und human, aber keineswegs vollkommen.«

Data betrachtete ihn ruhig. »Das verstehe ich durchaus, Captain. Ich weiß, daß menschliche Wesen Bande der Sympathie füreinander entwickeln. Das gehört zu ihrer Biologie und ist die Grundlage ihrer ethischen Systeme. Und noch größer ist die freundschaftliche Bindung, eine rationalere Bindung, vor allem wenn sie auf Wissen und Respekt beruht. Darf ich nun als solch ein Freund zu Ihnen sprechen?«

»Natürlich«, sagte Picard. »Aber Sie haben kein Unterbewußtsein, wie wir Menschen es haben. Sie haben eine Datenbank, in der alles zugänglich ist. Wir haben einen Brei aus Erinnerungen und Impulsen, aus dem

Dinge an die Oberfläche treiben, mit denen man dann fertig werden muß.«

»Das«, sagte Data, »ist für die unendliche Kreativität Ihrer Spezies unerläßlich.«

»Vielleicht wird sie überbewertet. Ihr geordneter geistiger Hintergrund dient Ihnen gut und schützt Sie außerdem vor Leid. Ich wünschte, ich könnte mehr wie Sie sein.«

»Mir ist das Gefühl der Gefahr nicht fremd«, sagte Data, »oder das der Unzufriedenheit mit mir selbst und anderen.«

»Ja, natürlich. Es sollte nicht so klingen, als würde ich Ihre Meinung nicht teilen.«

»Aber ich würde zustimmen, daß diese Operation zwar nicht vollkommen war...«

»Zweihundertfünfzigtausend Tote sind weit von Vollkommenheit entfernt«, warf Picard ein. Das war die neueste Zahl, die er erhalten hatte, als er auf die Brücke kam; vielleicht war sie mittlerweile schon gestiegen, und sie würde sicherlich noch höher steigen.

»Aber es war eine Lösung, Captain, und selbst nach menschlichen Maßstäben eine nicht unehrenhafte. Solch eine Rettung wurde noch nie versucht.«

Picard seufzte. »Das kann schon sein, Data. Es war eine Lösung. Vielleicht ist Vollkommenheit eine Forderung, die aus einem entsetzten Gedanken erwächst. Danke, daß Sie mich daran erinnert haben, daß wir trotz der Verluste nicht versagt haben. Es wäre hilfreich, wenn Sie mich öfter daran erinnern würden.«

Data nickte. »Das werde ich sofort tun. Mir kommt in den Sinn, daß Sie allzusehr an die Toten denken. Wie groß diese Verluste auch waren, denken Sie bitte an all diejenigen, die leben werden und sonst gestorben wären. Fast zwanzig Millionen, um genau zu sein.«

Picard beugte sich vor. »Hat Counselor Troi vorgeschlagen, daß Sie mit mir sprechen?«

»Ich muß gestehen, daß sie das tat, fast sofort, nachdem sie an Bord gebeamt war.«

»Danke, Data«, sagte Picard und empfand eine starke Mischung aus Freude und Leid. »Ich glaube, ich verstehe. Sie weiß sehr gut, daß Ihre Rationalität ein Heilmittel für mich sein kann, und das trifft jetzt noch stärker zu.«

»Ich glaube, das war ihre Absicht, Captain.«

Picard hielt seine Gefühle zurück, als er aufstand. Zusammen gingen er und Data hinaus auf die Brücke. Eine ausgeruht wirkende Troi saß auf ihrem Platz und war bereit, ihm Ratschläge hinsichtlich der menschlichen Stürme zu geben, die auf dem Planeten unter ihnen tobten. Riker kam aus dem hinteren Turbolift und hob einen Arm zur Begrüßung, als er zu seinem Sessel eilte.

Picard ging zum Kommandobereich und nahm in seinem Sessel Platz. Auf dem Sichtschirm trieb Epictetus III auf seiner neuen Umlaufbahn – und sein Geist raste um etwa vierzehn Jahre in die Zukunft, zu jenem Augenblick, da die Menschen auf dem Planeten eine Nova am Himmel aufstrahlen sehen würden, die sie an ihre Rettung erinnert.

STAR TREK™

in der Reihe
HEYNE SCIENCE FICTION & FANTASY

STAR TREK: CLASSIC SERIE
Vonda N. McIntyre, Star Trek II: Der Zorn des Khan · 06/3971
Vonda N. McIntyre, Der Entropie-Effekt · 06/3988
Robert E. Vardeman, Das Klingonen-Gambit · 06/4035
Lee Correy, Hort des Lebens · 06/4083
Vonda N. McIntyre, Star Trek III: Auf der Suche nach Mr. Spock · 06/4181
S. M. Murdock, Das Netz der Romulaner · 06/4209
Sonni Cooper, Schwarzes Feuer · 06/4270
Robert E. Vardeman, Meuterei auf der Enterprise · 06/4285
Howard Weinstein, Die Macht der Krone · 06/4342
Sondra Marshak & Myrna Culbreath, Das Prometheus-Projekt · 06/4379
Sondra Marshak & Myrna Culbreath, Tödliches Dreieck · 06/4411
A. C. Crispin, Sohn der Vergangenheit · 06/4431
Diane Duane, Der verwundete Himmel · 06/4458
David Dvorkin, Die Trellisane-Konfrontation · 06/4474
Vonda N. McIntyre, Star Trek IV: Zurück in die Gegenwart · 06/4486
Greg Bear, Corona · 06/4499
John M. Ford, Der letzte Schachzug · 06/4528
Diane Duane, Der Feind – mein Verbündeter · 06/4535
Melinda Snodgrass, Die Tränen der Sänger · 06/4551
Jean Lorrah, Mord an der Vulkan Akademie · 06/4568
Janet Kagan, Uhuras Lied · 06/4605
Laurence Yep, Herr der Schatten · 06/4627
Barbara Hambly, Ishmael · 06/4662
J. M. Dillard, Star Trek V: Am Rande des Universums · 06/4682
Della van Hise, Zeit zu töten · 06/4698
Margaret Wander Bonanno, Geiseln für den Frieden · 06/4724
Majliss Larson, Das Faustpfand der Klingonen · 06/4741
J. M. Dillard, Bewußtseinsschatten · 06/4762
Brad Ferguson, Krise auf Centaurus · 06/4776
Diane Carey, Das Schlachtschiff · 06/4804
J. M. Dillard, Dämonen · 06/4819
Diane Duane, Spocks Welt · 06/4830
Diane Carey, Der Verräter · 06/4848
Gene DeWeese, Zwischen den Fronten · 06/4862
J. M. Dillard, Die verlorenen Jahre · 06/4869
Howard Weinstein, Akkalla · 06/4879
Carmen Carter, McCoys Träume · 06/4898
Diane Duane & Peter Norwood, Die Romulaner · 06/4907
John M. Ford, Was kostet dieser Planet? · 06/4922
J. M. Dillard, Blutdurst · 06/4929
Gene Roddenberry, Star Trek I: Der Film · 06/4942
J. M. Dillard, Star Trek VI: Das unentdeckte Land · 06/4943
Jean Lorrah, Die UMUK-Seuche · 06/4949
A. C. Crispin, Zeit für gestern · 06/4969
David Dvorkin, Die Zeitfalle · 06/4996
Barbara Paul, Das Drei-Minuten-Universum · 06/5005
Judith & Garfield Reeves-Stevens, Das Zentralgehirn · 06/5015
Gene DeWeese, Nexus · 06/5019
D. C. Fontana, Vulkans Ruhm · 06/5043

STAR TREK™

Judith & Garfield Reeves-Stevens, Die erste Direktive · 06/5051
Michael Jan Friedman, Das Doppelgänger-Komplott · 06/5067
Judy Klass, Der Boaco-Zwischenfall · 06/5086
Julia Ecklar, Kobayashi Maru · 06/5103
Peter Norwood, Angriff auf Dekkanar · 06/5147
Carolyn Clowes, Das Pandora-Prinzip · 06/5167
Michael Jan Friedman, Schatten auf der Sonne · 06/5179
Diana Duane, Die Befehle des Doktors · 06/5247
V. E. Mitchell, Der unsichtbare Gegner ·06/5248
Dana Kramer-Rolls, Der Prüfstein ihrer Vergangenheit · 06/5273
Barbara Hambly, Der Kampf ums nackte Überleben · 06/5334
Brad Ferguson, Eine Flagge voller Sterne · 06/5349
J. M. Dillard, Star Trek VII: Generationen · 06/5360
Gene DeWeese, Die Kolonie der Abtrünnigen · 06/5375
Michael Jan Friedman, Späte Rache · 06/5412
Peter David, Der Riß im Kontinuum · 06/5464
Michael Jan Friedman, Gesichter aus Feuer · 06/5465
Peter David/Michael Jan Friedman/Robert Greenberger, Die Enterbten · 06/5466
L. A. Graf, Die Eisfalle · 06/5467
John Vornholt, Zuflucht · 06/5468
L. A. Graf, Der Saboteur · 06/5469
Melissa Crandall, Die Geisterstation · 06/5470
Mel Gilden, Die Raumschiff-Falle · 06/5471
V. E. Mitchell, Tore auf einer toten Welt · 06/5472
Victor Milan, Aus Okeanos Tiefen · 06/5473
Diane Carey, Das große Raumschiff-Rennen · 06/5474
Diane Carey, Kirks Bestimmung · 06/5476
L. A. Graf, Feuersturm · 06/5477
A. C. Crispin, Sarek · 06/5478
Simon Hawke, Die Terroristen von Patria · 06/5479
Barbara Hambly, Kreuzwege · 06/5681
L. A. Graf, Ein Sumpf von Intrigen · 06/5682
Howard Weinstein, McCoys Tochter · 06/5683
J. M. Dillard, Sabotage · 06/5685
Denny Martin Flinn, Der Coup der Promethaner · 06/5686
Diane Carey/Dr. James I. Kirkland, Keine Spur von Menschen · 06/5687
William Shatner, Die Asche von Eden · 06/5688
William Shatner, Die Rückkehr · 06/5689
William Shatner, Der Rächer · 06/5690
Peter David, Die Tochter des Captain · 06/5691
Dean Wesley Smith/Kristine Kathryn Rusch, Die Ringe von Tautee · 06/5693
Diane Carey, Invasion – 1: Der Erstschlag · 06/5694
Dean Wesley Smith/Kristine Kathryn Rusch, Tag der Ehre – 4: Das Gesetz des Verrats · 06/5702

STAR TREK: THE NEXT GENERATION
David Gerrold, Mission Farpoint · 06/4589
Gene DeWeese, Die Friedenswächter · 06/4646
Carmen Carter, Die Kinder von Hamlin · 06/4685
Jean Lorrah, Überlebende · 06/4705
Peter David, Planet der Waffen · 06/4733
Diane Carey, Gespensterschiff · 06/4757

STAR TREK™

Howard Weinstein, Machthunger · 06/4771
John Vornholt, Masken · 06/4787
David & Daniel Dvorkin, Die Ehre des Captain · 06/4793
Michael Jan Friedman, Ein Ruf in die Dunkelheit · 06/4814
Peter David, Eine Hölle namens Paradies · 06/4837
Jean Lorrah, Metamorphose · 06/4856
Keith Sharee, Gullivers Flüchtlinge · 06/4889
Carmen Carter u. a., Planet des Untergangs · 06/4899
A. C. Crispin, Die Augen der Betrachter · 06/4914
Howard Weinstein, Im Exil · 06/4937
Michael Jan Friedman, Das verschwundene Juwel · 06/4958
John Vornholt, Kontamination · 06/4986
Mel Gilden, Baldwins Entdeckungen · 06/5024
Peter David, Vendetta · 06/5057
Peter David, Eine Lektion in Liebe · 06/5077
Howard Weinstein, Die Macht der Former · 06/5096
Michael Jan Friedman, Wieder vereint · 06/5142
T. L. Mancour, Spartacus · 06/5158
Bill McCay/Eloise Flood, Ketten der Gewalt · 06/5242
V. E. Mitchell, Die Jarada · 06/5279
John Vornholt, Kriegstrommeln · 06/5312
David Bischoff, Die Epidemie · 06/5356
Peter David, Imzadi · 06/5357
Laurell K. Hamilton, Nacht über Oriana · 06/5342
Simon Hawke, Die Beute der Romulaner · 06/5413
Rebecca Neason, Der Kronprinz · 06/5414
John Peel, Drachenjäger · 06/5415
Diane Carey, Abstieg · 06/5416
Diane Duane, Dunkler Spiegel · 06/5417
Jeri Taylor, Die Zusammenkunft · 06/5418
Michael Jan Friedman, Relikte · 06/5419
Susan Wright, Der Mörder des Sli · 06/5438
W. R. Thomson, Planet der Schuldner · 06/5439
Carmen Carter, Das Herz des Teufels · 06/5440
Michael Jan Friedman & Kevin Ryan, Requiem · 06/5442
Dafydd ab Hugh, Gleichgewicht der Kräfte · 06/5443
Michael Jan Friedman, Die Verurteilung · 06/5444
Peter David, Q^2 · 06/5445
Simon Hawke, Die Rückkehr der Despoten · 06/5446
Robert Greenberger, Die Strategie der Romulaner · 06/5447
Gene DeWeese, Im Staubnebel verschwunden · 06/5448
Brad Ferguson, Das letzte Aufgebot · 06/5449
Kij Johnson/Greg Cox, Die Ehre des Drachen · 06/5751
J. M. Dillard/Kathleen O'Malley, Wahnsinn · 06/5753
Dean Wesley Smith/Kristine Kathryn Rusch, Invasion – 2: Soldaten des Schreckens · 06/5754
Pamela Sargent & George Zebrowski, Verhöhnter Zorn · 06/5756
J. M. Dillard, Star Trek VIII: Der erste Kontakt · 06/5757
Diane Carey, Tag der Ehre – 1: Altes Blut · 06/5763
John Vornholt, Der Dominion-Krieg – 1: Hinter feindlichen Linien · 06/5765
John Vornholt, Der Dominion-Krieg – 3: Sternentunnel · 06/5766
J. M. Dillard, Star Trek IX: Der Aufstand · 06/5770

STAR TREK™

STAR TREK: DIE ANFÄNGE
Vonda N. McIntyre, Die erste Mission · 06/4619
Margaret Wander Bonanno, Fremde vom Himmel · 06/4669
Diane Carey, Die letzte Grenze · 06/4714

STAR TREK: DEEP SPACE NINE
J. M. Dillard, Botschafter · 06/5115
Peter David, Die Belagerung · 06/5129
K. W. Jeter, Die Station der Cardassianer · 06/5130
Sandy Schofield, Das große Spiel · 06/5187
Dafydd ab Hugh, Gefallene Helden · 06/5322
Lois Tilton, Verrat · 06/5323
Esther Friesner, Kriegskind · 06/5430
John Vornholt, Antimaterie · 06/5431
Diane Carey, Die Suche · 06/5432
Melissa Scott, Der Pirat · 06/5434
Nathan Archer, Walhalla · 06/5512
Greg Cox/John Gregory Betancourt, Der Teufel im Himmel · 06/5513
Robert Sheckley, Das Spiel der Laertianer · 06/5514
Diane Carey, Der Weg des Kriegers · 06/5515
Diane Carey, Die Katakombe · 06/5516
Dean Wesley Smith/Kristine Kathryn Rusch, Die lange Nacht · 06/5517
John Peel, Der Schwarm · 06/5518
L. A. Graf, Invasion – 3: Der Feind der Zeit · 06/5519
Diane Carey, Neuer Ärger mit den Tribbles · 06/5723
L. A. Graf, Tag der Ehre – 2: Der Himmel von Armageddon · 06/5725
Diane Carey, Der Dominion-Krieg – 2: Verlorener Friede · 06/5727
Diane Carey, Der Dominion-Krieg – 4: Beendet den Krieg! · 06/5728

STAR TREK: STARFLEET KADETTEN
John Vornholt, Generationen · 06/6501
Peter David, Worfs erstes Abenteuer · 06/6502
Peter David, Mission auf Dantar · 06/6503
Peter David, Überleben · 06/6504
Brad Strickland, Das Sternengespenst · 06/6505
Brad Strickland, In den Wüsten von Bajor · 06/6506
John Peel, Freiheitskämpfer · 06/6507
Mel Gilden & Ted Pedersen, Das Schoßtierchen · 06/6508
John Vornholt, Erobert die Flagge! · 06/6509
V. E. Mitchell, Die Atlantis Station · 06/6510
Michael Jan Friedman, Die verschwundene Besatzung · 06/6511
Michael Jan Friedman, Das Echsenvolk · 06/6512
Diane G. Gallagher, Arcade · 06/6513
John Peel, Ein Trip durch das Wurmloch · 06/6514
Brad & Barbara Strickland, Kadett Jean-Luc Picard · 06/6515
Brad & Barbara Strickland, Picards erstes Kommando · 06/6516
Ted Pedersen, Zigeunerwelt · 06/6517
Patricia Barnes-Svarney, Loyalitäten · 06/6518
Diana G. Gallagher, Tag der Ehre – 5: Ehrensache · 06/6530

STAR TREK: VOYAGER
L. A. Graf, Der Beschützer · 06/5401
Dean Wesley Smith/Kristine Kathryn Rusch, Die Flucht · 06/5402
Nathan Archer, Ragnarök · 06/5403

STAR TREK™

Susan Wright, Verletzungen · 06/5404
John Betancourt, Der Arbuk-Zwischenfall · 06/5405
Christie Golden, Die ermordete Sonne · 06/5406
Mark A. Garland/Charles G. McGraw, Geisterhafte Visionen · 06/5407
S. N. Lewitt, Cybersong · 06/5408
Dafydd ab Hugh, Invasion – 4: Die Raserei des Endes · 06/5409
Karen Haber, Segnet die Tiere · 06/5410
Jeri Taylor, Mosaik · 06/5811
Melissa Scott, Der Garten · 06/5812
David Niall Wilson, Puppen · 06/5813
Greg Cox, Das schwarze Ufer · 06/5814
Michael Jan Friedman, Tag der Ehre – 3: Ihre klingonische Seele · 06/5815
Christie Golden, Gestrandet · 06/5816

DAS STAR TREK-UNIVERSUM, 2 Bde.,
von *Ralph Sander* · 06/5150
DAS STAR TREK-UNIVERSUM, 1. Ergänzungsband
von *Ralph Sander* · 06/5151
DAS STAR TREK-UNIVERSUM, 2. Ergänzungsband
von *Ralph Sander* · 06/5270

Ralph Sander, Star Trek Timer 1996 · 06/1996
Ralph Sander, Star Trek Timer 1997 · 06/1997
Ralph Sander, Star Trek Timer 1998 · 06/1998
Ralph Sander, Star Trek Timer 1999 · 06/1999

William Shatner/Chris Kreski, Star Trek Erinnerungen · 06/5188
William Shatner/Chris Kreski, Star Trek Erinnerungen: Die Filme · 06/5450

Phil Farrand, Cap'n Beckmessers Führer durch
STAR TREK – DIE CLASSIC SERIE · 06/5451
Phil Farrand, Cap'n Beckmessers Führer durch
STAR TREK – DIE NÄCHSTE GENERATION · 06/5199
Phil Farrand, Cap'n Beckmessers Führer durch
STAR TREK – DIE NÄCHSTE GENERATION – Teil 2 · 06/6457
Phil Farrand, Cap'n Beckmessers Führer durch
STAR TREK – DEEP SPACE NINE · 06/6458

David Alexander, Gene Roddenberry – Die autorisierte Biographie · 06/5544
Judith & Garfield Reeves-Stevens, Star Trek Design · 06/5545
Nichelle Nichols, Nicht nur Uhura · 06/5547
Leonard Nimoy, Ich bin Spock · 06/5548
Lawrence M. Krauss, Die Physik von Star Trek · 06/5549
Judith & Garfield Reeves-Stevens, Star Trek – Deep Space Nine: Die Realisierung einer Idee · 06/5550
Herbert F. Solow & Yvonne Fern Solow, Star Trek: Das Skizzenbuch – Die Classic-Serie · 06/6469
Judith & Garfield Reeves-Stevens, Star Trek – Phase II: Die verlorene Generation · 06/6470
Herbert F. Solow/Robert H. Justman, Star Trek – Die wahre Geschichte · 06/6499
J. M. Dillard, Star Trek: Wo bisher noch niemand gewesen ist · 06/6500

Diese Liste ist eine Bibliographie erschienener Titel,
KEIN VERZEICHNIS LIEFERBARER BÜCHER!